행성감기에 걸리지 않는 법

행성감기에 걸리지 않는 법

초판 1쇄 2018년 5월 28일

지은이 이선
펴낸이 김희재
책임편집 조민욱
기획편집 박혜림
마케팅 정재희 박혜신 김근형 박초아
디자인 형태와내용사이
교정 박민주

펴낸곳 ㈜올댓스토리
출판등록 2009년 11월 23일 제2011-000180호
주소 서울특별시 강남구 영동대로122길 15, 클레어홀딩스빌딩 4층
전화 02-564-6922
팩스 02-766-6922
홈페이지 www.allthatstory.co.kr
　　　　　www.storycabinets.com
이메일 cabinet@allthastory.co.kr

ISBN 979-11-88660-10-0 03810

· 캐비넷은 ㈜올댓스토리의 임프린트입니다.
· 이 책의 판권은 지은이와 캐비넷에 있습니다.
· 이 책 내용의 전부 또는 일부를 재사용하려면 반드시 양측의 동의를 얻어야 합니다.
· 잘못된 책은 구입처에서 바꾸어 드립니다.

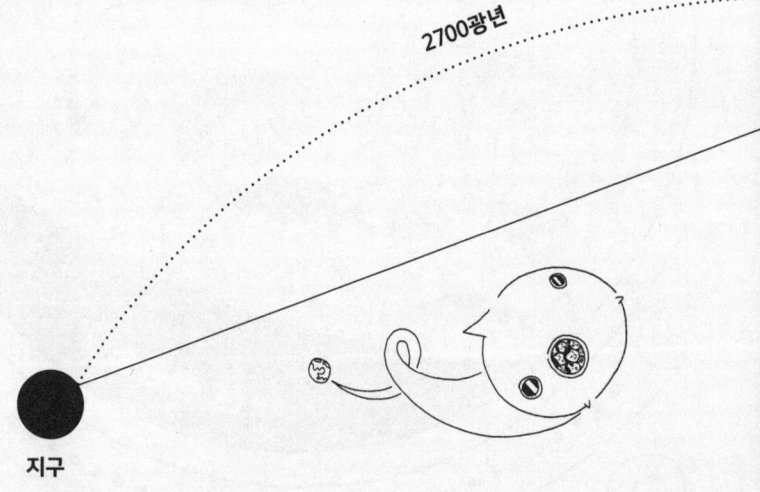

2700광년

지구

베델스크 항성을 중심으로 한 베델스크 행성계

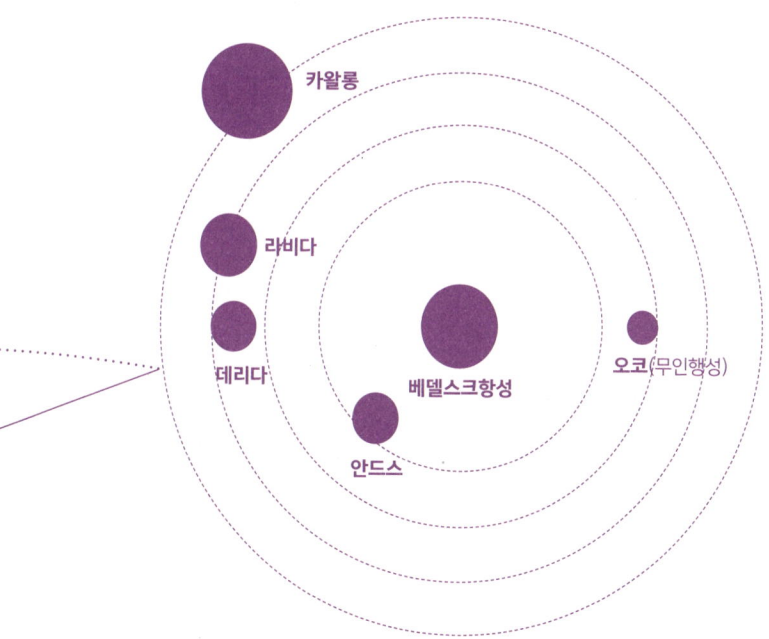

오코행성 순수에너지 정화의 장소
안드스행성 코짠도마뱀, 몽상의술 원산지.
카왈롱행성 행성감기가 처음 발견된 곳.

(소군)
백과사전

(소군)

- 크기
  가로 10-20cm, 세로 15-25cm (껍질 제외)
  길쭉한 무오의 크기는 가로 7-12cm, 세로 15-25cm

- 수명
  대략 100년.
  라비다 행성의 (소군)은 땅에 떨어진 뒤 며칠 지나지 않아 껍질이 벗겨져 식물 소군이 되면 식량으로 쓰인다. 이런 이유로 (소군)이 자연 상태에서 몇 년 정도 생존 가능한지는 정확히 알 수 없지만, (소군) 전문가 닐라보보의 연구결과에 따르면 대략 100년 정도로 추정된다.

- 서식지
  라비다 행성의 남부 무오나무 지대.
  (소군)이 가장 활발하게 활성화되는 기후 환경은 기온 25-30℃, 습도 13-25%일 때이다.

- 식성
  무오일 때 토양에서 영양분과 수분을 흡수해 몸 안에 저장해 놓는데, 이것으로 몇 년 간 생존이 가능하다. 저장 양분이 다 소진된 후에는 행성의 순수 에너지를 온몸으로 흡수해서 생존하는 것으로 알려져 있다. 수분은 발바닥의 물관세포를 통해 섭취한다. 종종 무오나무 수액을 빨아 먹는 (소군)들을 볼 수 있는데, 이는 수분 공급을 위해서라기보다는 기호식품으로 섭취하는 것이라고 추측된다. 수액을 마시고 난 (소군)들이 평소보다 유난히 흥겨워 어쩔 줄 몰라 하는 모습을 보면 그러한 추측이 맞았다는 것을 알 수 있다.

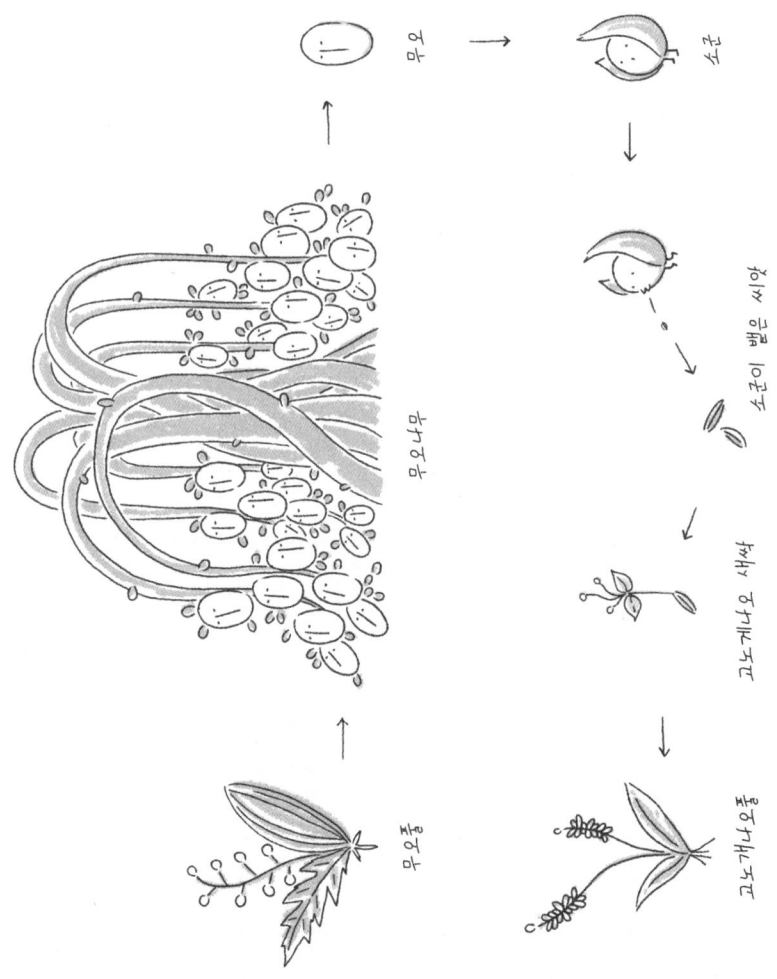

우주의 온갖 선량한 것들을 위하여

차례

프롤로그 013

chapter 1. 농사의 전설 017
chapter 2. (소군) 농사 097
chapter 3. 데리다 행성 215
chapter 4. 고노게나오 농사 243
chapter 5. 농사쇼 347

에필로그 우쿠부지의 여름 370

작가의 말 374
추천의 글 377

프롤로그

> 정말 잘 들어 두어라.
> 무오 하나가 땅에 떨어지지 않으면 무오 그대로 남아 있고,
> 떨어지면 〈소군〉이 된다.[1]
> -《우주신학》개정판 33489q장 A24절-

    그러나 베델스크 행성계 라비다 행성의 무오들은 더 이상 땅에 떨어지지 않기로 결심했다. 투명하고 둥근 빗방울처럼 생긴 무오가 자라서 보라색 무오나무에서 떨어지면 동물 〈소군〉이 된다. 아래와 위를 잡고 길게 늘인 타원형인 〈소군〉은 머리 위에서 혹은 발끝에서 다양한 색깔의 빛이 현란하게 올라가고 다시 내

---

[1] '정말 잘 들어 두어라. 밀알 하나가 땅에 떨어져 죽지 않으면 한 알 그대로 남아 있고, 죽으면 많은 열매를 맺는다.' -《요한계시록》12장 24절

려가고를 반복한다. 눈은 까만 점 두 개를 찍어 넣은 듯이 작았으며, 두 개의 눈은 자신의 위치를 계속해서 바꾸었다. (소군)은 덩치에 비해 작은 두 발로 소심하고 얌전하게 라비다의 황량한 보라색 들판 위를 걸어 다녔고, 걸을 때마다 발바닥에서 뻑뻑거리는 소리가 났다.

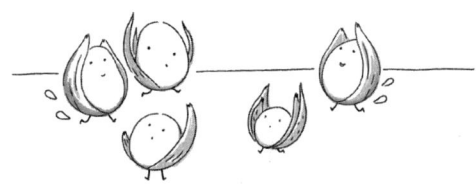

 지나치게 순수하고 고결해서 오직 채식만을 하는 라비다 행성인들이 동물인 (소군)을 먹는 방법은 간단했다. 소군의 윗부분을 두 손으로 단단히 잡고 딱딱하고 탄력 있고 매끄러운 주황색 껍질을 양옆으로 쪼갠다. 그러면 쫙 소리가 나면서 동물 (소군) 몸에서 나오는 빛이 사라지고 회색으로 변하며 식물 소군이 되었다.
 라비다인들은 행성의 유일한 식량인 식물 소군을 굽거나, 찌거나, 삶거나 해서 먹었다. 잘 익힌 식물 소군에서는 옥수수의 아삭한 식감과 감자의 고소한 냄새와 고구마의 달콤한 맛을 느낄 수 있었다.

 척박하고 고온 건조한 라비다의 땅에서도 무오나무는 우주신 하아다부다[2] – 그 권세는 가히 그 끝을 알 수 없어라. – 의 축복으로 빽빽하게 자라났다. 식물 무오가 자라서 동물 (소군)이 되고, 동물 (소군)이 다시 식물 소군이 되는 이러한 일련의 무오농사는 저절로 자연스럽게 이루어져 왔고, 어느 행성인의 도움도 필요하지 않았었다. [2]

하지만 행성감기가 라비다 행성을 덮친 이후로 무오는 나무에서 저절로 떨어지려 하지 않았다. 행성감기는 행성 곳곳에 돌로 된 뾰족한 뿔이 자라게 하여 뿔이 나무의 뿌리를 찔러 대서 나무를 스트레스 받게 만들었고, 땅의 수액을 검고 끈끈한 콧물로 바꿔서 무오가 탈수 상태에 이르게 했다. 또한 대지 전체의 온도를 상승시켜서 무오가 땅에 발을 디디고 싶지 않게 했다. 무오는 따뜻한 것은 좋아했지만, 뜨거운 것은 싫어했기 때문이다. 그나마 라비다인들이 강제로 땅에 떨어지게 만든 (소군)들은 설익은 탓인지 껍질이 잘 벗겨지지 않아서 (소군 혹은 소군)인 채로. 그렇게 반 식물, 반 동물인 채로 라비다 행성을 굴러다니게 되어 버렸다.

---

2 우주신 하아다부다는 신계의 종합 선물 세트 같은 존재이다. 모든 신, 모든 천국, 모든 지옥이 우주신 안에 있었다. 우주신을 믿는 자는 한 채스트(1채스트는 지구 시간으로 3시간 23분 13초에 해당한다.)당 24번씩 안부를 전해야 했는데, 안부를 전하기 위해서는 눈을 크게 뜨고 근육은 이완시키고 허공의 한 점을 멍하니 바라보면 된다. 신에게 안부를 전하는 것이 낯선 지구인들을 위해서 쉽게 풀어 말하자면, 매직아이를 하는 것과 비슷하다. 그리고 그 권세는 끝이 없어라.

행성감기는 라비다 행성이 속해 있는 베델스크 행성계에서 유행하는 감기이다. 행성감기가 처음으로 발견된 행성은 카 왈롱 행성이며, 행성감기 때문에 멸망한 행성은....... 당연히 없다. 행성감기는 그저 단순한 감기일 뿐이며 몇 천만 행성인들을 죽이고, 행성 하나를 개박살 내고, 후대까지 그 악명을 길게 떨쳐서 미열이 나기만 해도 혹시나 해서 두려움에 벌벌 떨게 만드는 대단한 전염병은 아니었다. 행성감기는 걸렸다 나으면 그만이었다.

다만 문제는 행성이 감기에 걸리기 전과 걸리고 난 후로 나뉜다는 것이었다. 행성성이 바뀌어 버린다. 감기는 행성을 그대로 지나쳐 무심하게 가 버리지만, 흔적을 진하게 남기고 간다. 그것은 앞으로 행성감기가 낫든지 말든지 무오나무의 무오들과 (소군)들은 쥐뿔도 신경 안 쓴다는 뜻이다. 감기가 나아도 무오는 라비다인이 강제로 따기 전까지 고집스럽게 나무에 매달려 있을 것이고, 간혹 실수로 칠칠맞지 못한 무오가 땅에 떨어져서 (소군)이 된다고 해도 (소군)은 자기 껍질을 절대로 벗겨지게 하지 않을 것이다. 그것은 그래서 지금까지처럼 (소군) 거저먹기는 불가능하다는 뜻이다. 그것은 그러니 애초에 행성감기 같은 것은 걸리지 말았어야 한다는 뜻이다. 왜냐하면 그것은............

chapter 1.
농사의 전설

1

> 우주신 하아다부다가 수소를 가지고 우주 생명체들을 만들어 내는
> 모습은 지구인들이 밀가루로 과자와 빵과 케이크와 스파게티 그리고
> 크림빵을 만드는 모습과 흡사하다.

　라비다 행성의 농업 사령관 띵은 안드스 행성에서 수입해 온 도마뱀 소금티를 꼼꼼히 마시고, 벽에 걸려 있는 전자파 막대기들 중에서 링을 집어 들었다. 링의 장점은 시간이 절약된다는 것이다. 라비다인답지 않게 시간에 쫓기는 띵은 빠진 뉴런 없이 구석구석 문지를 수 있어서 좋아하는, 그러나 시간이 오래 걸리는 주사위 모양은 고르지 않았다.

　띵은 작고 둥근 코를 벌름거리며 가늘고 짧고 창백한 세 번째 팔로 전자파 막대기를 들어 두피에 대고 문지르며 뉴런 청소를 시작했다. 라비다 행성인의 첫 번째와 두 번째 팔은 어깨 양옆에 있고, 세 번째 팔은 오른쪽 옆구리에 달려 있다. 세 번째 팔은 자

유로이 몸속으로 들어갔다 나왔다를 하면서 긴장될 때면 위를 만지작거려서 긴장을 풀어 주거나, 변비일 때는 장을 마사지하기도 하는 등 유용하게 쓰였다.

안드스 행성의 건조한 르테코해 리포니아만에 사는 코짠 도마뱀은 먹이를 통해 섭취한 필요 없는 염분을 콧잔등 위로 배출했다. 그래서 항상 도마뱀의 콧잔등 위에 하얀 소금 결정이 얹혀 있었다. 이 소금으로 만든 도마뱀 소금티는 특유의 이국적인 비린내로 베델스크계 행성인들에게 큰 인기를 얻게 되었고, 전문 소금 채취자들이 생겨났다.

소금은 물에 녹았을 때, 전기를 띤 입자인 양이온과 음이온으로 나뉜다. 이 전기 입자들은 수용액 속에서 전하를 운반하는 역할을 했다. 그래서 라비다인들은 뉴런 청소를 하기 전에 소금티를 마셔서 몸속을 전기가 잘 통하는 상태로 만들어 놓았다. 뉴런 청소는 전자파 막대로 뉴런에 시냅스 강화를 위한 전기 자극을 주는 것으로, 뇌 속 깊이 산소 방울이 팡팡 터지는 것 같은 상쾌한 짜릿함을 느끼게 해 주어서 라비다인들은 뉴런 청소를 좋아했다.

땡이 하고 있는 이런 식의 뉴런 청소는 간이식이다. 제대로 우주신 하아다부다의 은총을 받아서 하려면 장기 휴가를 내서 온몸의 세포들을 청소해야 했는데, 이것이 바로 '순수 에너지 정화'이다. 기본적으로 라비다인들은 낙천적이어서 걱정도 시간을 정해 놓고 한 채스트[3]당 0.0000009채스트만 걱정할 시간으로 만들어 놓고 했는데, 띵은 시간도 정해 놓지 않고 걱정할 정도로 힘든 시간을 보내고 있었다. 이런 띵에게는 간이식 청소도 감지덕지였다.

뉴런 청소를 마치고 나서도 차분하고 상쾌한 기분은 좀처럼 띵을 찾아오질 않았다.

띵은 마음이 답답해져서 커튼을 활짝 열어젖혔다. 창문 밖에는 (소군과 (소군)),(소군),소군)들이 무오나무 밑을 빈둥거리며 돌아다니고 있었다.

(소군) 농장의 무오나무는 보라색 나무줄기들이 서로가 서로를 씨줄과 날줄처럼 엮고 또 엮어서 굵은 무오나무 몸통을 이루고 있었다. 오목한 스푼 모양의 흰색 잎사귀는 빗방울을 모조리 다시 튕겨 낼 정도로 탄력이 있었다. 무성한 나뭇잎들은 나무줄기 부피의 열 배에 달해서 그걸 받치고 서 있는 나무줄기가 불쌍해 보일 정도였다. 게다가 나무줄기는 익어도 떨어지지 않으려는 무오들도 전부 고스란히 매달고 있어야 했기 때문에 점점 줄기가 아래로 늘어져 거의 땅에 닿을 지경이었다. 투명한 무오들이 햇

---

[3] 무오나무에서 갓 떨어진 잘 익은 (소군)이 최초로 100m를 걸을 수 있는 시간이 1채스트이다. 단, 이는 잘 익어서 저절로 떨어진 (소군)에게만 해당된다. 행성감기가 걸린 지금의 덜 익은 (소군)들은 각각 다른 속도로 걷거나 구르거나 점프하거나… 암튼 뛰는 것 빼고는 다 한다.

볕을 잘 쬐기 위해서 이따금씩 몸을 살짝살짝 돌려 가며 움직이는 통에 무오들이 잎들을 스치는 사그락 사그락거리는 소리가 요란했다.

띵은 창밖으로 이 광경을 보고 심한 부끄러움을 느꼈다. 그중에서도 특히 ((소군))이 뛰어노는 모습을 보며, 그는 괴로워했다. 띵은 요즘 ((소군)) 자책감에 시달리고 있었다. 행성감기에 걸려서 무오 농사가 계속 실패하는 것이 그의 탓은 아니었지만, 그렇다고 해서 다른 누군가를 탓할 수도 없는 노릇이었다. 《우주신학》 개정판에 남 탓을 하는 것이 얼마나 복잡한지에 대한 구절[4]이 나와 있을 정도로, 라비다 행성인들은 남의 탓을 하는 것을 극도로 기피했다. 왜냐하면 라비다인들은 감정이 복잡해지는 건 딱 질색이었기 때문이다.

(소군) 농사를 제대로 해 보려고 띵도 시도해 볼 수 있는 방법은 다 시도해 보았다.

농장 지대의 검은 콩물도 닦아 주고, 생강차도 먹여 주고, 무오

---

[4] 어떤 일이 발생했을 때, 자기 자신 혼자라면 자기 자신을 탓하고, 자신 자신을 탓하는 자기 자신을 탓하면 되니 2번의 탓함만 있는데, 둘이라면 자기 자신을 탓하고, 자기 자신을 탓하는 자기 자신을 탓하고, 남을 탓하고, 남을 탓하는 자기 자신을 탓하고, 남이 자신을 탓하는 것에 대해 남을 탓하고, 남이 자신을 탓하는 것에 대해 남을 탓하는 자신을 탓하고 상대방은 또한 이러한 탓함을 반복해서 총 12번의 탓함이 있다. 셋이라면………. 도대체 몇 번의 탓함이 있겠는가! 그러니 제일 간단한 건 어떤 일이 발생하건 오직 자신만을 탓하는 것이다. -《우주신학》 개정판 44489u장 P9절-

에게 최고다와 착하다를 반복해서 말해 주는 프로 칭찬꾼들도 고용해 보았다. 그리고 마지막으로 수목원을 만들어서 무오나무를 외부 환경과 차단해 보았지만, 그 결과 (소군)은 알맹이가 더 작아지고, 껍질이 더 단단해져서 ((소군))이 되어 버렸다. 지금 (소군) 농장에 있는 (소군)들이 라비다 행성에 남아 있는 (소군)들 전부이고, 현재 라비다인들이 먹고 있는 식량은 예전에 미리 만들어 놓은 소군 가루와 소군 포와 무오나무 수액뿐이었다. 그나마 이것도 충분하지 않은 상황이었다. 식량 부족이 장기화의 조짐을 보이자, 서로 돕고 협력하며 공존하는 삶을 좋아하고 지나치게 순수하고 고결한 라비다 행성인들 사이에서도 갈등이 생기기 시작했다. 급기야는 식량을 절약하기 위해서 하나의 육체를 여러 명이 나눠 써야 하는 **육체공유법**이 시행되었다.

육체에서 정신을 빼낼 때 필요한 것은 정교하고 날카로운 핀셋과 정신을 보관해 둘 지퍼백 그리고 장시간 보관해 두어도 육체가 상하지 않을 냉동 캡슐이었다. 라비다 행성인의 정신은 10미터 정도의 길고 가느다란 분홍 끈인데, 이것은 오쇼부소라는 이름을 가진 부위[5]에 돌돌 말린 형태로 들어 있었다. 육체보관소의

---

[5] 지구인으로 치자면 미간에 해당한다. 지구인의 미간과는 다르게 라비다 행성인들의 오쇼부소에는 작은 구멍이 하나 있는데, 구멍은 얇고 투명한 막으로 덮여져 있다. 탄력적인 막은 구멍이 뚫렸다가도 다시 원래의 형태로 돌아온다.

직원이 마취도 없이 오쇼부소에 핀셋을
넣어서 끈의 끝을 잡고 살살 이리저리
돌려서 고통은 크고 시간은 짧게 정신을
빼냈다.

　육체공유법에 의하여 사회 기여도에 따라 많게는 10명 적게는 2명이 육체를 나눠 써야 했는데, 농업 사령관인 띵은 특별히 단독으로 육체를 사용하고 있었다. 이는 한시라도 빨리 무오 문제를 해결하라는 사령관 총회의 작은 배려이자 큰 압박이었다.

　띵은 ((소군))을 보면서 다시 한 번 결심했다. 최후의 보루라고 생각했던 프로젝트를 라비다의 사령관 총회에서 적극적으로 제안해 보기로 말이다.

2

> 지구인들은 서로한테 좋은 사람이 되라고, 좋은 행동만 하고, 좋은 생각만 하라고 권하면서 정작 본인들은 그러지 않고 어둠 안에 있어여.
> 좋은 건 서로 권하기만 하더라구야. 달콤하고 아름다운 건 양보하는 모습이 보기가 아주 좋았어야. 결국은 아름다운 건 아무도 안 가지고 추하고 못난 것만 자신의 것으로 하는 모습에서 배울쩜이 많았어여.
> — 신원 미상인의 〈지구 보고서 초안〉 20예장 330아야절[6] —

〈농사의 전설〉의 청년회장 조세열은 세르비아에서 수입해 온 페퍼민트티를 꼼꼼히 마시고 가늘고 긴 손가락으로 양쪽 관자놀이를 문지르며 두통을 가라앉혔다. 2008년부터 2018년까지 방영되고 있는 농촌 드라마 〈농사의 전설〉의 촬영 일정은 지난 10

---

[6] 우연히 지구에 머물게 된 신원 미상의 라비다인은 중간 중간 보고서를 써서 라비다 행성으로 보내곤 했었는데, 초창기에 그는 혹은 그녀는 지구 쓰기 능력이 현저히 떨어지고, 사고와 언어의 불일치 지점이 종종 나타나서 이와 같은 문법에 맞지 않는 보고문을 쓸 수밖에 없었다.

년간 동일했다. 월요일 대본 연습, 목요일 양동 마을 촬영, 금요일 드라마센터 세트장 촬영 순으로 진행되었다. 야외 촬영이 있는 시골에 오는 날에는 조세열은 어김없이 두통에 시달렸다. 쉰 살이라는 나이가 무색하게 30대 초반으로 보이는 그는 드라마에서 마을회장이자 아버지로 나오는 고상욱보다 세 살이 많았어도 스무 살 이상 차이 나는 아들처럼 보였다. 심지어 각각 2008년과 2018년에 찍은 사진들을 나란히 놓고 비교해 보아도 하나도 변함이 없었다. 이런 조세열은 희대의 얼굴 사기꾼이라는 별명으로 불리고 있었다.

"선생님. 이제 나가시면 될 것 같은데요. 다들 모이신 것 같습니다." 매니저가 말했다.

"마을 애들도 왔어? 오늘 나 찍을 거 별로 없어. 천천히 나가도 돼."

"우식 씨와 철희 씨는 아까부터 와서 찍고 있던데요. 논에 농약 뿌리는 장면이요."

"이름이 호재 아니었나? 키 큰 애 말이야."

조세열은 사람 이름을 잘 기억하지 못해서 자기 맘대로 아무렇게나 부르곤 했다.

"호재가 아니라, 호서입니다. 호서는 우식입니다. 철희는 철희고요."

조세열은 언제나 1시간 전에 미리 촬영장에 도착해 있곤 했지만, 차에서 내리지는 않았다. 다른 출연자들이 한 명도 빠짐없이 모조리 다 양동 마을 세트장에 나타날 때까지 기다렸다. 전성기를 벌써 예전에 지나쳐 버린 〈농사의 전설〉이 시청률 1%대라도 간신히 유지하고 있는 것은 청년회장 역을 맡고 있는 자신의 인기 때문이라고 생각하는 조세열은 촬영장에 가장 나중에 나타나는 것을 원칙으로 삼았고, 이 원칙은 절대 깨지지 않는 것을 원칙으로 삼았다.

나이가 들면 쓸데없이 못돼지거나, 쓸데없이 착해지거나 한다. 문제는 이 두 가지가 한사람의 내부에서 동시에 진행된다는 데 있다. 죽을 때까지 한사람의 내부에서 못됨과 착함이 합의점을 찾지 못하고 혼란인 상태로 갈등이 심해지고, 폭발 직전까지 가기도 한다. 하지만 이런 문제로 혼란스러울 필요가 전혀 없는 사람은 바로 조세열이다. 드라마에서는 부지런하고 상냥한 청년회장이지만, 실제로는 소심하고 게으르며 무신경하다는 평을 듣고 있는 조세열이었다. 그는 드라마 〈농사의 전설〉과 함께 전성기를 보냈고, 이제는 함께 하락하고 있는 중이었다.

"선생님. 누가 이쪽으로 오는데요?"
"누구? 연출 스태프?"
"글쎄. 여자인 것 같은데. 아. 재이니."

선팅이 진하게 되어 있는 차창 밖으로 재이니가 보였다.

매니저가 문을 열려고 하자, 조세열은 그러지 못하게 말렸다.

"저. 선생님. 오시라는데요."

한참을 망설이며 차 앞에서 서성이던 재이니는 창문 틈으로 고개를 들이대고는 특유의 소곤거리는 목소리를 차 안으로 흘려보냈다.

"쟤는 저렇게 숫기도 없고, 배짱도 없으면서 무슨 연예인을 하겠다고 하는 걸까?"

조세열은 자신도 모르게 혀를 끌끌 찼다.

"이제 슬슬 등장해 보실까."

조세열은 차 문을 열고 천천히 몸을 의자에서 일으켰다.

3

"그만해요. 부끄러워하지 않습니까?"

띵은 키가 작고 통통한 여자에게 말했다. 볼이 빨간 그녀는 가련한 소군) 한 마리를 잡아서 마구잡이로 흔들어 대고 있었다. 라비다인들은 '부끄러움이 많다'는 말을 여러 가지 의미로 사용했다. 그들이 보기엔 무오가 나무에서 떨어지지 않는 것도 부끄러움이 많아서였고, (소군) 껍질이 벗겨지지 않는 것도 부끄러움이 많아서였다.

띵은 여자의 명찰을 보았다. 명찰에는 '도로마디슈'라고 쓰여 있었다. 하지만 그렇다고 해서 그녀가 도로마디슈라고 생각해서는 안 된다. 이 여자의 육체는 총 세 명의 보좌관이 공유하고 있었기 때문이다. 육체공유법에 따르면 육체에 들어갔을 때 누가 들어가 있는지 알 수 있도록 명찰을 달도록 되어 있지만, 의무가 아니라 권고 사항이었기 때문에 잘 지켜지지는 않았다.

보좌관 세 명당 하나의 육체만 사용하라는 규칙이 정해졌을 때, 띵의 보좌관 셋은 서로 머리를 맞대고 누구의 육체를 공유할 것인가에 대한 문제로 육체보관소 직원의 입회 하에 회의를 했었다. 무오나무에서 떨어지지 않으려는 무오들의 심리를 연구하는 식물 심리학자 도로마디슈와 동물 (소군)의 껍질이 벗겨지지 않는 원인을 조사하는 동물학자 사미라지, 그리고 마리얀코타키가 한자리에 모였다. 마리얀코타키는 육체공유에 관해서는 아무 의견이 없었다. 바이러스 학자인 그의 유일한 관심은 행성감기 바이러스가 어디에서 옮겨 왔는지에 관한 것뿐이었다.

라비다인들은 회의를 할 때, 상대를 비방하지 않고 일을 좋은 방향으로 이끌어 가는 대화를 했고, 합리적이고 다정한 의견을 제시하는 것을 원칙으로 삼았다.

"누구의 육체를 공유하실지 결정들은 하셨나요?"

육체보관소 직원이 물었다.

다들 눈치만 보며 선뜻 대답하지 못했다. 다른 사람의 육체에 들어간다는 것은 남의 옷을 입는 것과 전적으로 차원이 달랐다. 아무리 뇌를 육체에 잘 안착시켜 놓아도 육체는 금세 남의 뇌라는 것을 알아채고 까탈을 부리고 '내 뇌대로 잘 움직여' 주질 않았다. 사정이 이러하니 자신의 육체를 선뜻 공유하겠다고 할 수도 없고, 그렇다고 다른 이에게 그의 것을 공유하자고 제안할 수도 없는 입장이었다. 그래서 보좌관 세 명은 서로 상대방이 원하는 바를 말할 때까지 기다렸다. 그렇게 시간이 꽤 흘렀다. 육체보관소 직원은 자신의 것을 공유하고 싶은 행성인은 손들라고 했다. 세 명이 손을 다 들었다. 직원은 남의 것을 공유하고 싶은 행성인은 손들라고 했다. 이번에도 세 명이 다 손을 들었다.

"어쩔 수 없네요. 제가 결정해 드리죠. 이 여자 분이 좋겠네요."

육체보관소 직원은 세 명의 건강 검사지를 훑어보더니 도로마디슈의 것을 내밀었다.

"저 죄송한데, 저는 이왕이면 남성을 공유하면 어떨까 하고 생각했었습니다. 남성이 두 명이고, 여성이 한 명이니. 소수자를 배려하는 차원에서 말입니다."

사미라지가 조심스럽게 의견을 말했다.

"세 명이 육체를 공유한다면 육체의 온전한 휴식 시간은 1채스트를 넘지 못할 거예요. 이걸 견딜 수 있는 육체는 세 분 중에서 이분뿐이에요."

직원은 사미라지의 가느다란 팔목을 보면서 말했다.

여자는 소군)의 한쪽 남은 껍질을 손으로 잡아 뜯다가 안 되자, 칼을 꺼내서 껍질을 살살 긁어내기 시작했다. 그걸 보니 마리얀 코타키인 것도 같았다. 그리고 곧이어 여자는 소군)에게 칼을 푹 하고 내리꽂아 버려서 소군)으로 만들어 버렸다. 사미라지가 분명했다.

"혹시 사미라지입니까?"

그녀는 칼을 뽑으려고 소군)을 들고 자비 없이 흔들어 대며 고개를 가로저었다. 그러고는 턱으로 명찰을 가리켰다.

"아. 미안해요. 도로마디슈."

띵은 첫 번째(오른쪽) 손의 2, 3번째 손가락을 세워서 손바닥이 앞으로 보이게 하고 살짝 이마에 가져다 대었다가 떼면서 잠시 실례에 대한 미안함을 사과했다.

"괜찮아요. 방금 그 모습이 사미라지 같다는 건 부정할 수 없네요.[7] 오늘은 제가 샘플이 좀 필요해서요. 식물은 움직이지 않아서 관찰하기 편한데, 동물은 계속 움직이네요."

도로마디슈는 띵이 했던 것처럼 손가락을 이마에 가져다 대었다가 떼면서 (소군)에게 진심으로 사과했다. 그런 후에 소군)을 풀어 주었다. 껍질이 찌그러져서 균형감을 잃은 소군)은 비칠비칠 걸어서 다른 (소군)들에게로 갔다.

"우주신 하아다부다가 수소를 가지고 우주 생명체들을 만들어 내는 모습은 지구인들이 밀가루로 과자와 빵과 케이크와 스파게

---

[7] 동물학자 사미라지는 동물 (소군) 껍질 벗기는 방법을 연구했고, 이러한 연구 과정은 어쩔 수 없이 잔인해 보일 수도 있었다.

티 그리고 크림빵을 만드는 모습과 흡사하지 않나요?"

사실 크림빵이라는 것은 〈농사의 전설〉에서 보았다.

띵이 하루의 피로를 푸는 방법으로 뉴런 청소보다 더 좋아하는 것은 지구 TV를 보는 것이다. 〈농사의 전설〉은 지구에서 농사를 짓는 선량한 농사 전문가들의 소소하고 따뜻한 삶을 사실 그대로 전해 주는 뉴스다. 띵은 지구 농사 전문가들 중에서 청년회장인 조세열을 가장 좋아했다. 조세열은 농사를 짓다가도 크림빵이 간식으로 나오면, 씻지도 않은 손으로 빵을 집어서 허겁지겁 입안으로 다 쑤셔 넣곤 했다. 띵은 크림빵이 화면에 나올 때마다 마른침을 꼴깍꼴깍 삼키면서 말린 소군을 잘근 잘근 씹곤 했었다.

띵은 혹여나 보좌관들이 자신을 어려워할까 봐 만날 때마다 재치 있는 농담을 준비해서 던지곤 했는데, 이번 농담은 스스로도 감탄할 만했다. 농담 안에 적절한 비유도 있고, 적당한 위트도 있고, 지구 탄생에 대한 나아가 우주 생성에 대한 진지한 고찰도 들어 있었다.

띵은 스스로의 감탄과 더불어 보좌관의 감탄을 기대했지만, 그녀는 옅은 미소만 지었다.

"들으셨죠? 밀가루로 크림빵을 만드는 게, 우주신이 수소를 가지고 지구인을 만드는 거랑 비슷하다는 말이에요. 한 가지 재료로 전혀 달라 보이는 여러 가지를 만드는 게 말이죠."

띵은 도로마디슈의 이해를 돕기 위해 농담에 설명을 추가하고,

다시 감탄을 기다렸다. 하지만 그녀는 예의 바르게 웃으며 리넨 블라우스의 넓은 소맷자락을 돌돌 말아 올렸다 내렸다만 하고 있었다. 무안해진 띵은 화제를 다른 곳으로 돌렸다.

"저는 오늘 사령관 총회에 가서 최종 제안을 할 예정입니다. 무오 농사에 성공하려면 그들을 부르는 수밖에 다른 방법이 없을 것 같습니다."

"그들이라면 설마…"

도로마디슈는 두려워졌다.

"그들은 집이 없어서 남의 발밑에 집을 짓고 산대요. 그리고 그런 집들이 수십 개씩 겹쳐 있다고 해요. 땅이 좁아서요. 무섭고 불쌍한 사람들 같으니."

그녀는 언젠가 TV에서 그러한 집들을 보고 운 적이 있다.

그들은 머리 위에서 발소리가 쿵쾅쿵쾅 들려서 잠도 제대로 못 잔다고 했다.

"도로마디슈 말이 맞아요. 그들은 불쌍하죠. 그래도 그들은."

"하지만 그들은, 정말이지 그들은."

"네 맞습니다. 변두리 행성에 삽니다. 그러나 그들은 농사 전문가들입니다."

"사령관들이 절대 허락 안 할 거예요. 왜냐하면… 왜냐하면…"

도로마디슈는 띵에게 미안해서 말끝을 흐렸다.

"지구인들이니까요."

띵이 마저 대답했다.

띵은 권세의 끝을 알 수 없는 신성하고 거룩하신 우주신 하아다부다에게 안부를 전하기 위해 눈을 크게 뜨고 정면의 어디랄 것도 없는 곳을 지긋이 바라보았다. 회의에 참석하기 전에 먼저 안부를 전해야만 할 것 같았다. 《우주신학》에 보면 '두렵다고 생각하면, 모든 것이 두려움으로 다가올 것이다.'라고 쓰여 있었다. 띵은 뒤통수에서부터 밀려들어 오는 두려움을 떨쳐 내야 했다.

그러나 바로 다음 페이지에는 '하나도 의도된 것이 없고, 하나도 의도되지 않은 것이 없다.'라고 쓰여 있었다.

그리고 그들은 농업 사령관 띵이 생각하는 그런 그들이 아니었다.

사실 그들은 우주에서는커녕 지구에서도 가장 유능한 최고의 농사 전문가들이 아니었다.

걸 그룹 펑퐁펑의 멤버 재이니는 입술을 뾰족이 내밀고 촬영장 구석에 앉아서 어제 뷰티 프로그램의 패널로 출연했던 일을 생각하고 있었다.

 "아름다움은 우리를 기다려 주지 않아요. 노력하고 또 노력해야 해요. 재이니 양은 아름다움을 유지하기 위해서 어떤 노력을 하고 있나요?"
 메인 MC는 면도날처럼 날카로운 단발머리를 찰랑대면서 그것보다 더 찰랑이는 목소리로 상큼하게 말했다.
 "제 아름다움은 느린가 봐요. 아직 안 왔어요. 그래서 유지할 아름다움이 없어요."
 재이니는 대답했다.
 "어머. 그럼 이미 지나간 것일 수도 있어요. 아주 잠깐 다녀간 거죠. 아무도 모르게."

다른 패널들과 관객들은 일제히 웃음을 터트렸고, 재이니는 다들 왜 웃는 건지 이해할 수가 없었다.

재이니는 그룹 내에서 가장 최악의 멤버로 뽑힐 정도로 노래도, 춤도 엉망이었는데, 유난히 예쁨에 소질이 없었다. 피부가 하얗고 눈이 크긴 했지만, 외모가 평범한 축에 속하는 편인 그녀는 불안할 때마다 폭식을 하는 습관이 있어서 군살이 많은 아이돌이라고 놀림을 받았다. 그래서 연기돌로 변신해서 연기력으로 승부를 내려고 했었다. 하지만 승부를 내려고 했던 건 과거형이다. 왜냐하면 연기도 시원치 않았기 때문이다. 외국에서 자라서인지 모르는 한글이 많은 것도 발 연기에 큰 공헌을 했다.

재이니는 촬영장에 오면 항상 주눅이 들었다. 아이돌과는 전혀 어울리지 않는 보건소의 간호사 역이긴 했지만, 소속사에서는 이러한 배역이라도 얻은 게 다행이라고 말했다. 여기저기 공연을 다니느라고 2, 3일 잠을 못 자는 건 기본인 살인적인 스케줄 때문인지 그녀의 얼굴은 볼 때마다 더 창백해져 있었다. 극 중 할머니로 나오는 김미는 재이니가 NG를 낼 때마다 호되게 나무라곤 했는데, 그럴 때 재이니의 얼굴은 파란색으로 보일 정도로 창백해졌다.

재이니는 언제나 촬영에 들어가기 전에 마음을 다스리기 위한 기도를 하곤 했다.

그녀는 자신이 알고 있는 모든 신들을 다 믿었다. 어느 신이 진짜인지 알 수가 없으니, 모든 대기자 명단에 이름을 올려놔야 했다. 특히 요즘 같은 혼란한 시절에는 말할 것도 없다. 종교를 가진다는 건 머리 위 숨구멍에 보호망을 치는 것과 같다. 종교는 나쁜 영혼이 들어오지 못하게 막아 주었다.

재이니는 정면을 보고, 어디랄 것도 없는 곳을 응시했다. 오늘은 성모 마리아에게 기도를 드리기로 결정했다. 오른손은 왼쪽 손목의 묵주를 돌렸다. 그녀는 눈을 감지도 않고, 하늘을 보지도 않고, 고개를 숙이지도 않고, 정면을 바라보면서 소리 내서 기도를 했다. 눈을 감으면 대체 어떻게 신을 볼 수 있다는 말이지? 물론 한 번도 신을 본 적은 없지만, 혹시 운이 좋다면 우연히 신이 여기를 지나가다가 자신의 기도를 듣고 눈앞에 모습을 드러낼지도 모른다. 그런 영광스러운 순간을 바보같이 눈을 감고 있어서 놓치고 싶진 않았다.

촬영장이 갑자기 소란스러워지기 시작했다. 재이니는 주변이 더 시끄러워지기 전에 서둘러 기도를 마무리했다.

"제발 아무 일도 일어나지 않게 해 주세요. 성부와 성자와 성령의 이름으로, 아멘."

5

 우리 은하 내에서 행성 간의 이동은 자유로우며, 언어의 장벽은 당연히 없다.
 단, 이에 필요한 기술과 비용은 각자 알아서 해결해야 한다.
 우리 은하 내에서 지구는 변두리 행성이며, 다른 행성과의 교류가 거의 없었다. 신빙성 있는 은하 소식통에 따르면 지구인들은 우리 은하에 – 혹은 우주 전체에 – 존재하는 생명체가 자신들만이 유일하다고 믿고 있다고 한다. 오히려 그렇게 생각해 버리는 것이 속 편할지도 몰랐다. 벌써 수억 년 전에 우리 은하 내 행성 간의 주도권 전투는 이미 다 끝이 났고, 서열도 다 정해져 버렸기 때문이다. 이제 와서 지구인이 은하에서 한자리 차지해 보겠다고 밖으로 나와 봤자 게임 끝이고, 판은 접혔고, 뒷북만 홀로 애처로이 쳐야 한다는 뜻이다.
 지구는 이처럼 고립된 행성이었지만, 이따금 길을 잘못 든 베델스크 행성인들이 불시착하기도 했었다. 그러나 그들은 1채스트도 머무르고 싶어 하질 않았다. 지구인들이 참을 수 없이 무례하고 지루했기 때문이다. 하지만 몇 억 광년 떨어져서 지구 TV 화면을 보는 것은 괜찮았다. 하루에 한 번, 사실만을 무뚝뚝하게 전달하는 베델스크 행성계의 방송과는 달리 지구의 TV는 하찮고 시시콜콜한 이야기들을 방송했기 때문에 불량식품처럼 끊기 어려운 매력이 있었다. 바로 이 점이 행성인들이 번거로움을 감내하고 지구 전파의 가닥이 자신의 집 지붕 안테나로 와서 휘감기도록 유혹적인 문구를 계속해서 날리는 이유였다. 지구 전파의 가닥들이 제일 좋아하는 문구는 '뭐든 좋으니 와서 떠들어.'였다. 이는 유해한 전파 사용이며 명백하게 불법이었지만, 처벌이 약해서인지 지구 TV를 보는 것이 점차 유행하기 시작했다. 그리고 방송을 보면 볼수록 새삼 느끼게 되는 것이지만, 지구는 미개했다.

띵의 소박하고 죄 없는 그러나 지친 삶에서 몰래 숨어서 보는 〈농사의 전설〉은 짜릿한 일탈이었다. 지구인은 불결하고 미개하며 전염병을 옮길 가능성이 아주 높다고 다른 행성인들은 말하곤 했다. 하지만 〈농사의 전설〉의 유쾌한 농부들을 보면서 띵은 지구라는 행성에 대한 호기심이 커져만 갔다.

일부 라비다인들은 퇴근 후에 안드스 행성의 몽상적인 생각을 하는 물로 만든 술을 마시면서 지구의 걸 그룹 핑퐁핑이 공연하는 것을 시청했다. 그리고 아침이 되면, 상기된 얼굴로 모여서 지난밤의 핑퐁핑에 대해서 그리고 제일 좋아하는 멤버인 재이니에 대해서 이야기를 나누곤 하였다. 라비다인들은 재이니를 사랑했다. 재이니는 가수이면서 간호사였다. 낮에는 〈농사의 전설〉 마을에서 보건소 간호사로 일하고, 밤에는 춤을 추며 노래하는 성실한 모습이 행성인들을 사로잡아 버렸다.

　라비다인들은 핑퐁핑의 노래 중에서 〈퐁.퐁.퐁〉을 특히 좋아했다. 〈퐁.퐁.퐁〉은 연인에 대한 사랑이 퐁퐁퐁 샘솟는다는 사랑스러운 가사의 노래다. 〈퐁.퐁.퐁〉의 후렴구에서 재이니는 중간 '퐁'을 담당했다. 재이니가 멤버들 뒤에 내내 숨어 있다가 중간 '퐁'을 할 때 잠깐 앞으로 튀어나와서 '퐁'하고 청량한 음색으로 노래 부르고는 사라지는 모습은 라비다 행성인들이 꿈꾸던 완벽한 여신의 모습 그 자체였다. 그 찰나의 '퐁'을 위해서 재이니는 계속 뒤에서 기다리고 또 기다린다는 사실이 특히나 라비다인들의 심금을 울렸다. 그녀의 얌전한 걸음걸이와 잘 들리지도 않게 나지막이 소곤거리는 목소리는 사람들 사이에서 튀어 보이지 않으려고 스스로를 낮추는 겸손함에서 나오는 것이라고 라비다인들은 생각했다.

　지구 TV를 좋아하는 라비다인들은 모두 이처럼 재이니를 사랑했지만, 띵은 다른 행성인들과 달랐다. 모두 재이니를 이야기할 때, 띵은 홀로 조세열을 이야기했다. 조세열은 다정하고 유쾌했고 마을 사람들을 가족처럼 잘 돌봐 주었다. 그리고 띵은 무엇보다 조세열의 유머감각이 좋았다. 그의 농담을 듣고 행복해진 띵은 종종 가족들과 동료들에게 농담을 똑같이 해 보이곤 했지만, 자신이 하면 이상하게 어색하고 경직되어 있어서 하나도 웃기지가 않았다.

띵은 조세열과 친구가 된다면, 조세열의 어깨에 기대어 물어보고 싶은 것들이 많았다.

행성감기로 정신없이 바빠졌을 때도 띵은 조세열이라면 이럴 때 어떻게 현명하게 대처를 했을까 하고 상상해 볼 정도로 그렇게나 조세열이 좋았다.

얼굴이 창백할 정도로 하얗고 키가 크고 호리호리한 호서(동네 청년 우식 역)는 진짜 농약을 통에 넣어 두었다는 소품 스태프의 말에 당황한 채로 촬영에 들어갔다. 인근 농가에서 급하게 농약 통을 빌려 오느라고 안에 있는 농약을 버릴 겨를이 없었다고 했다.

 호서는 눈에 띄는 외모 덕분에 길거리 캐스팅으로 배우가 되었다. 〈농사의 전설〉이 데뷔작인데, 젊은 여성들이 호서를 보기 위해 일요일 아침 8시에 일어나서 본방사수 할 정도로 인기를 끌고 있었다. 기획사에서는 고리타분하며 앞으로 곧 종영하게 될 〈농사의 전설〉에서 호서를 하루빨리 하차시켜서 새로 들어가는 주말 연속극에 출연시키려 했다. 하지만 호서는 첫 드라마와의 의리를 지키고 싶다고 고집을 부리고 있었다. 다정한 성격의 그는 평소 큰소리를 내거나 화를 내지 않았다. 하지만 불의를 보면 참지 못하고 상대가 자신보다 나이가 많거나 높은 직책의 사람이거나에

관계없이 불같이 화를 내곤 했다. 그래서 오늘도 〈농사의 전설〉을 당장 그만두라는 대표의 말에 불같이 화를 내 버렸다.

　호서는 농약이 피부에 닿아도 되는지 물어보고 싶었지만, 이미 카메라가 돌아가기 시작했다.
　"자. 들어갑니다. 우식이. 농약 통 어깨에 메어 주세요. 청년 1. 과수원으로 들어가고."
　최 피디가 대본을 든 팔을 힘차게 휘두르며 촬영 시작을 알렸다.
　"뭐 해? 얼른 메. 메야 내가 대사를 치지."
　청년 1인 철희는 망연자실 서 있는 호서 옆으로 다가오면서 빠르게 속삭였다. 철희는 부모님을 도와 블루베리 농사를 짓다가 뒤늦게 배우 일을 시작해서인지 아직은 극 중 이름도 없는 조조 조연이었다. 하지만 우식의 절친 청년으로 나오면서 배역의 비중이 점점 높아지고 있었다.
　"무서운데. 이거 진짜 농약이래."
　우식은 눈으로는 앞을 보면서 입으로는 철희에게 말했다.
　"야. 니들 둘 뭐 해. 촬영 안 할 거야?"
　최 피디가 소리쳤다.
　"이리 줘. 내가 할게."
　철희는 호서 대신 농약 통을 메고 푸른 잎이 무성한 사과나무에 약을 시원하게 쫙 쫙 치기 시작했다.

7

 띵은 (소군) 농장을 나와서 길가에 아무렇게나 세워져 있는 자전거에 올라탔다. 한때는 라비다인들도 고속 자동차를 타고 다녔지만, 다시 자전거와 걷기로 돌아왔다. 띵은 자전거를 타는 것보다는 흰 꽃이 만발한 푹신푹신한 꽃밭을 맨발로 걸어 다니는 것을 더 선호했지만, 사령관 회의가 열리는 라비다 행성의 수도 라다비크까지는 자전거를 타고도 0.5채스트 걸리는 걸어가기엔 먼 곳이었다. (소군) 농장과 무오나무가 있는 초목 지대인 남부에서 102개의 주택 구역이 있는 주거 지대인 북부까지 가야 했기 때문이다. 총사령관 회의가 열리는 공터는 13구역에 위치해 있었다. 13구역은 회의 공터 외에도 시민 광장과 뇌 공유 센터와 감옥, 병원, 육체보관소가 입주해 있는 공공건물이 있는 행정 구역이었다. 라비다 행성에서 가장 높은 3층 건물인 뉴스룸도 13구역에 있었다.

평소라면 자전거로 북적였을 도로가 한산했다. 대신 뇌 보관소는 포화 상태였다.

육체공유법이 시행된 이후로 계속 쭉 이 상태였다. 하지만 도로가 한산하지 않았다면, 땅은 회의 가는 도중에 열 번도 넘게 자전거를 멈춰 세웠어야 했을 것이다.

남에게 관심이 많고 다정한 라비다인들은 항상 남을 도와줄 준비가 되어 있다.

길을 걷거나 자전거를 타거나 하다 보면 어김없이 누군가가 상냥하게 손을 흔든다.

그를 발견하고 가던 길을 멈춘다.

누군가는 다가와서 조심스럽게 말한다. '뭔가 도울 일이 있나요? 눈이 마주친 것 같아서요.'

그러면 이쪽에선 상냥하게 대답한다. '아니요. 괜찮습니다. 그런데 혹시 도와드릴까요?'

그러면 다시 누군가가 말한다.

'아니요. 괜찮습니다. 그런데 정말 도울 일이 없을까요?'

그러면 다시 이쪽에선 '네. 괜찮습니다. 감사합니다. 그럼 이만.' 하고 가던 길을 간다.

보통의 라비다인들이라면 이 정도에서 대화가 끝이 난다. 하지만 다정함이 흘러넘치는 일부 라비다인들은 다르다. 그들은 다시 떠나려는 행성인을 붙들고 애걸한다.

'정말 도움 안 필요하세요? 뭐라도요. 뭐라도 좋아요.'

이쯤 되면 자전거에 다시 올라타야 하니 핸들을 꼭 붙들고 있어 주는 것이라도 부탁해야 한다. 이렇게까지 돕게 해 달라고 부탁해 온다면, 핸들이라도 잡게 해 주는 것이 대화를 마무리하는 가장 빠른 길이다.

띵은 단순한 곡조를 흥얼거리는 듯이 구불구불한 골목길들을 달려서 라다비크에 도착했다. 흰색 잔디밭에 초록색 철제 사각 프레임을 무심하게 아무렇게나 툭툭 던져 넣은 듯한 1층 혹은 2층 집들이 보이기 시작했다. 집들은 대개 가로 4미터와 세로 10미터 정도의 크기인데, 베란다와 침실, 욕실, 주방으로 이루어진 단순한 구조였다.

08

> **모든 cool하고 chic하고 hot하고 trendy한 그러한 것들에게 신물이 나요.**
>
> 하지만 사람들이 그러던데, 이러한 신물도 쿨하고 시크하고 핫하고 트렌디한 거라네요. 역시 제가 또 이렇게 어쩔 수 없이 대세 배우임을 증명해 버렸네요.
>
> – 조세열의 서면 인터뷰, 〈조그〉지 12호 –

"자꾸 그러면 저 방송국에 풀네임 걸어요."

최희지는 조세열에게 짜증이 났다. 눈동자가 새카맣고 차갑게 생긴 미인인 그녀는 도회적인 이미지와 어울리지 않게 청년회장 부인 역을 맡고 있었다. 희지는 재벌과 결혼했지만, 1년 만에 이혼하고 다시 연예계로 돌아온 후 이 역을 맡게 되었다. 실제의 그녀는 드라마의 그녀와 당연히 달랐다. 최희지는 드라마에서는 어른을 공경하는 지혜로운 맏며느리였지만, 태어나서 한 번도 그 누구도 공경해 본 적이 없었다. 사실 공경과 공격도 구분하지 못했다.

"클레임이겠지."

조세열은 틀린 단어를 정정해 주었다. 이런 건 그때그때 바로 지적해 주는 게 후배를 위한 일이라고 그는 생각했다.

희지와 조세열은 노지에 토마토를 파종하는 장면을 찍고 있었다. 다른 배우들은 다음 장면에 투입되기를 기다리면서 팔짱을 끼고 흥미진진하게 이 둘을 지켜보고 있었다.

아까부터 조세열은 대사마다 애드리브를 지나치게 많이 넣어서 희지를 힘들게 만들고 있었다. 그는 멈출 수가 없었다. 뭔가 하나 빵 터트리고 나면 그만하겠는데, 오늘따라 애드리브가 잘 안 터져서 이상한 오기가 발동했다.

"뭐 받아칠 말이 없게 했잖아요. 못 받아요. 안 받을래요. 대본대로 해요."

"애드리브를 빼고. 선배님."

조세열이 무리한 애드리브를 칠 때마다, 최희지는 애드리브를 절대로 받지 않고 항의했다. 그녀는 대본을 외우는 데 시간이 오래 걸렸는데, 기껏 힘들게 외워 온 대사에서 토시 하나라도 어긋나면 다음 대사가 머릿속에서 까맣게 지워져 버렸다.

"아 좀 빼라고 형. 하지 말라고요."

"선배님아."

"선배."

"야. 이 선배님아."

"아이씨 형."

최 피디는 당장 〈농사의 전설〉이 폐지되었으면 좋겠다고 입 밖으로 거의 내뱉을 뻔했다.

촬영은 진전 없이 늘어지기만 했다.

최희지는 더 이상 못 찍겠다면서 입고 있던 점퍼를 벗어서 땅바닥에 던져 버리고 대기실로 들어가 버렸다.

그녀가 대기실로 가자, 매니저 두 명과 스타일리스트 세 명도 그 뒤를 줄줄이 따라갔다.

"피디님. 우리 조금만 쉬었다가 하는 게 어떨까요? 다들 지치신 것 같은데. 제가 커피 한 잔씩 돌릴게요. 재충전하고 다시 합시다."

지켜보고 있던 고상욱이 사람 좋게 웃으며 말했다. 머리를 곱게 빗어 3:7 가르마를 타서 뒤로 몽땅 넘긴 그는 10년째 똑같은 헤어스타일을 하고, 똑같은 흰색 와이셔츠를 입고, 똑같은 흰색 운동화를 신고 촬영장에 나타났다. 그는 최 피디부터 시작해서 막내 스태프에 이르기까지 촬영장의 모두에게 90도로 허리를 숙여 인사를 했다. 그 모양이 어찌나 고리타분한지 조세열은 보기만 해도 답답해서 입안이 텁텁해졌다. 고상욱의 예의 바름은 조세열의 탁월한 잘생김과 같이 언제나 그러했다.

"쟤는 걸핏하면 저래."
조세열이 고개를 설레설레 내저으며 말했다.
"이번엔 아드님이 잘못하셨어요. 어서 가서 사과하세요."
고상욱은 자신보다 나이 많은 그가 가끔은 철없는 아들처럼 느껴지곤 했다.
"세열 오빠는 입에서 나오는 대로 말하던데. 막 던지데. 희지 쟨 농사짓는 장면 찍으면서 스타일리스트는 왜 셋이나 데리고 다니는 거야? 방송도 달랑 이거 하나면서 매니저는 왜 둘씩이나 필요한 거지? 하긴 쟤는 혼자서는 자기 집도 못 찾아갈 위인이니까."
김미가 코웃음 치며 말했다.
"매니저 중 젊은 쪽이랑 사귄다던데."
조세열이 말했다.
"촬영판 참 더럽게도 잘 돌아가고 있다. 좋다. 좋아. 아주 그냥 촬영할 맛 난다."
추미옥이 비아냥거렸다.
"아무리 더러워도 언니 입만큼 더럽겠어."
김미가 얄밉게 이기죽거렸다.
추미옥과 김미는 만나기만 하면, 서로를 못 잡아먹어서 안달을

냈다. 둘은 극 중에선 마을회장댁과 진숙이 할머니로 둘도 없는 단짝 친구로 나오지만, 사실 바로 그 유명한 '방송국 로비 드잡이 사건'의 장본인들이었다. 추미옥은 한국의 자애로운 어머니상이었다. 하지만 담배와 술, 담배 피고 욕하기, 술 마시고 욕하기를 좋아했고, 무엇보다 제일 좋아하는 건 세 가지를 다 하면서 거짓말을 하는 것이었다. 방송인들 사이에서 그녀가 '솔직히'로 시작하는 말을 하면 무조건 거짓말이라는 소문이 돌 정도로 거짓말을 잘했다.

김미는 〈농사의 전설〉의 찰진 푼수 할머니 연기로 많은 인기를 얻었다. 신이 날 때마다 추는 울랄라 깨춤으로 '울랄라 할머니'라는 애칭이 있을 정도로 국민적인 사랑을 받고, 김치 사업에 끼어들었지만, 김치에서 구더기가 나오는 바람에 구더기 할머니로 별명이 바뀌고 인기도 떨어졌다.

연기자들은 야외 촬영이 있는 날에는 항상 마을 회관에 마련된 출연자 대기실에서 의상을 갈아입거나, 분장을 했고, 휴식을 취했다.

"솔직히 나 아까 1시간 전부터 저기서 스탠바이하고 있었다. 최 피디. 그거 알아 둬. 지각 아니다. 솔직히 나 지각한 적 한 번도 없잖니? 내 말이 틀리니?"

추미옥은 대기실로 들어온 최 피디를 붙잡고 지각을 하지 않았다고 우겼다. 최 피디는 마지못해 고개를 몇 번 끄덕거리더니 다음 촬영 준비를 해야 한다면서 밖으로 나가 버렸다.

"어마. 언니. 정말로 내가 언니네 차가 제일 마지막으로 주차장에 들어오는 거 봤는데 왜 괜한 최 피디를 볶아. 최 피디가 얼마나 난처하고 그랬겠어?"

김미가 끼어들어서 한마디 했다.

"빌어먹을. 언니는 무슨. 내가 왜 네 언니냐? 너랑 나랑 태어난 해도 같은데. 이년은 만나기만 하면 언니 타령이야. 그렇게 나보다 한 살이라도 더 어리고 싶냐?"

"태어난 해만 같음 뭘 해. 난 12월. 언니 너는 1월에 태어났잖니? 세열 오빠랑 언니는 한국 나이로 올해 딱 오십이고. 난 아직 사십팔이잖니? 서양식으로 계산하면 말이야. 사~십팔."

둘이 복닥거리는 모습을 보는 것도 얼마 남지 않은 것 같다고 조세열은 생각했다.

돌아오는 가을 개편에서 폐지 수순을 밟게 될 것이라고 최 피디가 술에 취해서 말했었다.

시청률은 1% 아래로 떨어졌고, 그 책임은 다 조세열의 계속해서 펑펑 터져 나오는 스캔들 때문이라고 최 피디는 울부짖었다. 조세열은 어깨를 으쓱했다. 여배우, 기자, 감독 가릴 것 없이 만나는 여자마다 자신에게 반하는 것을 나더러 대체 뭘 어쩌란 말인가? 아무리 자신이라고 해도 그런 것까지 다 책임질 수는 없었다.

조세열은 시도 때도 없이 눈웃음을 짓고 윙크를 해서 매력을 발산했다. 그는 본인이 굉장히 잘생겼다는 사실을 지나치게 잘 알고 있었다. '아직도 윙크가 먹히는 거야?'라는 말은 조세열의 보기 좋게 잡힌 눈주름을 한 번이라도 보고 나면 쏙 들어가 버릴 것이다.

9

농업 사령관 띵은 사각의 집들을 지나 사령관 회의가 열리는 장소에 도착했다.

회의가 열리는 공터는 허허벌판에 무오나무 그루터기 몇 개가 의자처럼 놓여 있을 뿐인 말 그대로의 공터였다. 일곱 명의 사령관들은 쪼그리고 앉아 나뭇가지로 흙바닥에 그림을 그려 가면서 머리를 맞대고 열심히 무엇인가를 논의하는 중이었다.

그중 가장 나이가 많은 재정 사령관이 재채기를 하다가 띵을 발견했다.

"이로써 우리의 고두바타를 제외하곤 모두 한자리에 모였군요."

샐쭉한 표정의 그가 말하자, 다른 사령관들은 모두 일어나서 띵에게 인사를 했다. 재정 사령관은 일어서서 인사하지 않고, 그대로 털썩 주저앉아 버렸다. 그는 막내아들과 몸을 공유하고 있었는데, 막내아들은 72세로 최근에야 겨우 걸음마를 떼었다. 잘

웃지도 않고 뚱한 표정의 아이가 라비다인 특유의 생글거림을 장착하는 것은 백 살이 넘어야 가능했다.

라비다 행성인들의 존경을 한 몸에 받는, 우리의 고두바타라는 애칭으로 불리는 대통령 고두바타는 '순수 에너지 정화 기간'이라서 회의에 참석하지 못했다. 에너지 정화는 외부의 누구와도 연락을 취할 수가 없는 무인 행성에서 진행되었다. 라비다 행성에서 육체노동을 많이 하는 사람들은 사령관들이며, 그중 가장 많이 하는 사람은 대통령이다. 행성인들의 투표로 선출된 사령관들이 다시 투표로 대통령을 선출했고, 대통령은 독재의 혐의가 없는 한 종신직이었다.

라비다 행성의 제일 목표는 모든 라비다인들의 평온인데, 그러려면 대통령 자신이 먼저 평온을 유지해야 했다. 하지만 신중하고 진지한 성격의 고두바타는 스트레스를 받을 때가 많았다. 대통령의 자리에서는 그러한 것이 당연했다. 모두의 주장이 옳다고 생각될 때가 많았다. 누구의 편을 들 수도 없고 안 들 수도 없는 와중에도 매번 공정한 선택을 해야 했고, 그 선택에 따른 책임을 져야 했다. 순수 에너지가 자주 오염되는 것도 바로 이러한 스트레스가 원인이었다. 그래서인지 정화를 하러 가는 간격이 점차 짧아져서 자리를 비우는 일이 많았다.

재정 사령관은 바닥에 고인 행성의 검은 콧물을 손가락으로 만졌다. 마치 어린아이가 흙장난을 하고 있는 것처럼 보였다. 띵은 그런 그를 보자 걱정이 일었다. 라비다인들은 다음 세대의 행성인에게 자리를 비켜 주는 것을 당연하다고 여기기 때문에 나이가 들어 기력이 쇠하거나 건강이 악화되면 스스로 소멸의 절벽으로 가서 뛰어내렸다. 띵은 존경하는 재정 사령관이 당장이라도 소멸의 절벽으로 갈까 봐 두려운 마음이 들었다.

  하지만 그건 띵의 기우였다. 재정 사령관은 콧물을 실험 용기에 담아서 깔끔하게 라벨까지 붙인 다음 나무껍질로 만든 가방 안에 조심스럽게 집어넣었다. 콧물을 만진 손도 맨손이 아니라 투명 장갑을 낀 손이었다. 띵은 안도의 한숨을 내쉬었다.

  그는 가방을 잘 챙겨 두고 띵에게 물었다.

  "그래. 자네가 직접 지구에 가겠다고?"

  재정 사령관의 말이 떨어지기 무섭게 다른 사령관들은 발언권을 달라고 너도나도 손을 들었다. 그들은 띵이 지구로 가는 것에 대해 무조건 반대부터 했다. 불결하고 미개한 지구인들이 행성의 순수 에너지를 더럽힐 것이 분명하며 이는 우주신 하아다부다의 분노를 사는 일이 될 것이라고 생각했기 때문이다.

  "지구에 대해서 조사해 봤더니 흥미가 생기는 부분은 '지구인은 산소가 없으면 5분 내로 한 줌의 수소와 오존, 일산화탄소로 증발한다.' 고작 이 한 줄뿐이었습니다. 이것 말고는 전부 다 쓸데없었습니다." 역사 사령관이 말했다.

"아직 그들 중 그 누구도 지구행성 주변을 벗어난 자는 없다고 합니다. 기껏해야 화성하고 달에만 가서 살짝 발만 대 보고 온 게 다입니다. 현존하는 지구인 중 그 누구도 타 행성인을 만나 본 적도 없고, 설령 우연히 마주친다고 해도 상대방이 타 행성인이라는 생각을 전혀 못 한다고 합니다. 같은 지구인들끼리는 서로 상대방을 이상한 외계인 같은 놈이라고 말하고 다니면서 말입니다." 이어서 외교 사령관이 말했다.

"고결한 라비다 행성에 지구인이 들어온다면, 우리 행성은 우주 역사에 이렇게 기록될 것입니다. '라비다 행성은 조용하고 아름다웠지만 이제는 아니다. 라비다인들은 순박했지만 이제는 아니다.' 이렇게 말입니다." 문헌 사령관이 말했다.

"잠시만. 먼저 농업 사령관인 띵의 이야기를 들어 보는 게 어떻겠나? 이 행성에서 무오 농사에 대해 가장 잘 아는 건 바로 이 사람이니 말일세."

재정 사령관이 다른 사령관들을 부드럽게 타일렀다. 띵이 지구인을 데리고 오겠다고 처음 말했을 때도 오로지 재정 사령관만이 긍정 비슷한 반응을 보여 주었었다. 그의 할아버지의 친구의 할아버지의 옆집의 남자가 지구인이었는데 참 좋았다고 말했었다.

구체적으로 뭐가 좋았는지는 말하지 않았지만, 그는 그저 계속 좋았다라고만 했었다.

"현재의 식량 위기를 극복하려면 무오 농사에 성공하는 것 말고는 방법이 없습니다. 다른 방법을 혹시 아신다면 저에게도 알려 주세요." 띵은 말했다.

"군대요."

다들 서로의 얼굴만 쳐다보며 대답을 못 하고 있을 때, 나이가 제일 어린 환경 사령관 우쿠부지가 말했다. 그는 연한 하늘색 바탕에 흰색 꽃무늬 자수가 화려한 점프 슈트를 입고 긴 다리로 휘적휘적 걸으며 앞으로 나섰다. 우쿠부지는 다른 사령관들에 비해 머리 하나 정도가 커서 사령관들은 그를 올려다봐야 했다.

모두가 자신을 주목하자, 우쿠부지는 좀 더 목소리를 높였다.

"라비다에는 군대가 필요해요. 라비다 행성은 수줍음은 많고 사교성은 없는 행성으로 어지간한 우주선과 행성인은 다 튕겨 내고 받아 주지 않았잖아요. 외부 행성인(가령 이기적인 데리다인들)은 함부로 들어올 수가 없었죠. 하지만 행성감기를 앓은 후로는 흐물흐물해진 라비다 행성에 외부 행성인과 우주선이 들어오는 게 마치 지구 드나들 듯이 쉬워졌잖아요. 이처럼 아무나 쉽게 들어올 수 있게 되었으니, 우리 라비다 행성의 안전을 위해서라도 군대는 꼭 필요하단 말이에요."

455세로 사춘기의 절정에 있는 환경 사령관 우쿠부지는 라비다인답지 않게 감정 조절이 안 돼서 폭력적인 모습을 보이곤 했다. 오늘도 세 번째 손으로 악수를 하고, 사과 인사를 손바닥 말고 손등을 보이면서 하는 등 건방지게 행동해서 다른 어른들의 우려를 샀다.

라비다인들 사이에서 '내 마음은 지금 우쿠부지함.', '우쿠부지하게 우쿠부지 같네.'라는 말이 유행하고 있을 정도로 우쿠부지의 사춘기 증상은 별나게 유난했다.

사춘기의 기분은 별로인 것과 더 별로인 것 사이와 불만인 것과 더 불만인 것 사이에 끼어서 옴짝달싹할 수 없는 것과 같았다. 결국 고민 끝에 최선의 선택을 한다고 해도 항상 기분은 별로이고, 불만인 것이다. 우쿠부지가 요즘 그랬다. 우쿠부지는 라비다에는 왜 군대가 없는지, 평화로운 라비다를 지키려면 군대를 만들어야 한다는 것을 왜 다른 사령관들은 이해를 못 하는지가 불만이었다. 혼자만 평화로우면 뭘 하냔 말이다. 다른 행성들이 안 평화인데 말이다.

하지만 우쿠부지는 사춘기를 혹독하게 겪으면서도 또 맡은 바 일은 누구보다 열심히 하였고, 전 대통령 출신인 아버지의 인품을 그대로 물려받아서 라비다를 위하는 마음은 누구보다 더 강하고 깊었다.

우쿠부지는 약한 행성들은 도태되기 마련이라고 생각했기 때문에 라비다의 미래에 대한 걱정도 깊었다. 그래서 행성감기로 식량이 부족해지자, 라비다 행성과 자연환경이 비슷한 지구를 정복하기 위해서 군대를 모아 훈련시켜 오고 있었다. 하지만 군대라고 해 봤자 우쿠부지 또래 친구들 열댓 명이 모인 게 다였기 때문에 사령관들은 별로 신경 쓰지 않고 있었다.

"사실 이 자리에서 발표할 것이 있어요. 소멸무기 성능 실험이 거의 성공 직전이에요."

우쿠부지는 사령관들에게 자랑했다.

"잘했다. 그런데 장난감은 집에서만 가지고 놀아야 한다."

재정 사령관은 우쿠부지의 머리를 쓰다듬었다. 사령관들은 우쿠부지의 소멸무기를 아이가 가지고 노는 장난감이라고 생각해서 그냥 내버려 두었다.

우쿠부지는 살짝 머리를 돌려서 옆으로 빼 버렸다.

'잘 아시지도 못 하면서.'

그는 입만 달싹거렸다.

우쿠부지의 군대는 우스울 정도로 소규모였다. 하지만 '소멸무기'는 치명적이고 무서운 무기였다. 특수 액체를 솜뭉치에 적셔서 피부에 문지르면, 피부가 투명해져서 안의 내장이 보이기 시작했다. 곧이어 내장도 투명해지고 나면 이번엔 혈관을 타고 흐르는 피가 보였다. 그리고 이내 피마저 투명해져 털을 제외하고는 전부 투명해지게 되는데, 마지막에는 털마저 투명해져서 투명한 행성인이 되어 버렸다.

투명한 행성인은 몸이 없으니 말할 수도 없고 들을 수도 없고, 무엇을 잡을 수도 없고, 볼 수도 없고, 먹을 수도 없고, 잘 수도 없다. 죽은 것과 다름없게 된다. 소멸무기를 사용해서 지구인들을 전부 투명해지게 만들고 나면, 선량한 라비다 행성인들은 지구인들을 신경 쓰지 않고 지구에서 잘 살 수 있게 된다. '우주신 하아다부다의 거룩한 성전에 따르면 다른 행성인을 죽이지 말라고 하였으니 그 말을 어긴 것이 아니다.'라고 우쿠부지는 어깨를 으쓱하며 동료 군인들에게 말하곤 했다.

사령관들은 띵과 우쿠부지의 제안들이 둘 다 말이 안 되지만, 우쿠부지 쪽이 더 말이 안 된다고 생각했다. 그래서 마지못해 띵이 지구에 가서 농사 전문가를 데리고 오는 것을 허락해 주었다. 사령관들의 마음을 움직인 띵의 발언은 다음과 같았다.

"다른 사령관님들이 허가만 해 주신다면, 지구 왕복 우주선 요금은 제가 지불하겠습니다. 현재로선 농사 전문가들 말고는 방법이 없습니다. 농업 사령관인 저는 그동안 저절로 자라난 무오나무가 떨어뜨려 준 (소군)들을 줍는 일만 하면 되었습니다. 그러니 무오나무를 키울 필요가 없었습니다. 농사가 필요하지 않았기 때문에 라비다의 어느 그 누구도 농사짓는 방법을 알지 못합니다. 우리에겐 농사 기술을 가르쳐 줄 지구인들이 필요합니다. 장담하건대, 그들은 제가 아는 한, 우주에서 가장 유능한 최고의 농사 전문가들입니다."

특히나 지구 왕복 우주선 요금을 농업 사령관 띵이 전부 부담하겠다는 대목이 사령관들의 마음을 1m쯤 우쿠부지가 아닌 띵 쪽으로 움직이게 만들었다. 거의 결정적이었다.

10

 때는 목요일 오후였고, 지구의 북반구에는 봄이 와 있었다.
 지구의 북반구는 온통 초록색이었고, 향긋한 냄새가 났다.
 〈농사의 전설〉 촬영장에 도착한 띵은 멀미 때문에 정신을 차릴 수가 없었다.
 바람이 거의 불지 않는 라비다 행성에 익숙한 띵은 지구의 공기 흐름에 심한 메스꺼움과 어지러움을 느꼈다. 산소 농도 짙은 공기가 띵의 폐를 마구 뒤흔들어 댔다.
 그럼에도 불구하고 띵이 지구에서 본 것은 초록색 풍요였다.
 그리고 그 풍요 속에서 마구 공중에 흩뿌려지는 기적의 액체를 보았다.
 호서와 철희가 뿌리는 액체를 맞은 잎들이 더욱 파릇파릇해지고, 선명해지는 것을 보았다.
 띵이 보기엔 이 모든 것들이 우주신의 축복 같았고, 기적 같았고, 사랑 같았다.

자꾸 같았다라고 하는 이유는 아직 확실하지는 않기 때문이었다. 확실하지는 않아도 띵은 믿음직스러운 젊은 농사 전문가들을 보니 마음이 흐뭇해졌다. 저들이라면 라비다 행성의 무오 농사를 책임지고 해낼 수 있을 것이다. 띵은 스스로 고심하고 또 고민해서 도출해 낸 결과가 정답이었다니 부끄러움의 반대 같은 기분이 들었다. 하지만 부끄러움의 반대말이 무엇인지 생각나지 않았다. 어쨌든 그런 기분이었다.

11

"청년회장. 오빠 넌 누구 편이야? 내 편이지?"

김미가 마을 회관으로 들어온 조세열을 콧소리로 걸고넘어졌다. 솔직히 추미옥이 죽자고 덤벼들면 힘으로는 이길 자신이 없어서였다.

"아니." 조세열은 느긋하게 대답했다.

"그럼 저 여자 편이야? 그래도 드라마 엄마라고 편드는 거니?"

"아니. 난 아무 편도 아니야. 그러니 난 신경 쓰지 말고 하던 거나 계속해."

추미옥은 당장이라도 김미에게 달려들 듯이 소매를 걷어붙였다. 사람들은 잘 하면 오늘 그 유명한 둘이 동시에 머리카락 잡고 제자리에서 뱅뱅 돌기를 구경할지도 모른다는 생각에 가슴이 두근거렸다. 똑같이 두근거렸지만, 조세열은 그 둘의 싸움을 제대로 보기 위해 플라스틱 의자를 가지고 와서 가까이에 놓고 앉았고, 다른 출연진들은 두어 걸음 뒷걸음쳤다. 이런 소란으로 땅이 천막 안으로 들어온 것을 재이니 말고는 아무도 보지 못했다.

12

재이니가 보기엔 저 남자는 어딘지 배 속이 불편해 보이고 꿀렁거리는 듯이 보였다.

띵이 보기에 지구인들은 너무 귀여웠다.
청년회장 조세열이 자신의 엄마와 옆집 아줌마와 나란히 서서 담소를 나누는 모습이 좋아 보였다. 저렇게 서로 스스럼없이 다정하게 지내다니 역시 조세열은 양동 마을을 이끌어 갈 차세대 농촌 후계자답다고 생각했다. 양동 마을에 오기를 잘했다고 생각했다. 띵은 자신의 첫 인상이 괜찮았으면 좋겠다고 생각하며 세 번째 손으로 긴장된 위장을 만지작거렸다. 그리고 자신을 삼키려는 커다란 부끄러움 속에서도 모든 라비다 행성인들이 감탄할 정도로 더 더 더 커다란 용기들을 쥐어짜 냈다.

조세열이 보기에는 호서가 전반적으로 바보인 것 같았다.

"가만히 좀 있어 봐. 정신없어 죽겠다. 왜 그렇게 계속 뛰어다니는 거야? 네가 애야?"

"저 아까부터 계속 가만히 여기 이렇게 얌전히 서 있었는데요."

호서는 가만히 서 있어도 제자리에서 껑충껑충 뛰는 것처럼 보였다. 그는 그런 오해를 가지게 해 주는 뻣뻣하고도 긴 팔과 다리와 허우대를 가지고 있었다.

띵은 바닥에 머리를 대었다.

라비다 행성에서 고개를 숙여서 바닥에 머리를 대는 것은 최대한의 예의를 표시하는 행위였다.

호서가 보기에는 아득히 먼 곳에서 온 것 같은 그 남자가 바닥에 엎드리려고 하는 것 같았다. 아마도 무엇인가 중요한 것을 찾고 있는 것이리라. 호서는 그를 도와주려고 남자의 옆에 가서 바닥에 엎드렸다.

철희가 보기에는 이 남자가 호서의 친구인 것 같았다. 호서가 촬영장에 친구를 데리고 온 이유는 아마도 철희가 맡고 있는 우식의 친구 배역에 친한 친구를 추천하려는 것이 분명했다.

그래서 철희는 띵과 호서를 손가락으로 가리키며 크게 소리를 질렀다.

"그건 절대 안 돼. 우식이 친구는 나야. 이제야 사람들이 조금씩 나를 알아보기 시작했어."

사람들은 동시에 철희를 쳐다보았고, 그다음엔 철희가 가리키는 방향을 보았고, 호서와 남자가 바닥에 엎어져 있는 것을 보았다. 철희는 달려가서 호서와 땡을 일으켜 세웠고, 호서에게 자신만이 유일한 드라마 속 친구라는 것을 일깨워 주기라도 할 양으로 호서의 옷을 호들갑스럽게 털어 주었다.

별일 아님을 확인한 김미와 추미옥은 다시 말다툼을 했고, 조세열은 이 둘이 머리채를 잡고 흔들어 대는 광경을 봐서 지리멸렬한 일상을 잊어버리고 싶어졌고, 고상욱은 점심 먹은 게 체한 것 같았다.

재이니는 오늘 하루도 제발 아무 일 없이 지나가게 해 달라고 다시 기도하고 싶어졌다.

하지만 기도를 해 봤자 절대로 이루어지지 않을 것이라는 것을 재이니는 거의 확신했다.

왜냐하면 대기실에 들어온 대머리의 저 남자는 팔이 세 개였기 때문이다.

13

 "양동 마을 주민 여러분. 저와 함께 라비다 행성으로 가셔서 농업 기술을 전수해 주지 않으시겠습니까? 라비다 행성은 행성감기에 걸려서 큰 어려움에 처해 있습니다. 허락해 주신다면, 당장 우주선에 탑승하셔야[8] 합니다. 하지만 갑자기 당황하셨을 테니 질문이 있다면, 몇 개만 받고 출발하겠습니다. 미리 말씀드리자면, 식량에 관해선 걱정하지 않으셔도 됩니다. 라비다 행성의 음식은 입에 안 맞으실 것 같아서 통조림과 물을 우주선에 실을 수 있을 만큼 최대한 많이 넣어 두었습니다."

 띵은 말했다. 그러나 모두들 띵을 쳐다보기만 할 뿐 아무 말도

---

[8] 사실 띵이 〈농사의 전설〉 팀을 라비다 행성으로 데려가는 데는 별다른 동의가 필요하진 않았다. 다만 예의상 물어본 것이었다. 동의 없이 이들을 라비다 행성으로 데려가는 것은 우주 전체를 아우르는 종합법률센터에서 공표하기를 '다른 행성인들을 위해서 자신의 행성인들 10명 혹은 10마리 혹은 10개를 기꺼이 혹은 기쁘게 희생한다면, 훗날에 이것을 10배 즉 100명 혹은 100마리 혹은 100개로 갚을 것이 자명하다.'라고 했기 때문이다.

하지 않았다.

"혹시 저를 못 믿으시겠다면, 자전 속도를 느리게 해 보일 수도 있습니다."

띵이 말했다. 그러자 몇몇이 그렇게 하라는 듯이 고개를 살짝 까딱했다. 하지만 아무도 입을 열진 않았다. 왜냐하면 이 중에서 제일 먼저 입을 열면, 이 중에서 제일 먼저 바보 취급을 받게 될 것 같은 강렬한 예감이 들었기 때문이었다.

"지구인들이여. 느껴지십니까?"

띵은 잠시 눈을 감고 가만히 서 있다가 말했다.

"실례지만, 지금 뭐 하시는 거죠?"

드디어 고상욱이 입을 열었다.

"모르시겠습니까? 아무것도 안 느껴지십니까? 그래도 괜찮습니다. 자전 속도가 느린 건, 저도 눈치채지 못할 때가 많습니다. 그럼 이번엔 자전 속도를 빠르게 해 보겠습니다."

띵은 지구 자전 조절 스위치로 자전 속도를 1660km/h에서 1663km/h로 조절했다. 그랬더니 빠른 자전 속도 때문에 다시 구역질이 올라왔다. 띵은 간신히 구토를 오른손으로 틀어막고 왼손으로는 조세열의 어깨를 잡아서 몸의 중심을 유지했다.

지구는 1660km/h로 자전한다. 지구가 1시간에 1660km를 돈다는 것은 서울에서 500km 거리인 부산에 갔다가 뭐 두고 온 게 있어서 서울에 다시 갔다가 두고 온 게 없다는 걸 깨닫고 다시 부산에 갔다가 사실은 두고 온 게 맞았다고 스스로를 두 개의 자아로 나누고 두 개의 자아를 각각 신경질 자아와 짜증 자아로 나누고 싸우면서 이제 서로 다시 말도 하지 않겠다고 다시 내가 나와 여행을 다니면 내가 아니라고 부산 여행을 포기하고 다시 서울로 올라가는 도중에 휴게소에 들리기까지 겨우 1시간이 걸린다는 소리다. 한마디로 지구는 엄청 빠른 속도로 자전한다는 소리다.

조세열은 어깨 위 띵의 손을 옆으로 내려놓았다. 그 탓에 중심을 잃은 띵은 휘청거렸다.

"아. 이건 아무래도 안 되겠습니다. 죄송합니다. 다시 정상으로 자전 속도를 돌려놓겠습니다."

속도가 느려지자 그제야 띵은 안정을 되찾을 수 있었다.

"저기요. 평소에 자전 속도를 느끼고 사는 사람은 아무도 없을 것 같은데요."

호서가 조심스럽게 말했다. 약간 많이 부족해 보이는 남자가 안쓰러워 보였다.

"그럴 리가. 자전 속도가 느려지면 어떤 무시무시한 일들이 생기게 되는지 모른단 말입니까?"

자전 속도가 느려지면 하루 길이가 길어지고, 육지는 물에 잠긴다. 포유동물들은 하루 길이에 따라 이주를 결정하는데, 판단

혼란이 일어난다. 일교차가 급격하게 커진다. 그리고 바람이 불지 않아 대기가 없어져서 결국에는 숨을 못 쉬게 되어 버린다. '이러한데도 말인가.' 하고 띵은 고개를 갸우뚱했다. 베델스크 행성계에서는 자전 속도를 조절하는 것만으로도 쉽게 베델스크 행성인들이 우주법을 지킬 수 있게 만들었다.

"지구인들의 강점은 둔감함이군요. 그렇다면 우주선을 운행할 때 어지러움의 정도에 대해서는 크게 고려하지 않아도 되겠습니다. 잘됐습니다."

띵은 자전 속도가 빨라졌다 느려졌다 하면서 생기는 혼돈 때문에 어지러웠지만, 꾹 참고 수첩을 꺼내고 메모를 했다.

"얘는 뭐야? 새로 온 스태프야? 너 뭐야? 누구 맘대로 대기실에 들어와. 미쳐도 색다르게 미친놈-"

조세열은 까칠하게 말했다.

김미는 조세열의 입을 양손으로 틀어막고, 구석으로 조용히 끌고 갔다.

"나. 나. 나. 이거 뭔지 알아."

"무슨 소리야. 우주선 어쩌고, 행성이 어쩌고를 안다고?"

조세열이 김미의 손을 치우고 입을 닦았다.

"조용히 해. 몽땅 다 헛수고가 되기 전에."

김미는 속삭이면서 주변을 살폈다.

"요것들 봐라. 요즘엔 카메라를 기가 막히게 숨기네. 10년 전에

나 할 때는 막 여기저기 카메라가 다 보여서 안 보이는 척 내숭 떠느라 혼났는데, 지금은 전혀 안 보여. 감쪽같네."

김미는 빨갛게 달아오른 뺨을 휴대용 콤팩트로 빠르게 톡톡 찍어 덮었다.

"이거 〈몰래 몰래 쇼〉? 웬일이래."

어느새 김미와 조세열 등 뒤에 바짝 다가와 붙은 추미옥이 들뜬 목소리로 말했다.

"그럼 혹시 10주년 기념?"

셋은 얼굴을 마주보며 동시에 말했다.

김미는 여전히 어지러워서 정신 못 차리는 땡을 조심스럽게 비켜 가서 다른 출연자들에게 다가갔다. 그리고 지금 〈몰래 몰래 쇼〉를 촬영하는 것 같으니까 모두 연기 잘하자고 속삭였다.

같은 방송사의 간판 프로그램인 〈몰래 몰래 쇼〉에 출연하다니 추미옥은 감격이 밀려왔다. 연기 경력 30년 차이지만, 한 번도 예능에서 불러 준 적이 없었기 때문이다. 첫 예능이 〈몰래 몰래 쇼〉라니. 추미옥은 어디선가 몰래 숨어서 지켜보고 있을 예능 박 피디에게 잘 보이고 싶었다. 그래서 그녀는 눈에 띄고 싶은 마음에 손을 번쩍 들고 과학적인 질문을 했다.

"여기 질문 있습니다. 은하계에서 우리 같은 행성이 몇 개나 있는 것입니까?"

"그건 제가 답할 수 없는 질문입니다. 그걸 누가 알겠습니까?

평생 그것만 세고 또 다음 세대가 그걸 이어서 세고 겨우 다 세고 나면 처음에 찾았던 그 행성들 중 몇 개는 벌써 소멸했을 거고, 또 몇 개는 태어났을 테고. 그래서 거기서부터 다시 세는데 기준을 어디서 정할 건지. 거기서부터가 대체 어디인 거지가 되어 버리는 거라서 말입니다."

띵은 말했다.

"친절한 답변 감사합니다."

비록 추미옥은 무슨 말인지 하나도 이해할 수 없었지만, 출연진들 중에 자신이 가장 먼저 질문했다는 뿌듯함에 매우 만족스러웠다.

추미옥에게 첫 질문을 놓친 게 분한 김미도 질문을 했다.

"외계인 선생님. 우주에서 죽어도 천국에 갈 수 있나요?"

"죄송합니다. 천국이라는 행성은 처음 들어 봅니다."

띵은 고개까지 숙이며 정중히 사과했다.

"하나님을 모른다고?"

"하나님? 네. 모릅니다. 다시 한 번 죄송합니다. 그런데 하나님은 양동 마을의 주민 중 한 분이십니까? 어떤 분이신지 알려 주시면, 제가 꼭 기억하도록 하겠습니다."

김미는 띵이 하나님과 천국을 동시에 무시한다고 생각해서 화가 났다. 흥분한 그녀는 고향 사투리로 말하기 시작했다.

"아따 고것이 뭔 말이여. 말을 겁나 섭섭하게 해부리네잉. 그동안 교회에 공도 많이 들이고, 그 뭐시기 십일조도 내가 겁나 많이 내부렸당께. 한 푼도 예수님을 속인 적이 없당께."

김미는 화가 나서 숨을 헐떡거렸다. 얼굴도 빨개졌다.

"외계인이 천국을 어떻게 알겠어? 그리고 천국은 가짜야. 그런 게 어디 있어. 죽으면 그냥 죽는 거지. 목사들이 십일조를 꼬박꼬박 받아 챙기려고 너를 속이고 있는 거야."

조세열이 말했다. 이렇게 사회의식이 있는 듯한 발언을 하면 자신에게 악플을 달아 대는 진보한 젊은이들에게 호감을 얻을 수 있을 것이다.

"십일조? 그건 내가 천국에 가려고 미리 천국 분양권을 사는 거여. 목사놈이 그 돈으로 차도 사고, 땅도 사고 해도 그거 너거들 눈에 보이는 게 그런 거지. 그 돈의 정성은 다 예수님에게로 올라간당께. 여적 넌 고것도 모르냐. 그 뭐시냐. 넌 대핵교도 나왔담서. 난 겨우 중학교만 졸업해써야."

"그만들 해. 지금 촬영 중이잖아. 김미야. 너 지금 사투리 쓰고 있다." 추미옥은 조세열과 김미를 말렸다.

평소 김미는 고향을 속이고 미국에서 왔다고 거짓말을 하고 다녔다. 그래서 거짓말이 들통날까 봐 사투리를 쓰는 드라마에는 절대로 출연하지 않았다. 추미옥의 말에 제정신이 든 김미는 식은땀을 닦으며 "외계인 선생님 감사합니다." 하고 의자에 주저앉았다.

14

"괜찮으시다면, 이제 출발하겠습니다."

띵은 동그랗고 투명한 플라스틱 공을 바닥에 세게 던졌다. 공은 1239099개 조각으로 찬란하게 깨지면서 다시 순식간에 사람들을 둘러싸고 재조합되더니 투명하고 둥근 '비상 작동 우주선'이 되었다.

얼핏 고물 플라스틱 덩어리로 보이는 '비상 작동 우주선'은 낡은 우주선 보관 창고에서 띵에 의해 꺼내질 때부터 설렘에 몸이 떨렸다. 부르르르르한 스스스스한 떨림이었다. 누군가 자신을 기대하고 있고, 필요로 하고 있다는 예감이 왔었다. 손바닥 두 개가 있다면 손바닥이 새빨개지도록 박수를 치고 싶고, 성대와 입이 있다면 성대껏 기쁨의 환호를 지르고 싶을 정도였다고 나중에 후배 비상 작동 우주선들 앞에서 회고하였다.

사실 비상 작동 우주선은 개발된 이후로 시범 사용할 때를 제외하고 한 번도 펴진 적이 없었다. 크기도 작고, 모양도 볼품없었으며 기본 기능을 제외한 추가적인 기능들이 없었기 때문이다. 또한 우주선을 살 때, 구매자들이 절대적으로 고려하게 되는 기능인 탄성 기능[9]도 없었다. 시범 사용 시에 측정된 탄성 수치는 제로에 수렴했었다.

땡은 안 팔려서 폐기하기 직전인 비상 작동 우주선을 빌려 올 수밖에 없었다. 지구와 라비다 행성을 왕복하는 데 드는 연료비가 말도 안 되게 비싸서 예산이 부족했기 때문이다. 게다가 땡은 우주선이 좁은 탓에 보좌관도 없이 홀로 지구에 와야만 했었다. 홀로 이륙을 하고, 홀로 자동 운항을 시키고, 홀로 외로웠지만, 이제 다 괜찮다. 지구의 농사 전문가들을 데리고 라비다 행성으로 가서 (소균) 농사를 성공시킨다면, 그 고독함을 모두 보상받을 수 있을 것이다.

'비상 작동 우주선'은 천천히 이륙 준비를 하기 시작했다.

재이니는 소속사에서 아직은 예능에 나갈 때가 아니라고 했던 것이 기억났다. 그래서 카메라 앵글에 잡히지 않길 바라면서 우주선 구석에 가서 숨어 버렸다. 소속사 팀장은 "넌 입만 열면 좀

---

9 탄성 기능이 탑재된 우주선은 다른 행성인들의 부러움 섞인 탄성을 측정한 탄성 수치가 100 이상이고, 뿌듯함과 자랑스러움으로 우주선 소유자의 어깨가 올라가는 높이가 5cm 이상인 고급 우주선을 말한다. 즉, 탄성 수치는 100 미만이고, 어깨 올라가는 높이가 5cm 미만인 우주선은 후졌다고 말해도 된다.

깨잖아."라고 말했었다. 그러고는 뒤돌아서서 '하긴 쟤는 입 안 열어도 깬다. 존재 자체가 그냥 깨.'라고 다른 멤버들에게 말하곤 했었다.

 띵은 구석에 숨은 재이니의 수줍어하는 모습을 보면서 피의 이끌림을 느꼈다. 라비다 행성에서는 사랑에 빠지는 것을 피의 이끌림이라고 불렀다. 실제로 피 안에 있는 자성이 서로를 이끌기 때문이다. 사실 농업 기술을 전수받는 데, 보건소 간호사는 필요 없었다. 주변 라비다인들의 성화로 그녀도 라비다 행성으로 데려가기로 결정한 것이다.

 김미가 우주에 가기 무섭다고 울면서 우주선 문을 열고 뛰어내릴까 말까 고민하고 있을 때, 추미옥은 오래 기다렸던 기회이니만큼 고민도 없이 즉석 연기에 들어갔다.

 "오. 아. 아. 우주선을 타는 기분이 이런 거였다니요. 오. 너무 괴로워요. 아. 어지러워. 저기 외계인분 저 좀 도와주시겠어요? 속이 울렁거려서 저 지금 토해요. 토합니다. 잘 보세요."

 추미옥은 말과 토를 같이 해냈다. 몰래 몰래 손가락을 목구멍에 집어넣어서 계속 토를 뿜을 수 있었다. 김미는 카메라 시선이 추미옥에게 쏠릴 것 같아 조바심이 났다. 얼른 추미옥 옆으로 가서 같이 토하기 시작했다.

 조세열은 조잡한 우주선을 보고 기가 찼다.

그리고 저 대머리 남자를 외계인이랍시고 지금 우리 앞에 가져다 놓은 건지, 최소한 우주복이라도 준비해 주는 성의를 보였어야 하는 건 아닌지, 게다가 겨우 한 명? 달랑 한 명을 몰래 카메라 연기자로 보내다니. 자신을 무시하는 듯한 처사에 더 기가 찼다. 하지만 더 더 기가 찬 일은 추미옥과 김미가 자신의 눈앞에서 실제로 토를 해 대고 있다는 것이었다. 조세열이야말로 역겨워서 진짜 토할 것 같았다. 하지만 이번 기회에 국민 비호감 이미지에서 벗어나 보자 하는 마음에 걱정스러운 미소를 얼굴에 장착하고 두 여자의 등을 번갈아서 두드려 주었다.

고상욱은 촬영 도중에 소화제를 먹어도 되는지 궁금해졌다. 아무래도 약을 먹어야만 이 울렁거림이 가실 것만 같았다. 그는 잠깐 약을 먹고 와도 되는지 물어보려고 〈몰래 몰래 쇼〉 촬영 스태프를 찾아서 두리번거렸다. 어디에도 스태프는 보이지 않았다. 그런데 스태프뿐만 아니라 최희지도 보이지 않는다는 걸 그는 깨달았다. 고상욱은 희지가 이혼 이후 미소를 잃어버린 것이 마음에 걸리고 신경 쓰였다. 〈몰래 몰래 쇼〉가 희지의 매력을 시청자들에게 알릴 수 있는 좋은 기회가 될지도 모르는데, 그녀를 빼고 몰래 카메라를 촬영해서는 안 된다고 생각했다.

바로 그때. 갑작스럽게 짝. 허공을 가르며 짝. 손뼉 치는 소리가 두 번 들려왔다. 최희지였다. 다른 사람들보다 먼저 대기실에 들어와 있던 그녀는 구석에 있는 1인용 소파를 뒤로 돌려놓고 잠을 자고 있었다. 희지는 시끄러워서 진즉에 잠에서 깼다. 하지만 잠시 상황을 살피느라 나오지 않고 있었던 것이다. 그리고 극적으로 등장하기 위해서 괜히 허공에 대고 박수를 두 번 짝, 짝 치면서 나와 사람들의 시선을 끌었다. 이 시도는 성공한 듯이 보였고, 김미는 그 모습에 또 조바심이 났다. 그래서 토를 멈추고, 비장의 기술을 선보이기 시작했다.

울랄라 깨춤! 울랄라 깨춤은 허리에 양손을 올리고 양팔을 날개처럼 펄렁거리며 두 다리를 서로 엇갈리게 추는 춤이다. 춤과 함께 '울랄라울라라락'이라는 의미를 알 수 없는 가사의 노래를 솔 정도의 음계를 유지하며 불렀다.

〈농사의 전설〉에서 진숙이 할머니가 신이 날 때마다 추는 춤이었다. 김미는 이 춤으로 울랄라 할머니라는 애칭을 얻었고, 광고도 여러 편 찍었다. 하지만 정작 본인은 울랄라 노이로제 - 정신과 학회에서도 정식 병명으로 채택하였다. - 에 걸려서 누가 울랄라 깨춤을 보여 달라고 하면 벌컥 화를 내고 난동을 부리곤 했다.

그런데 바로 그 울랄라 깨춤을 김미가 자발적으로 나서서 추기 시작한 것이다.

"깨춤까지 나오면 반칙이지. 반칙 아니니?"

추미옥은 더 나올 토도 없고, 더 토해 봤자 위액만 나올 뿐이어서 토하기를 멈췄다.

이때 체기가 있던 고상욱이 횡경막의 압박을 더는 견디지 못하고 분수처럼 토해 버렸다.

"아이고. 상욱아. 이미 늦었어. 넌 꼭 한발 늦더라. 지금 토해 봤자 깨춤을 어떻게 이기니?"

추미옥은 이번 〈몰래 몰래 쇼〉에서도 역시나 또 김미만 재발견되겠구나 하는 생각에 맥이 탁 풀려서 조종석에 주저앉아 버렸다.

15

> 우주에서 죽으면 천국에 가는가 하는 질문은 영혼을 물질로 봤을 때 가능하다.
> 물질은 물리적 거리에 영향을 받는다.
> 영혼이 비물질이라면, 우주에서 죽어도 영혼은 지구의 천국에 갈 수 있다.
> 단, 지구인이 죽어도 영혼이 남아 있다면 말이다.
> - 신원 미상인의 〈지구 보고서 개정안〉 171테장 60야아절 -

 우주선의 다른 창문들은 다 닫히고, 전자장비실 벽에 있는 손바닥만 한 크기의 창문을 통해서만 어둠과 별이 보였다. 이게 바로 우주였다. 그렇다. 신비로운 우주의 그 우주 말이다. 하지만 안타깝게도 그들 중 누구도 이걸 본 사람이 없었다. 그들은 그렇게 광활한 우주를 스쳐 보냈다.

 이게 정말 〈몰래 몰래 쇼〉일까?
 그렇다면 밖에 보이는 우주선은 가짜라는 것일까?

아니면 진짜일까? 진짜라면.

그렇다면........ 그렇다면 저 팔이 세 개인 남자는............

토하고 나서 속이 편안해진 고상욱은 생각에 잠겼다.

"난 이럴 줄 알았어. 언젠가 진짜 우리 행성에서 나를 데리러 올 줄 알았어."

호서는 구석에 쪼그리고 앉아 있는 재이니 옆으로 가서 말했다.

그렇다. 호서는 진작부터 알고 있었다.

그래서 30대 중반으로 보이는 대머리 남자인 띵이 수줍은 듯이 세 번째 팔을 꿀렁거리며 대기실로 들어왔을 때, 호서는 그가 고향 행성인이라는 걸 단번에 알아챌 수 있었다.

어린 시절의 호서는 할머니의 단골 점쟁이에게 사주에 우주와 꽃이 보인다는 말을 들었었다. 호서는 그때 이후로 자신이 다른 행성에서 온 외계인이며, 언젠가는 고향 행성에서 자신을 데리러 지구로 우주선을 보내 줄 것이라고 생각하고 기대해 왔다.

호서의 말을 농담으로 알아들은 재이니는 조금 웃었다. 웃고 나니 마음의 긴장이 풀어지기 시작했다. 그리고 우연히도 재이니의 긴장이 풀어지는 순간. 우주선은 대기권 진입을 준비하기 시작했고, 망설임 없이 곧바로 대기권에 진입했다.

이것은 마치. 그것과 같다. 똑같다. 그것이 뭔지 기억이 잘 나지 않아서 조세열은 고개를 살짝 갸웃했다. 그러자 엄청난 각도의 경사의 절벽에서 굴러떨어지는 것 같은 현기증이 나고 구역질이 올라왔다. 뇌 안에 사는 작은 조세열이 절벽에서 굴러떨어지면서 외마디 비명을 질렀다. 띵은 조세열에게 손을 내밀었다. 애. 뭐지? 악수를 청하려는 것 같았다. 그리고 수줍게 웃었다. 애. 진짜 뭐지? 그런데 이 남자를 전에도 어디선가 본 적이 있는 것 같다. 조세열은 생각했다. 이번이 처음이 아니다.

모든 의문들과 헛된 노력들은 대기권에 진입하는 우주선에 가해지는 막대한 압력 속에 사라졌다.
으아아아아아악. 아아아아아악. 미쳤다. 진짜. 아아아아아악. 이거 이러면 꺄악 내 얼굴 못생겨 보일까아아아아악 으아아아악 씨발 박 피디 새끼야야야야야 이놈들아아아우우우우릴 주이이기르르르 세미미이이니니니냐아아아아아.

그 순간까지 계속 생각에 잠겨 있던 고상욱은 마침내 다음과 같은 결론을 내렸다.
'이렇다면 이건 진짜 진짜다.'
그리고 비명에 합류했다아아아아악.

16

"우.리.는. 진.짜. 농부가 아니야. 가.짜. 농부."

추미옥은 양팔로 크게 X 자를 만들면서 띵의 귀에 대고 또박또박 큰 소리로 말했다.

"진.짜. 배우. 내 얼굴 똑바로 좀 봐 봐요. 연기 잘하게 생겼지요?"

그녀는 양팔로 크게 O 자를 만든 후에, 고개를 이리저리 돌려 가면서 띵에게 얼굴을 보여 주었다.

"그런데 왜 생선감기가 걸렸지? 생선을 잘못 먹어서 걸린 건가? 조류독감처럼 말이야."

최희지는 처음 띵이 행성감기라고 말할 때, 생선감기라고 잘못 알아들었다.

"그런가? 외.계.인. 선.생.님. 생.선. 먹.었.어?"

김미는 구운 생선을 뜯어먹는 시늉을 하면서 띵에게 물었다.

"그게 아니라. 그게 아니에요. 조류독감은 조류를 잘못 먹어서 감기에 걸리는 게 아니에요. 지금 말한 거 다 틀렸어요. 이분이 살고 있는 행성은 생선감기가 아니고 행성감기에 걸렸대요. 그래서 식량이 부족해서 우리보고 가서 농사를 지으라고 데려가는 거라고요. 외계인 분. 내 말이 맞죠?"

철희가 말했다.

"제 이름은 띵입니다. 라비다 행성의 농업 사령관입니다. 철희 군이 하는 이야기가 정확합니다. 양동 마을 여러분. 다시 한 번 부탁드립니다. 나의 라비다 행성을 구해 주십시오. 오직 여러분들만이 우리를 구할 수 있습니다."

띵은 다시 한 번 머리를 바닥에 대고 부탁했다.

"그러니까 우린 지금 현재 정말 우주선을 타고 정말 우주로 간다는 말씀이군요."

고상욱은 말했다.

"라비다 행성이라잖아요. 제 고향 행성 이름이 라비다였군요. 아름답고 친근한 이름이네요. 제가 엄마 배 속에서 들었던 그 이름이 맞는 것 같아요. 라비다. 라비다."

호서는 감격했다.

배우가 뭔지 모르는 라비다 행성에 사는 띵은 이들의 말이 무슨 말인지 다 이해할 수는 없었지만, 이들이 '농사 전문가'가 아니라는 것만은 알아들을 수가 있었다.

"그래도 라비다 행성인들보다는 여러분이 농사를 더 잘 아시지 않습니까? 오. 제발 잘 아셔야 합니다. 제가 여러분들을 모시고 가려고 올해 예산과 제 통장을 털어서 이 우주선을 빌려 왔습니다. 다른 사령관들을 설득하는 데도 얼마나 힘이 들었는지 모릅니다. 그래도 농사짓는 거짓말을 10년이나 해 왔다면 이제 진짜 농사 기술자라고 말해도 무방하지 않겠습니까? 제발 그렇다고 말씀해 주세요."

띵은 이대로 홀로 다시 라비다 행성으로 돌아가서 사령관들에게 사실은 〈농사의 전설〉이 가짜였다는 말을 할 자신이 없었다.

"어머머머머. 우리 연기 진짜 잘했나 봐. 외계인까지도 홀랑 속아 넘어갈 정도로 잘했네. 그런데 이봐요. 난 다시 지구로 데려다 줘. 난 거기 안 갈 거니까."

추미옥은 말했다. 옆에서 다른 지구인들도 지구로 가겠다고 앞다퉈 말했다.

"만약 여러분들이 농사에 협조 안 하신다면, 어쩔 수 없이 식량 위기를 극복하기 위해서 지구를 정복하는 수밖에 없습니다. 지구는 라비다 행성과 환경이 비슷합니다. 협박하는 게 아니라 정말입니다. 환경 사령관 우쿠부지가 이미 군대와 무기를 다 준비했습니다."

띵은 진지하게 호소했지만, 다들 심각하게 받아들이지 않았다.

사람들은 슬슬 집중력이 떨어져서 띵의 말은 한 귀로 질질 흘리고 다니면서 안 듣고, 우주선 이곳저곳을 구경하면서 조종석에 앉아 보기도 하고 캐비닛도 열어 보고 했다.

"전 진짜 우주선은 진짜 처음이에요."

재이니는 예능이 아닌 것을 알고 가뿐하게 몸을 일으켜서 우주선을 천천히 구경했다.

"이거 누르면 지구로 돌아가는 건가? 눌러 볼까?"

최희지는 조종석에 앉아 버튼을 누르려고 했다.

"양동 마을 여러분들이 라비다로 안 가신다면, 저는 이대로 여러분과 이 우주선을 타고 우주의 심연 속으로 사라져 버리는 것을 택하겠습니다."

띵은 최희지를 조종석에서 떼어 내면서 조용히 진지하게, 심각하게, 처연하게 말했다.

지구인들은 군대를 데리고 와서 지구를 정복할 것이라는 협박보다 지금 당장 자신들과 함께 이 우주선을 타고 심연으로 사라져 버리겠다는 것이 더 머리와 마음에 와 닿게 무서웠다.

그제야 배우들은 이게 모두 장난이 아니고, 지구로 곱게 돌아가려면 이 외계인에게 잘 보여야 한다는 걸 깨달았다.

"나는 나이가 쉰 살이야. 여기 이분도 쉰 살. 저 남자분도 쉰 살. 우리 셋 다 오늘내일 오늘내일한다고. 그런 우리를 데려가서 강제 농사를 시킨다고? 당신이 온 그 행성에는 노인 공경도 없나? 당신은 부모도 없어?" 김미가 말했다.

추미옥은 입 모양으로 너는 사십팔, 사십팔이라고 말해서 김미는 그녀에게 두 손으로 싹싹 비는 시늉을 했다.

"저는 데려가 봤자 피곤하기만 할걸요. 저에 대해서 잘 모르시나 본데, 전 민폐 여배우로 이 바닥에서 꽤나 유명해요."

희지가 말하자 다른 출연진들은 모두 고개를 끄덕거렸고, 동의했다.

"정 그렇게 사람들을 다 데려가야겠다면, 순순히 따라갈 테니까 대신 희지만이라도 두고 가는 게 좋을 것 같아. 쟤가 마음은 착해. 그건 내가 보증해. 하지만 일할 때에는 하나도 도움이 안 돼. 확실해. 다른 사람들한테 폐만 끼칠 거야. 이것도 내가 보증해." 김미가 말했다.

"너 그 정도 아니야. 희지야. 너 왜 그렇게 자신을 비하해. 그리고 이제라도 네 문제가 뭔지 깨달았다면 그걸로 된 거야. 앞으로 천천히 고쳐 나가면 되는 거야. 오빠는 누가 뭐라 해도 네 편이야. 띵님. 제가 책임지고 희지가 성실한 사람이 되도록 도와줄 겁니다. 희지도 꼭 데려가 주세요."

눈치가 없는 고상욱은 띵에게 부탁했다.

띵은 고상욱이 희지를 걱정하는 다정한 마음에 깊이 감동해서 그녀도 반드시 라비다로 데리고 가 주겠다고 우주신 하아다부다의 이름을 걸고 맹세했다. 희지는 눈치 없는 고상욱의 이런 행동이 어이없었지만, 내심 기분은 좋았다. 심장 부근 어딘가가 따뜻해지는 것 같았다.

"솔직히 말해 주세요. 여기 이 사람들은 다 들러리고. 저를 데리러 오신 거죠? 제 친부모님이 저를 찾아오라고 이 우주선을 보낸 거죠? 다른 사람들은 두고 저만 데리고 가세요. 괜히 저 때문에 다른 분들에게까지 피해 주고 싶지 않으니까요."

호서는 확신에 차 있었다. 이제 그렇게 고대하던 고향 행성으로 돌아갈 수 있게 되었다.

"그래. 그래. 얘 데려가. 너는 말도 참 이쁘게 잘한다. 요 기특한 것. 외계인 선생님. 원하는 게 농사 일꾼이라면, 우리 중 가장 어리고 힘세고 성격도 듬직해서 외계인이 좋아할 것 같은 호서만 데려가."

김미는 호서 손을 끌고 가서 띵에게 넘겨주었다.

"그게 아니라. 아니에요. 호서보다 제가 더 도움이 될 거예요. 이 중에서 농사지어 본 사람은 저밖에 없거든요. 제가 라비다 행성에 가장 큰 도움이 많이 될 거예요."

철희가 손을 들라고 한 적도 없는데, 손을 번쩍 들었다. 여기 있는 사람들 중에서 자신이 제일 농사에 대해 잘 안다는 사실이 기뻤다.

사람들이 구구절절하게 사정을 말하는 동안 우주선은 초 공간에 진입했다.

"죄송하지만, 우주선이 초 공간에 진입했네요. 여러분들은 잘 모르시겠지만 우주선이 목적지를 정해서 자동 항로를 설정한 후 초 공간에 진입하면 중간에 돌릴 수가 없습니다. 일단은 모두 다 함께 라비다 행성으로 가셔야 합니다."

띵이 말했고, 몇몇은 절망하며 탄식했고, 몇몇은 환호했다. 추미옥은 그만 어린아이처럼 울어 버렸다.

한편 조세열은 모두 난리를 치고 있을 때, 혼자 생각에 잠겨 있었다.

'이건 분명히 〈몰래 몰래 쇼〉가 맞는데, 여기 있는 이 부족한 자들은 이게 진짜라고 생각하는구나. 어떤 바보가 이런 허술한 몰래 카메라에 속아 넘어가는지 궁금했는데, 바로 여기 있는 이런 사람들이구나. 나라도 정신 바짝 차려야지.'라고 생각했다.

그리고 최대한 점잖고 믿음직스러워 보이면서도 인자하고 또한 잘생김이 돋보이는 얼굴로 사람들의 난리침으로 인해 정신이 반쯤 나가 보이는 띵에게 가서 말했다.

"당신의 행성에 그토록 큰 위기가 닥쳤다면, 미약한 힘이지만 제가 힘을 보태겠습니다. 조세열이 당신을 구하겠습니다. 그러니 여기 이분들은 지구에 두고 저만 데려가십시오. 저 혼자 당당히 가겠습니다. 이분들을 위해서, 또 당신의 아름다운 행성을 위해서."

이만하면 시청자들이 더 이상 자신을 나잇값 못 하는 철없는 바람둥이로 생각하지 않을 것 같아서 흐뭇해졌다. 방영일이 언제인지 이따 박 피디가 오면 물어봐야지 하고 생각했다.

띵은 이로써 1001번째 조세열에게 반해 버렸다. 역시 조세열은 띵을 실망시키지 않았다.

17

 이윽고 마침내 기어이 마지못해 '비상 작동 우주선'은 낯설고 무한하지만 아늑한 공간에 도착하게 되었다. (소군과 (소군)들이, 그리고 또 다른 소군)), 소군)이 황량한 보라색 들판을 제집 앞마당마냥 신나게 뛰어다니고, 무오가 열리는 나무들이 빽빽하게 자라나는 그곳은 라비다 행성이었다.
 ……….라고 띵은 선내 마이크의 전원을 켜고 도착 알림 연설을 했다.

 '비상 작동 우주선'이 라비다 행성으로 들어가는 일은 커다란 이불(처럼 보이는 천) 안에서 이루어졌다. 라비다 행성으로 들어가는 입구에는 만 겹의 레이스 천(처럼 보이는 천)이 펄럭거리고 있었는데, 우주선은 이 천을 통과해야 행성으로 들어갈 수 있었다. 천 입구에 들어서면 라비다인 세 명이 나와서 천을 행성 방향으로 쑤욱 끌어당겼다. 그러면 어느새 우주선이 라비다 행성의 보라색 하늘 위를 날고 있게 된다.

chapter 2.
(소군) 농사

18

> 피와 살과 뼈를 가진 모든 생명은 다 하나의 우주이다.
> 혹은
> 서너 개의 돌이거나.
>
> - 우쿠부지의 일기 -

"더워도 너무 더운 한여름의 어느 날. 햇볕은 따갑게 눈을 자꾸 찔러 대는데 이상하게 땀은 한 방울도 안 나는 걸 신기해하면서 한적한 시골길을 걷고 있어. 그런데 앞에 잠자리 한 마리가 날아가더니 길가의 이름 모를 꽃 위에 사뿐히 앉는 거지. 그렇게 앉더니 양 날개를 비벼 대기 시작하는데 소리가 바스스스 바스스스 바스스스 이래."

호서가 철희에게 귓속말을 했다.

"그게 뭐야? 여기 어디 잠자리가 있어?" 철희가 말했다.

"아니 그게 아니고. 여기 이 행성 날씨가 딱 그렇다고. 바스스스하다고."

〈농사의 전설〉 팀이 지구를 떠난 지 지구 시간으로 10일 만에 라비다 행성에 도착한 순간 라비다 날씨는 기온이 25.5℃였고, 습도는 13%였고, 라비다인들의 기분은 부끄러웠고, 지구인들의 기분은 어안이 벙벙했다.

혹시나 있을지 모를 충격 혹은 바이러스에 대비해서 지구인들은 라비다 행성인들을 보좌관 한 명을 제외하고는 직접 만나 보지는 못했다. 대신 수줍음이 많은 라비다인들은 광장에 모여서 대형 모니터로 이들이 도착하는 광경을 실시간으로, 간접적으로 지켜보고 있었다.

특히나 재이니가 우주선에서 내리자 여기저기서 깊고 높은 탄성이 터져 나왔다.

재이니의 귀에 자신의 이름을 부르는 소리가 희미하게 들리는 것 같아서, 그녀는 소리가 들리는 곳을 찾기 위해서 자꾸 주변을 두리번거렸다.

마중 나온 보좌관은 마리얀코타키였다.

오늘은 그가 육체를 쓸 차례가 아니었지만, 마리얀코타키만이 할 수 있는 특별한 임무가 있었기 때문에 사미라지와 순서를 바꾸었던 것이다.

바이러스 학자인 마리얀코타키는 지구인들이 (소군) 농장으로 들어가기 전에 그들에게 치명적인 병균이 있는지를 확인해 봐야 했다. 우주선 입구를 따라 나란히 길게 설치된 초록색 줄을 따라서 농장으로 이동했는데, 지구인들에게는 보이지 않았지만 살균 안개막이 양옆으로 형성되었다. 마리얀코타키는 환영의 의미라면서 소금티가 든 잔을 한 명씩 건네주었다. 바이러스 검사를 한다고 대놓고 말하면 지구인들의 기분이 상할까 봐 자연스럽게 잔에 묻은 지구인들의 타액을 채취하려고 말이다.

"어휴. 퉤 퉤 왜 이렇게 짜? 누굴 죽이려고 이래요. 나 고혈압이야. 퉤. 퉤." 가장 먼저 잔을 받아서 마신 추미옥이 다 뱉어 냈다.

이를 본 마리얀코타키가 음료수를 건네주었다.

하지만 역시 입안에 넣자마자 뱉어 내었다. 그 음료수는 라비다인들이 즐겨 마시는 무오나무 수액이었는데, 호서의 표현에 따르면 연필 뒤꽁무니를 핥아먹는 것 같은 맛이 났다.

마리얀코타키는 추미옥의 반응에 개의치 않고, 이번엔 김미에게 잔을 건넸다.

"마시라고?"

김미는 잔을 들고 마시는 시늉을 했다.

마리얀코타키는 대답 없이 고개만 끄덕거렸고, 김미는 이 여자는 지구 말을 모르거나, 귀가 멀었거나, 말을 못 하거나 이 셋 중 하나일 것이라고 생각했다. 하지만 여자가 지구 말을 모르거나, 귀가 멀었거나, 말을 못 한다고 해도 소금물을 마실 생각이 없는 김미는 다시 잔을 마리얀코타키에게 주었다.

마리얀코타키는 다시 김미에게 잔을 밀어 주면서 이런 식으로 한 명씩 소금티를 줬다간 타액 채취가 언제 끝날지 모른다는 생각이 들어서 말했다.

"장시간 우주 비행을 마치고 나면 몸속에 전해질 농도가 낮아져서 설사, 근육통, 기진맥진, 심하면 혼수상태에-."

그러자 마리얀코타키가 말을 다 마치기도 전에 지구인들은 전부 한입에 소금티를 털어 넣었다. 그는 입가심으로 말랑하고 향긋한 회색 포를 주었다. 띵이 준비해 온 온갖 통조림 - 참치, 올리브, 꽁치, 골뱅이, 깻잎조림, 토마토 절임 등등 - 에 질린 지구인들은 육포가 참 쫄깃하고 풍미도 깊다고 무슨 고기로 만든 육포냐면서 맛있게 먹었다.

지구인들은 우주선 정거장을 나와서 단순한 곡조를 흥얼거리는 듯한 구불구불한 골목길들을 지나 흰색 잔디밭에 초록색 철제 사각 프레임의 집들을 보고, 흰 꽃이 만발한 푹신푹신한 꽃밭을 걸어서 (소군) 농장에 도착했다. 거리에는 여전히 띵과 보좌관 빼고는 다른 어떤 라비다인들도 없었다.

보라색 무오나무와 투명한 무오들이 몸을 사그락 사그락 움직이는 것을 신기하게 구경하는 지구인들에게 뜨거운 것은 싫어하지만, 따뜻한 것을 좋아하는 (소군과 (소군)), 소군), (소군)들이 무오나무에서 빈둥거리는 것을 포기하고 달려와서 팔과 다리에 매달리고 안겼다.

"플라스틱 캐시미어 같아요."

최희지는 달려드는 (소군) 중 가장 작은 ((소군))을 안아서 볼에 대고 비비면서 말했다.

"마음에 드세요? 소군포도 맛있게 먹고, (소군)도 좋아하고 다행이네요."

띵은 흐뭇하게 이 광경을 보았다.

"먹다니요?"

"아까 먹은 게 얘예요. 껍질을 벗기면 딱딱하게 굳어서 회색 식물로 변한다고 우주선에서 몇 번이고 제가 설명을 했었잖아요?"

띵은 우주선에서 몇 번이고 (소군) 농사에 대해 설명할 때와 다름없이 상냥하게 웃으며 친절하게 다시 이야기해 주었고, 몇 명은 토했고, 몇 명은 소군포를 설명 없이 먹인 것에 대해 항의하였다. 그러는 사이에 소군포는 지구인들의 혀와 이와 목구멍을 이미 지나갔고, 위에 도착한 후에야 조세열이 띵에게 "이런 걸 어떻게 먹여요?"라고 자신을 언급하는 말을 들을 수가 있었다.

농사 책임자는 김철희, 부책임자는 호서로 정해졌다. 농업 사령관은 고상욱과 최희지에게는 〈소군〉들을 돌보는 임무를 주고 조세열, 추미옥, 김미에게는 철희의 보조를 맡겼다. 재이니에게는 행성 곳곳을 돌아다니며 사인회를 해 달라고 부탁했다. 이는 지구인들의 이미지를 좋게 하기 위해서였다. 그녀는 베델스크 행성계가 가장 사랑하는 소녀였다. 띵이 '베델스크 행성계가 가장 사랑하는 소녀'라고 말하자, 〈농사의 전설〉 팀은 일제히 재이니를 쳐다보았다.

하지만 그때 재이니는 딴생각을 하고 있었다.

무오나무에서는 돌절구에 플라타너스 잎사귀를 잔뜩 넣고 돌멩이로 마구 짓이긴 것 같은 냄새가 진하게 났고, 〈소군〉에게서는 갓 태어난 아기 숨결에서 나는 시큼하고 달콤한 냄새가 났다. 그런데 지금 나는 이 냄새는 뭔가. 붉은 것의 냄새 같았다. 성냥개비? 맞다. 유황 냄새였다. 재이니가 유황 냄새라고 생각하는 것과 동시에, 둥글고 넓적하고 납작한 무엇인가의 혓바닥이 그녀의 뺨을 노리고 있었다. 재이니는 고개를 옆으로 돌릴 수가 없었다.

우주 해충이었다.

우주 해충은 등에 푸른 이끼가 돋아나고 그 안에 흰색 이끼 털이  난 원형벌레로, 입이 크고 뻐끔거렸다. 이끼 사이를 스르륵 미끄러지며 이동하고 입을 아그작 으그적 벌려서 이끼를 먹는다.

잠시도 가만히 있지 않고 에너지 소비량이 많아서 세 시간만 굶어도 아사하는 우주 해충(이하 해충) 1은 그 자신과 해충 2를 낳고 해충 1과 해충 2가 해충 3을 낳고, 해충 2와 그 자신은 해충 4를 낳고, 해충 3과 그 자신은 해충 5를 낳고, 해충 1과 해충 3은 해충 6을 낳고, 해충 4는 그 자신과 해충 7을 낳고……. 이런 식인데, 단 자기 자신과는 오로지 하나의 해충만을 낳을 수 있었다. 자기 자신과 자기 자신 사이에서 태어난 해충들은 다른 해충들에 비해서 혓바닥이 더 두꺼웠는데, 지금 재이니의 뺨 바로 옆에서 끈끈하고 축축한 침을 흘리고 있는 녀석이 바로 이런 혓바닥이 두꺼운 종류였다. 혓바닥이 이상하리만치 길고 미끄덩해 보였다. 약한 불꽃을 동반한 정전기가 느껴지는가 싶더니 이내 서늘한 기운이 돌았다. 그러더니 해충의 등 뒤가 가로로 1cm 정도 찢어지는가 싶더니, 콩나물 대가리처럼 생긴 것이 튀어나왔다. 그리고 마구잡이로 대가리를 앞뒤로 흔들어 대는가 싶더니, 몸이 부풀어 오르면서 점점 커지기 시작했다. 노란 먼지들이 자석에 달라붙는 철가루처럼 해충에게 달려들어 꽂혀서 흰색 이끼 털에 노란 비늘이 돋아난 것 같았다.

"저런. 배가 많이 고팠나 봅니다. 산 채로 에너지를 흡입하는 것은 불법인데. 아무리 우주 해충이라도 말입니다. 우주 해충이 뺨을 핥는 것은 아프지는 않습니다. 다만 불쾌할 뿐입니다."

띵은 우주 해충을 재이니의 뺨에서 얼른 떼어 놓았다. 그리고 우주 해충에게 우주법의 존엄함과 엄중한 집행에 대해서 설명해 주었고, 이런 식으로 매너 없는 에너지 흡입을 계속한다면 라비다 행성에서 우주 난민 자격을 박탈할 것이라고 말해 주었다. 다행히도 띵은 우주 해충의 언어를 조금 할 수 있었다. 마음이 너그러운 라비다의 전 대통령이 우주 해충을 난민으로 인정하고 라비다 행성에 합법적으로 정착할 수 있게 해 주었을 때, 띵은 시범적으로 난민 캠프를 설치했던 지역의 어린이였다. 지역 주민들은 우주 해충의 언어 - 그 언어라는 것은 글자는 없고 소리만 있는 것으로 우주 해충에게 직접 배워야 했다. - 를 의무적으로 배워야 했다.

  우주 해충은 띵의 충고를 받아들였다. 해충의 콩나물 대가리 같은 것이 작아지더니 등 뒤에 찢어진 틈으로 쑤셔 넣어졌고, 원래의 순수한 흰색 이끼 벌레로 돌아갔다.

19

 철희는 무오 농사짓는 법을 설명해 주기 위해서 지구인들과 띵, 보좌관을 한자리에 모았다. 그는 사람들이 오기 전에 미리 무오나무를 살펴보았고, 무오나무가 고향에 있는 어떤 나무와도 비슷하지 않다는 사실을 깨닫게 되었다. 사실 철희가 키워 본 적이 있는 나무는 오직 블루베리나무뿐이었다. 무오나무의 열매인 무오는 블루베리와 어느 한구석도 닮은 점이 없었다. 그는 (소군)을 한 마리 잡아서 오렌지색 껍질을 천천히 살펴보았다. 역시나 그런 껍질을 가진 동물 혹은 식물은 난생 처음 보았다. 철희는 식물이었다가 동물이 되고, 다시 식물이 되는 그런 종류의 동물 혹은 식물 자체가 처음인 것을 솔직히 인정해야만 했다. 그는 자신이 무오 농사를 위해서 할 수 있는 일이 아무것도 없을지도 모른다고 생각했다.
 하지만 지구에선 자신보다 30cm쯤 위에 떠 있는 것처럼 보이던 배우들이 모두 자신만 쳐다보고 있으니 뭐라도 시도해 봐야 했다.

"여길 잘 보세요."

철희가 무오나무에서 가늘고 볼품없는 가지 몇 개를 골라서 가위로 잘라 냈다. 그러자 그 가지에 매달려 있던 무오들은 바로 회색으로 변하며 쪼그라든 풍선처럼 되어 버렸다.

"무오들이 죽은 거 아닌가요?"

놀란 띵은 눈이 휘둥그레졌다.

"선택과 집중이죠. 약한 가지를 쳐 내서 다른 튼튼한 가지들에게 양분이 좀 더 많이 가게 해 준다면, 결과적으로는 나무가 더 건강하게 자랄 수 있어요. 지구에서는 이런 걸 '가지치기'라고 불러요."

철희는 다시 다른 가지를 잡고 잘라 내려고 했다.

다른 무오들이 회색으로 변하는 것을 본 무오들은 두려움에 앞다퉈 가지에서 떨어져 〈소군〉이 되었다. 하지만 이런 〈소군〉들은 당연히 아직 충분히 익은 상태가 아니었기 때문에 식량으로서는 부적합했다. 사람들은 후드득 떨어지는 무오에게 머리를 맞지 않으려고 두 팔로 머리를 감쌌다.

"라비다 행성에 필요한 건 설익는 〈소군〉이 아닙니다."

마리얀코타키는 철희가 더 이상 가지를 잘라 내지 못하게 그의 손목을 꽉 잡았다.

"가지를 잘라 내는 방법 말고 비료를 주면 어떨까요? 지금 땅에서 얻는 양분만으로는 영양이 부족해서 나무가 정상적으로 자라지 못하는 것이 아닐까요?"

고상욱이 말했다.

"역시 고상욱하고 철수, 저 둘만 있어도 든든해. 다른 사람들은 방해만 될 뿐이야. 둘만 있어도 농사가 충분하겠어. 나머지는 다시 지구로 가야. 괜히 여기서 신세만 지고, 식량이나 축내고 있는 것보단 그게 나을 거야."

조세열은 말했다. 옆에서 호서가 철수가 아니라 철희라고 정정해 주었다.

"비료. 저도 그 이야기를 막 하려던 참이었어요. 여러분들은 퇴비를 만들어 주세요. 먼저 음지에 구덩이를 깊게 판 후에 나뭇가지들과 나뭇잎, 썩은 무오들과 물을 같이 넣고 계속 휘저으면 퇴비가 완성될 거예요. 모든 무오나무에 퇴비를 다 주려면, 그런 퇴비 구덩이가 굉장히 많이 필요할 것 같아요. 남자들은 땅을 파고, 여자들은 나뭇잎과 나뭇가지, 썩은 무오를 최대한 많이 주워 오세요."

철희가 말했다.

"철희 군. 퇴비가 무엇입니까?"

띵이 물었다.

"그거 영양제 같은 건데, 그거 땅에 뿌리면 나무들이 건강해져요. 그거 지구에서는 전부 뿌려요. 우리 아부지는 유기농 농법으로 뒷마당에서 매일 아침-."

"저기 다 좋아. 철희야. 박수 치고 싶을 정도로 좋은 이야기야. 아주 유익해. 인정해. 김미, 미옥이 너희들도 빨리 박수 쳐 줘. 그런데 말이야. 다 좋긴 한데, 우리까지 이걸 해야 하는 거야? 아니지?"

조세열이 철희 말을 끊고 박수를 힘껏 치면서 말했다.

"네? 박수까지 받을 만큼 유익한 이야기는 아니었는데."

철희는 우물쭈물했다.

"얘. 난 네가 스태프인 줄 알았잖니. 우리 드라마에 나오긴 했나? 언니는 얘 알아?"

김미가 성의 없게 박수를 한 번 치고, 추미옥을 팔꿈치로 쿡 찔렀다.

"몰라. 난 TV 안 봐."

추미옥은 심드렁하게 대꾸했다.

"사람이 많으면 많을수록 좋으니까요. 선배님들도 도와주셔야 할 것……"

철희는 주눅이 들어서 소심하게 말했다.

"나보고 땅 파라고?"

"얘. 너도 참 너다. 그걸 지금 말이라고 하니? 평생 손에 흙 한 번 안 묻힌 나야."

"철희. 너 미친 거니?"

조세열, 김미, 추미옥은 철희에게 일제히 투덜거렸다.

하지만 셋은 곧 입을 다물고, 무거운 엉덩이를 들고 자리에서 일어나 움직여야 했다.

마리얀코타키가 그들을 빤히 쳐다보고 있었기 때문이다. 그녀의 눈빛에는 반박할 수 없는 뭔가가 있었다. 아직 이들에겐 육체 공유법이라던가 혹은 보좌관이 실제로 세 명인데 보이는 건 한 명이라던가 하는 게 낯설었다. 하지만 충분히 두려웠다.

"어휴 살 떨려. 저 여자 몸 안에 세 명이 있대. 그게 뭐겠니? 귀신 씐 거잖니."

추미옥은 몸을 부르르 떨었다.

"쟤는 눈을 왜 저렇게 치켜뜨는 거야. 눈이 이래 쭉 찢어졌어."

김미는 눈동자를 위로 올려서 마리얀코타키 흉내를 냈다.

"귀신 흉내 내는 거 아니야. 뒤돌아보지 마. 뒤돌아보면 우리한테 달라붙는다. 저거 아직도 계속 우릴 노려보고 있어."

조세열이 이렇게 말하자, 셋은 앞만 보고 쭉 걸어갔다.

철희는 까마득한 대선배들 앞에서 자신의 편을 들어 준 마리얀코타키에게 진한 고마움을 느꼈다. 비록 마리얀코타키는 그런 의도가 전혀 아니었지만 말이다. 그가 조세열을 빤히 본 이유는 딴소리 말고 철희의 말을 잘 들으라는 뜻에서가 아니라 자신만이 느낀 불길한 예감에서였다.

20

 해가 졌다. 하늘은 컴컴하고 텅 비어 있었다.
 첫날의 일을 마친 지구인들은 지친 몸을 이끌고 숙소를 향해 걸어가고 있었다. (소군) 농장 옆에는 농업 사령관 띵의 집무실이자 집이 있는 노란색 2층 벽돌 건물이 있는데, 지구인들은 농사를 짓는 기간 동안 그 건물의 2층에 머물기로 했다. 숙소의 창문에서는 따뜻한 전구색 빛이 넘쳐흘러 나왔다. 바람 한 점 없었지만, 산들바람이 불고 있는 것처럼 느껴지는 기분 좋은 밤이었다.

 '다 같이. 함께. 다 같이. 여기 우리.'
 고상욱은 속으로 되뇌었다. 벅찬 행복감이 가슴을 쳤다. 그는 〈농사의 전설〉이 종영되면, 가족처럼 지내던 동료 연기자들을 더 이상 못 보게 되는 것이 가장 아쉬웠다.
 그런데 이렇게 기적처럼 모두 다 같이 라비다 행성에 와서 힘을 합쳐서 (소군) 농사를 짓게 되었다. 서로가 서로에게 따뜻하고 다정하고 관심이 있던 그런 때가 〈농사의 전설〉 팀에게도 있었다는 것을 고상욱은 똑똑히 기억하고 있었다.

마침 저만치서 조세열이 어둠이 깔린 길을 터벅터벅 걸어오는 것이 보였다. 고상욱은 지난 10년간 〈농사의 전설〉을 촬영하면서 조세열을 자신의 아들이라고 마음속으로 생각해 왔다.

조세열은 아주 자주 자신을 무시했지만, 그의 속마음은 그 누구보다 따뜻하고 다정하며 사려 깊다는 것을 고상욱은, 아주 가끔 얼핏 스치듯이 미세하게 느낄 수가 있었다.

고상욱은 그에게 다가가 어깨에 손을 올리고 다정하게 말을 건넸다.

"아드님. 힘들었지? 들어가서 저녁 먹자."

"미쳤냐? 시비 거는 건가? 손 내려."

조세열은 조용히 그러나 퉁명스럽게 말하고 고상욱을 어둠이 휘감아 버리게 내버려 두고 숙소로 들어가 버렸다. 그런 그의 옆으로 환한 빛을 발산하는 (소군)들이 하나둘씩 모여들기 시작했다. 밤이 되면 (소군)은 자체 발광했는데, 그래서 라비다인들은 어두운 길을 지날 때 근처에 있는 (소군)을 손전등처럼 쓰곤 했다.

(소군)들은 나란히 옹기종기 모여서 고상욱을 올려다보았다. 그를 더 가까이에서 보기 위해 (소군)들은 서로가 서로 위에 올라서기도 했다. (소군)은 두 개의 단추 같은 눈 위치를 바꿔 가며 눈을 위로 혹은 옆으로, 아래로 움직이기도 하고, 곁눈질을 하기도

하면서 고상욱에 대한 의견을 나누기 시작했고, 그가 안전하고 심지어는 따뜻하다는 것에 대해 만장일치로 동의하면서 그의 팔과 다리에 달라붙기 시작했다.

기댜 할머니는 비록 식재료가 통조림들뿐이었지만, 알록달록한 접시에 정성스럽게 담아서 지구 농사 전문가들을 위한 첫 번째 저녁 식사를 준비해 놓고 지구인들을 기다렸다. 그녀는 지구인이 하나도 두렵지 않았다. 소멸의 절벽으로 갈 나이가 가까워지면 우주에 두려울 게 하나도 없었다. 그래서 손녀인 도로마디슈를 도와서 지구인들이 머무는 숙소를 청소해 주고, 그들의 식사도 준비해 주기로 했다.

"안녕하세요. 저는 도로마디슈예요. 이쪽은 우리 할머니시구요."

조세열이 집 안으로 들어가자, 도로마디슈가 반갑게 인사를 건넸다. 기댜 할머니도 푸근한 미소로 조세열을 반겨 주었다.

"우리 내내 같이 있었지 않았나? 방금까지 농장에서 나를 쩨려 봤었잖아?"

조세열은 고개를 갸웃하며 미심쩍은 표정을 지었다.

"그건 마리얀코타키였어요. 그는 지금 휴식을 취하고 있어요. 정말이지. 지구인들을 실제로 이렇게 가까이에서 본 적이 없어서 뒤통수에 땀이 흐를 정도로 흥분되네요. 당신은 라비다인과 똑같이 생기셨네요. 팔이 두 개인 것만 제외하면 말이죠."

도로마디슈는 조세열의 코를 만져 보고, 팔과 다리를 쿡쿡 찔렀다. 그리고 조세열의 티셔츠를 들어 올려서 왼쪽 옆구리를 살폈다.

"혹시나 했는데 세 번째 팔은 역시나 없네요. 세 번째 팔이 없으면 변비일 때는 어떻게 해요? 소화가 안 될 때, 내장 마사지는 어떤 손으로 하세요? 어머. 죄송해요. 제가 궁금한 게 많아서 그만 실례를 저질렀네요."

도로마디슈는 공손히 사과했다.

"그러는 당신은 지구인하고 똑같이 생겼네. 이건 뭐 외계인을 봐도 하나도 놀랍지도 신기하지도 않잖아? 이국적인 구석이 전혀 없어. 당신들 설마 우리가 놀랄까 봐 인간 마스크를 쓰고 있는 건 아니지?"

조세열은 도로마디슈의 볼을 잡고 쭉 당겨 보았다.

"가짜 피부는 아니네."

"뭐 하시는 거예요? 이거 놓으세요."

호서가 와서 조세열을 말렸다.

"미안. 그런데 진짜 아까랑 다른 사람 맞아요? 다중인격인 것도 아니고? 빙의 아니고?"

조세열은 이 여자 외계인이 아무래도 자신을 가지고 장난치는 것 같아서 기분이 불쾌했다.

"라비다인은 거짓말을 못 해. 도로마디슈는 태어나서 한 번도 거짓말을 해 본 적이 없고 죽을 때까지 그럴 테지. 자. 다들 음식이 식기 전에 이리 와서 앉아요."

기댜 할머니는 이미 김미와 추미옥, 재이니, 호서, 철희 그리고 고상욱이 앉아 있는 식탁에 조세열을 앉혔다. 띵과 도로마디슈도 옆에 앉았다.

그때 마침 샤워하고 나온 최희지가 식당으로 들어왔다.

할머니는 최희지를 등 뒤에서 와락 끌어안았다. 아직 물기가 덜 마른 차가운 등에 할머니의 폭신한 배를 가져다 대자, 온몸에 온기가 서서히 퍼졌다.

"뭐예요. 왜 안아?"

희지는 할머니를 밀어냈다.

"애야. 어디를 헤매다 이제야 나를 찾아왔어."

기댜 할머니는 원망 섞인 목소리로 말했다. 희지는 그 말 한마디에 갑자기 서럽게 울기 시작했다. 할머니는 그녀를 오랜만에 고향에 돌아온 친손녀처럼 안아 주었다. 라비다 행성에서는 손님이 오면 마치 집 나갔던 식구가 돌아온 것처럼 따뜻하게 맞아 주는 풍습이 있었다.

"희지 연기가 장난 없다. 역시 사람은 역경과 고난과 이혼 특히 그중에서도 악플을 겪어야 내면이 처절해지고 슬픔이 극대화되면서 저렇게 서럽게 울 수 있는 건가."

조세열이 말했다.

"평소에 저거 반의반 정도로만 연기를 했다면 좋았을 텐데. 역시 사람은 뭐시든지 목심을 걸어야 해."

김미가 말했고, 다들 고개를 끄덕거렸다.

그녀는 해도 해도 너무할 정도로 계속 울었다. 처음엔 등을 두드리고 안아 주고 뽀뽀해 주고 달래 주던 띵과 도로마디슈, 기야 할머니도 지쳐서 각자 볼일을 보러 가 버렸고, 지구인들도 모두 식사를 마치고 가 버려서 결국엔 아무도 안 남을 때까지 울었다. 울음을 멈출 수가 없었다.

희지는 고향에 돌아온 기분이었다. 지구의 사람들은 눈으로도 다른 사람을 때릴 수가 있었다. 뾰로통한 입술로도 날카롭게 찌를 수 있었다. 희지는 왜 본인이 이혼을 했는데, 다른 사람들이 진심으로 화를 내는 건지 도저히 이해할 수 없었다. 하지만 한 번도 그 말을 입 밖으로 낸 적은 없었다.

21

고백하건대, 사실 지구인들은 미치게 귀엽다.
밤엔 대부분 다 잔다. 왜인지는 아직 밝혀내지 못했다.
안 졸려도 밤이 되면, 두 눈을 꼭 감고 침대에 똑바로 누워서 잠이 오기를 기다린다.
발가락을 꼼지락거리면서 가만히 조용히 숨죽이고 있다.
두근두근, 심장이 두근거릴지도 모르겠다.
그리고 또 아침이 되면 일어난다.
졸려도 굳이 기어이 일어나서 졸음이 남아 있는 눈을 손등으로 비빈다.
지구인들은 정말 다 귀엽다.
- 신원 미상인의 〈지구 보고서 개정안〉 17메장 98미먀절-

아침에 일어나서 고상욱과 조세열은 띵과 함께 (소군)들의 익은 상태를 확인하러 농장에 같이 나갔다. 띵은 나이에 비해 순진한 고상욱이 지구인들 중에서 가장 어리다고 생각하고, 그를 데리고 다니면서 이것저것 챙겨 주고 보살펴 주었다.

그런데 이들보다 더 일찍 (소군) 농장에 나온 지구인이 있었다.
최희지가 ((소군))과 함께 놀고 있었다. 그녀는 행복해 보였다.

고상욱은 데뷔 때부터 좋아했던 그녀의 해맑은 미소를 라비다 행성에 와서야 다시 보게 된 것이 좋았다. 그가 〈농사의 전설〉 팀과 함께 있을 수 있다는 것 이외에도 라비다 행성을 좋아하는 또 다른 이유는 최희지가 이 행성에 와서 눈에 띄게 밝아졌다는 것 때문이었다. 그녀가 (소군)들에게 둘러싸여서 까르르 웃는 소리를 들으면서, 고상욱은 (소군) 농사를 반드시 성공시켜서 식량 문제로 고통받는 사랑스럽고 다정하며 선량하기까지 한 라비다 행성인들을 도와주겠다고 결심했다.

"그런데 참 보기 좋네요."

고상욱이 감상에 젖은 목소리로 말했다.

"네. 맞습니다. 귀엽습니다."

띵이 흐뭇한 미소를 지었다.

"네. 깨물어 주고 싶을 정도네요."

상욱은 수줍게 웃었다.

"네. 깨물어 먹으면 맛있습니다."

띵은 침을 삼켰다.

"네?"

"네?"

고상욱과 띵이 각각 최희지와 (소군)을 보면서 딴소리들을 해 대는 것을 한심하게 지켜보던 조세열은 한시라도 빨리 (소군) 껍질들을 다 벗겨서 지구로 돌아가고 싶은 심정이었다. 그는 (소군) 하나를 집어 들고 껍질을 벗기려고 두 손으로 꽉 붙잡고 마구 흔들어 댔다.

그날 오후 내내 김미와 추미옥, 최희지는 퇴비를 만들기 위한 나뭇가지와 나뭇잎을 모으러 돌아다녔다. 그녀들은 흙투성이가 되어 버렸다. 라비다 행성의 건조한 공기 탓인지 피부도 꺼칠해졌다. 언제 나타나 뺨을 핥을지도 모르는 우주 해충도 틈틈이 경계해야 했다. 도로마디슈가 우주 해충에게 지나치게 많은 에너지를 빨리면 기절할 수도 있고, 또 노화가 올 수도 있다고 알려 줬기 때문이었다.

"차라리 뇌를 공유하고 육체를 여러 개 쓰면 좋았을 텐데. 그러면 일할 사람도 많아지잖아. 가만 보면 여기 사람들도 참 멍청하지 않아?"

김미가 말했다.

"식량이 부족해서 육체를 공유하는 건데, 육체가 많아지면 식량이 더 부족해지는 거 아닐까요? 아닌가?"

희지가 고개를 갸우뚱하며 말했다.

"으이구 성미에 안 맞아. 다 싫어. 음식도 입에 안 맞고, 건조해. 그리고 무엇보다도 커피가 없어. 말이 되니? 나를 데리고 오면서 커피도 준비 안 했다는 게 말이야. 지구에 대해서 조사했다면서 왜 통조림만 들고 오고 캔 커피 하나 준비를 안 한 거니? 그리고 여기 애들이 또 너무 정직하고 그런 것도 문제야. 이게 다 커피를 안 마셔서 그래. 커피를 좀 마셔야 머리도 잘 돌아가고 농사도 잘 짓고 응? 그래야 식량도 안 부족해지고. 응? 우리도 납치 안 해 오고? 응? 내 말이 틀려?"

김미는 매일 하루 다섯 잔씩 마셔 대는 커피를 못 마시자 카페인 금단 증상에 시달렸다. 짜증과 현기증이 번갈아 오고, 한꺼번에 오고, 또 두 배로 왔다.

"지구로 빨리 돌아가서 커피 마시고 싶으면 열심히 일이나 해. 얘. 근데 저기 재이니 좀 봐라. 혼자 좋은 시절 만났네. 혼자만 신났어."

추미옥은 라비다인들에게 사인을 해 주고 있는 재이니를 가리키며 말했다.

라비다인들은 재이니를 만나려고 (소군) 농장 앞으로 끊임없이 찾아왔다. 다른 지구인들은 그 장면을 멀리서 지켜보았다. 아직은 지구인들 중에서 재이니만 유일하게 일반 라비다인들과 접촉할 수 있도록 허가된 상태였기 때문이다.

재이니가 한 어린 라비다인과 함께 사진을 찍어 주려고 하자, 갑자기 그 애의 엄마, 아빠, 할아버지, 할머니가 카메라 앵글 안으로 하나둘씩 뛰어들어 왔다. 그런 식으로 삽시간에 수십 명이 앵글 안으로 들어와서 재이니와 사진을 찍었다.

"재이니 별명이 무제이니였지? 아무 특징이 없는 무제-이니. 인기도 없고 춤 실력도 없고, 노래 실력도 없고, 매력도 없고, 미모도 없다고."

추미옥이 말했다.

"지구에선 철희랑 비슷한 레벨 아니니? 코디로 착각하는 사람들도 많았다면서?"

김미는 비웃으면서 말했다.

하지만 라비다의 재이니는 달랐다. 도로마디슈에게 전해 듣기로는 지구인들이 도착하던 날, 골수팬들이 우주선 착륙장에 숨어서 재이니를 기다리고 있었다고 했다.

"쟤가 무슨 연예인이긴 한 거니? 끼도 없고 외모도 평범하고. 우리 희지가 데뷔했을 때를 생각해 봐. 정말 굉장했지. 난 첨부터 희지는 크게 될 줄 알았어. 쟤랑 차원이 달랐잖아."

추미옥이 희지를 치켜세웠다.

"그런데 언니. 재이니가 저렇게 뜨는 걸 보면 나도 여기서 좀 먹힐 것 같지 않니?"

김미가 말했다.

"뭐?"

추미옥은 그녀를 돌아보았다.

"왜 먹힐 것 같은데. 왜. 여긴 외모 기준이 지구랑 다르잖아."

"재이니가 초우주 아이돌이라면, 넌 탈우주 아이돌이지."

추미옥은 대답했다.

"그치? 나 먹힐 것 같지? 도로마디슈 이야기 들어 보니까 여기선 내 나이가 어리고 어린, 솜털이 뽀송뽀송한 나이더라."

"그게 아니고. 너는 우주 안에서는 감당 못 할 스타일이라는 거야. 우주 밖에서나 먹히는 스타일이라고."

"왜들 그러세요. 그래도 재이니는 어리잖아요."

최희지가 말했다. 예전에 그녀는 아직 아무것도 아닌 재이니가 부러웠다. 아무것도 아니었을 때가 언제였는지 기억도 나지 않았다. 모두 자신을 보면 수군댔다. 모두 자신을 알고 있는 것 같았다. 어떻게 다른 연예인들은 이런 걸 견뎌 낼 수 있는 걸까? 최희지는 자신을 좋아해 주는 팬들이 제일 무서웠다. 최희지는, 하지만 이 짧은 생각을 하면서 자신이 자신이라는 말을 이렇게나 많이 넣어서 생각하는 걸 보고 자신이 이미 자신밖에 모르는 여배우가 되어 버려서 아무것도 아닌 사람으로 돌아가는 법을 잊어버렸다는 걸 깨달았다. 물론 이렇게 구체적으로 안 건 아니고 아— 알 — 아 — 이 정도로 알았다.

"그리고 멍미가 있잖아. 멍한 아름다움."

어느새 옆에 와서 듣고 있던 호서가 끼어들었다. 우주선 구석에 쪼그리고 앉아 숨어 있는 재이니 옆에 앉아 자신을 데리러 외계인이 왔다고 말했을 때, 그래서 재이니가 피식하고 웃었을 때, 호서의 마음에 휘익 하고 휘파람 같은 바람이 불었다. 정확히 뭔지는 설명할 수 없지만, 그때부터 그녀가 좋았다. 그래서 호서는 점쟁이가 자신의 사주에 보인다고 한 우주는 라비다 행성이고, 꽃은 재이니를 뜻하는 것이라고 생각하게 되어 버렸다.

재이니는 멀리서 자신을 보는 선배 배우들이 신경 쓰였다.

전에 재이니는 이것을 좋아하고 저것을 싫어하며 이것은 먹을 수 있는데 저것은 먹을 수 없다고 말하고서도 이것도 알고 보니 싫고 이것도 안 먹겠다고 난리를 쳐서 쉬운 일도 어렵게 만들고 자신만 쉽게 자리를 빠져나가는 최희지가 부러웠었다. 그렇게 아무렇게나 하고 싶은 대로 하려면 얼마나 인기가 많아야 할까? 그 당시의 재이니로서는 가늠도 되지 않았었다.

지금 재이니는 자신을 기대하는 눈으로 보고 계속 사진을 찍고 안아 달라고 하는 라비다인들의 행렬이 끊이지 않는 것이 신기하기도 하고 좋기도 했다. 특히나 최희지가 이 광경을 보고 있다는 것이 믿겨지지가 않아서 현실 같지 않고 꿈속 같아서 멍해졌다.

띵은 재이니가 멍한 것이 피곤해서라고 생각하고 줄 서 있는 라비다인들에게 양해를 구하고 다른 날에 오라고 돌려보냈다.

"재이니. 당신에겐 휴식이 필요합니다."

띵은 재이니의 이름이 무슨 신성한 절차에 따라서 불러야 하는 신비한 마법의 주문인 것처럼 신중하게 발음하곤 했다. '재'를 발음하면서 아래턱을 최대한 밑으로 길게 빼고, '이'에 이르러서는 턱을 아래로 살짝 내렸다가 부드러운 곡선을 그리면서 위로 들어 올린다. '니'는 다시 고개를 제자리로 돌려놓고, 혀를 살짝 이 사이로 내밀었다 집어넣었다. 그럴 때마다 띵의 살집 있는 말랑한 턱은 우아하게 출렁거렸다.

재이니 두 뺨에는 피로 탓인지 붉은 홍조가 피어올라 있었다.

띵은 그런 재이니의 빨갛게 달아오른 뺨이 무척이나 보기 좋았다.

지난밤 띵은 우주선 사물함 밑에 숨어 있는 재이니를 처음 발견했을 때의 기분을 시로 써 놓았다. 그날 우주선 사물함 밑에 잿빛 먼지를 그대로 깔고 앉아서 놀란 눈으로 자신을 바라보던 재이니를 보자마자 피의 이끌림을 느꼈던 바로 그 기분을 말이다.

온 우주가 너의 눈 안에서 또랑또랑하구나
하늘색보다 더 하늘색
보라색보다 더 보라색
빨간색보다 더 빨간색

사실 오늘 팬들 앞에서 그 시를 낭독할 생각이었지만, 재이니의 기분이 최상인 다음에 하기로 했다. 왜냐하면 재이니에게 필요한 건 시가 아니라 안정 음악인 것 같았기 때문이다.

"라비다인들은 각자 자신들만의 안정 음악이 있습니다. 내 안정 음악이 재이니 양도 안정시켜 주었으면 좋겠습니다."

띵은 휴대용 스피커의 볼륨을 높이고 턱을 45도쯤 하늘을 향해 들고 눈을 감았다.

"저기 죄송한데, 저 사실 아까부터 아무것도 안 들렸어요."

재이니는 띵이 눈을 감고 음악을 감상하자, 한참을 자신도 그런 척하다가 말해 버렸다.

"당연히 안 들립니다. 소리가 들리면 어떻게 안정이 되겠습니까? 안타깝게도 제 안정 음악은 재이니 양 뇌파에는 영향을 미치지 못하는 모양입니다."

띵은 말했다.

"죄송해요. 뇌파는 제 맘대로 안 되네요. 항상 그랬어요."

살짝 한기를 느낀 재이니는 기댜 할머니가 빌려준 베이지색의 실내용 면 가운을 걸쳤다.

"안 됩니다. 그 옷은 절대 입지 마세요."

"왜요?"

재이니는 가운을 던져 버렸다. 온갖 나쁘고 두려운 생각들이 그녀를 덮쳐 왔다. 혹시 옷 속에 우주 해충이 들어 있었던 걸까?

"입으면 지나치게 예뻐지십니다. 내 뇌파는 그런 걸 잘 못 견딥니다."

띵은 수줍어했다.

"아. 네. 그러시군요. 재이니 양. 들으셨죠? 농업 사령관님께서 그러하시답니다. 그 옷이 못된 옷이네요. 이리로 주세요. 제가 혼내 줄게요."

옆에서 지금까지 계속 옆에서 모든 걸 보고 듣고 있던 사미라지는 어이가 없었다.

'잘못되어도 뭔가 단단히 잘못되었다.'

사미라지는 띵이 이런 맹목적인 팬심 때문에 눈앞이 흐려져서 잘못된 판단을 하고 있다고 생각했다. 우쿠부지의 말이 맞았다. 같은 데라비다인이라서가 아니라 우쿠부지는 냉철한 이성을 가지고 모든 일을 결정하는 현명한 행성인이다. 그래서 사미라지는 그가 지구인들이 무슨 짓을 하는지 살펴보고 말해 달라고 했을 때, 망설임 없이 응할 수 있었다.

22

 저녁 식사를 마치고 난 후, 조세열은 띵에게 단둘이 할 말이 있다며 찾아왔다.
 띵은 기쁜 마음을 굳이 감추지 않으며 조세열의 손을 덥석 잡았다. 사실 그는 그동안 몇 번이나 조세열과 단둘이 말할 기회를 기다려 왔지만, 그럴 기회가 좀처럼 오질 않았었다.
 "잠깐만요. 손에 이걸 뭐라고 부르더라. 여기선 흙이라고 부르지 않던데 말이지. 흙하고는 다르긴 하지. 끈끈하고 손에 한번 묻으면 몇 번을 씻어도 잘 없어지지도 않고. 냄새도 지독해. 암튼 농업 사령님에게 이걸 묻히고 싶지 않은데."
 조세열은 손을 빼면서 말했다.
 "농사에 대해 전혀 모르는 내가 라비다 행성을 위해서 해야 할 일이 무엇인지 드디어 찾아냈어. 참, 반말해도 되나? 지구에서는 친한 사이들끼리는 반말해. 나는 다른 지구인들한테 다 반말해. 들었지? 농업 사령관도 반말해."

띵은 친한 사이라는 말에 양 볼이 빵빵하게 부풀어 올랐다. 자꾸 웃음이 비어져 나왔다.

"좋습니다. 그런데 반말이 뭡니까? 어떻게 하면 되죠?"

"아. 지금처럼 쭉 계속 하던 대로 하면 돼."

조세열은 띵이 반말과 존댓말을 구분할 리가 없다는 것을 그제야 깨닫고 말을 편하게 했다.

"너도 아는지 모르겠지만, 요즘엔 파격적인 게 인기야. 그런데 말이야. 내 파격은 어디에 있을까?"

조세열은 말했다.

띵은 조세열이 자신에게 질문을 했으니, 우주신 하아다부다의 이름을 걸고 성심성의껏 답해 주고 싶었다. 하지만 우주신 하아다부다의 이름을 걸고 말하는데, 띵은 조세열의 '파격'이 어디에 있는지는 정말 몰랐다.

"글쎄요. 그게 어디에 있을까요?"

띵은 말했다.

"어디긴 어디야. 내 파격은 바로 여기 라비다 행성에 있지."

조세열은 띵의 어깨를 툭 치면서 호쾌하게 말했다.

"아. 다행입니다. 혹시 마지막으로 파격을 라비다 행성의 어디에서 봤는지 기억하십니까? 기억하신다면, 그곳에 도로마디슈를 보내서 당장 찾아오도록 하겠습니다."

띵은 말했다.

"이 친구 유머감각 있네. 좋아. 본론을 말하자면, 앞으로 여기서 일어나는 모든 일들을 촬영해서 지구 최초의 우주 예능이자 농사 예능을 한번 만들어 보겠다는 거야. 물론 우리 둘이 같이 말이야. 마침 카메라도 나한테 있어. 카메라 감독이 화장실에 가면서 철희에게 카메라를 맡겨 놓았었거든. 이런 예능은 이국적 아니 이행적이라고 말해야 하나? 이행적이어서 인기가 많을 거야."

조세열은 웃었다.

"예능? 농사짓는 과정을 찍겠다는 말씀이십니까? 그런데 그걸 왜 찍어야 합니까?"

띵은 물었다.

"잘 들어 봐. 이걸 찍어 놓으면 좋은 점이 세 가지나 있어. 하나는 〈소군〉 농사 과정을 카메라에 모두 다 기록해 두어서 우리가 지구로 돌아간 뒤에도 그걸 보면서 다른 라비다인들을 교육할 수 있다는 것이고, 또 하나는 라비다 행성만의 SF 영화를 만들 수 있다는 거야. 여기서는 지구인들이 외계인이니까. 우리가 출연하면 그게 SF지, 뭐 SF가 별거겠어? 그리고 마지막으로 좋은 점은 네가 원한다면 특별 출연할 수도 있다는 점이야. 최초의 라비다 행성 SF 영화의 주인공은 바로 농업 사령관, 네가 되는 거야."

23

이른 새벽, 띵은 (소군)들이 잠자는 모습을 보여 주고 싶다며 조세열을 깨웠다.

(소군)들은 새벽에 아주 잠시 잠깐만 구덩이에 모여 몸을 겹치고 겹쳐서 잠을 잤다. 쌕 쌕 숨소리를 내면서 자는 모습은 우주 예능에 담을 가치가 충분히 있었다. 띵은 행여 (소군)들이 잠자는 시간을 놓칠까 봐 라비다인답지 않게 마음이 조급해졌다. 라비다 행성의 최초 SF를 정말 잘 찍고 싶었다. 그리고 띵은 (소군)들의 잠자리 말고도 다른 보여 주고 싶은 곳을 여러 군데 생각해 두었다.

"밤새 우주 예능이란 무엇인가에 대해 고민하느라고 뜬눈으로 밤을 샜어. 그래도 아직 고민할 게 많이 남았어. 나는 아무것도 안 하고 침대 위에 누워 있어야 아이디어가 잘 떠오르는 타입이란 말이야."

조세열은 그의 열정이 귀찮았다.

"먼저 (소군) 잠자리를 찍고 나서 다시 누워서 고민해 보면 안 되겠습니까? 이 시간이 아니면 찍을 수가 없어서 말입니다."

띵은 조세열을 일으켜 앉혔다.

"그럼 이런 건 어때? 난 바쁘니까, 네가 찍어 와. (소군)들도 낯선 지구인이 가면 깜짝 놀라서 깰 수도 있잖아? (소군)들이 놀라는 건 농사에도 좋지 않을 것 같은데 말이지."

띵은 과연 조세열은 현명하다고 칭송하면서 카메라를 들고 나갔다. 그가 나가고 나서 조세열은 카메라에 메모리 카드가 들어 있지 않다는 것을 깨달았다. 하지만 조세열은 하품을 늘어지게 하고 나서 바로 다시 잠들어 버렸다.

그러나 띵은 시간이 얼마 지나지 않아 다시 조세열을 찾아왔다. (소군)들을 찍으려고 했는데 카메라를 흔들리지 않게 들고 있기가 힘들며, 어떻게 시작해서 어떻게 끝맺어야 하는지 도저히 자기 혼자 머리로는 알 수가 없다고 말했다. 조세열은 마지못해 띵을 따라가서 (소군) 잠자리를 촬영해야 했다.

그리고 이것은 시작에 불과했다.

다음으로 띵은 조세열을 무오나무 발생지에 데리고 갔다. 라비다 행성 최남단에 위치한 무오나무 발생지는 아무것도 없는 허허벌판이었다. 하다못해 발생지라고 쓰인 표지판 하나 없었다.

"행성감기 때문에 여기 있던 무오나무가 다 죽은 건가?"

조세열은 물었다.

"무오나무 발생지에는 무오나무가 자라지 않습니다."

띵은 말했다.

"그럼 왜 발생지야?"

"그걸 제대로 설명할 수 있는 건 오직 한 분뿐입니다."

"하아다부다?"

"아니요. 그분은 아무것도 설명하지 않으십니다. 그냥 그 자리에 있으실 뿐입니다. 그것만으로도 그분은 정말입니다. 그분은 진짜입니다. 그분은 사랑입니다. 그분은 권세입니다."

"뭐가 그렇게 거창해. 권세가 끝이 없다면서 행성감기도 하나 해결 못 하는 거야?"

"그분은 아무것도 하실 필요가 없습니다. 그분은 정말입니다. 그분은 진짜입니다. 무오나무 발생지에 대해서는 뉴가바로무치가 설명할 수 있습니다."

"알았으니까 그만하고 얼른 말해 봐. 그 뉴가가 누구야?"

"뉴가바로무치는 무오나무 발생지의 관리인입니다."

하아다부다의 은총으로 처음 무오나무를 발견한 사람은 뉴가바로무치의 조상이었다.

생글거리는 짙은 눈썹을 가진 뉴가바로무치는 띵과 조세열을 보자마자 인사도 없이 이야기를 시작했다. 사실 지킬 것이 별로 없는 무오나무 발생지 관리인의 가장 큰 임무는 방문객들에게 무오나무 이야기를 들려주는 것이었다.

"몇 번째 조상인지 헤아릴 수 없을 정도로 오래된 조상인 그는 혹은 그녀는 처음 무오나무를 발견했을 때, 그것이 무엇인지 몰랐었다우. 그도 그럴 것이 무오나무는 처음엔 연약해 보이는 보라색 풀 한 포기에 불과했었다우. 그 혹은 그녀는 풀을 처음 본 순간 새그러운 향기에 반해 버렸다우. 그래서 집의 정원에 풀을 옮겨다 심었다오. 그 혹은 그녀는 향기에 집착하는 스타일이었다우. 그런데 글쎄 그 풀이 자라서 무오나무가 되었다우. 무오나무는 놀라운 번식력으로 조상의 집을 장악해 버렸다오. 가엾은 조상은 이삿짐도 싸지 못하고 집에서 쫓겨나 버렸다우."

띵은 매번 이 이야기를 들을 때마다, 조상의 고귀한 희생정신에 감동해서 눈물이 핑 돌았다.

그는 뒤돌아서서 남몰래 눈물을 닦았다. 조세열도 울고 있는지 고개를 푹 숙이고 있었다. 하지만 사실 조세열은 이야기를 듣는 척하면서 팔짱을 끼고 고개를 숙인 채 자고 있었다.

띵은 그가 고개 숙여 우느라 정작 제일 중요한 장면을 놓칠까 봐 걱정이 되었다. 그래서 옆으로 가서 조세열의 얼굴을 들여다보려 했지만, 그는 이리저리 몸을 비틀며 피했다.

둘이 실랑이를 벌이고 있는 것을 본 뉴가바로무치는 근엄하게 말했다.

"장난치지 마우. 지금부터 보여 주는 이건 아무에게나 보여 주는 것이 아니라우."

이 멘트는 곧 그것이 등장한다는 신호였다. 띵은 기대감으로 침을 한 번 꿀꺽 삼켰다. 비록 뉴가바로무치는 무오나무 발생지에 방문하는 모두에게 그것을 보여 주었지만, 항상 이 멘트로 기대감을 고조시켰다.

뉴가바로무치는 금고를 열더니 조심스럽게 그것을 꺼내서 보여 주었다.

"소개한다우. 무오나무의 거대한 시작인 무오풀이라오."

그것은 길쭉한 유리관 안에 보관되어 있었다. 무오나무로 만든 유리관 받침대에는 연약해 보이는 보라색 풀 한 포기가 있었는데, 이 풀은 전혀 다른 세 가지 식물의 잎 - 뾰족하게 긴 잎, 크고 넓적한 잎, 둥글고 작은 잎 - 을 하나씩 빌려다가 마구잡이로 꽂아 놓은 것 같은 형태를 취하고 있었다. 특수 약품 처리를 해서인지 풀은 금방이라도 유리관을 깨고 뛰쳐나올 것처럼 생기가 넘쳤다.

"어찌된 일인지 이 풀만 나무가 되지 못했다우. 어찌된 일인지 무오풀은 다시는 라비다 행성에서 보이지 않았다우. 그래서 이것이 유일하다오. 세상에 단 하나밖에 없다우."

"그런데 어찌된 일이죠? 이거 사-"

조세열이 말하려고 하자, 띵이 세 번째 팔로 살짝 그를 쳤다.

"아름답습니다. 영롱합니다. 가냘프기가, 애처롭기가, 아름답기가 이렇게까지일 수가. 어쩌면 이렇게 살아 있는 것 같을까요?"

띵은 칭송을 늘어놓았다.

"살아 있는 것 맞다우."

뉴가바로무치는 기분이 좋아 보였다.

"그런데 이건 사진이잖아요? 설마 이 사진을 지키고 있는 건 아니죠?"

조세열은 사진을 들어 흔들며 말했다. 그의 말대로 관리인이 금고에서 꺼낸 것은 무오풀을 들고 있는 남자의 사진이었다. 조세열이 보기엔 사진 속의 유리관은 보호할 가치가 있는 것을 보호하고 있었다. 사진 속의 남자도 마찬가지였다. 하지만 뉴가바로무치는 무오풀이 있는 사진을 보호하고 있을 뿐이었다.

"큰 결례를 범했습니다. 죄송합니다."

띵은 첫 번째(오른쪽) 손의 2, 3번째 손가락을 세워서 손바닥이 앞으로 보이게 하고 살짝 이마에 가져다 대었다가 떼면서 관리인에게 사과했다.

"괜찮다우."

뉴가바로무치는 사진을 다시 빼앗으며 원망하는 눈빛으로 조세열을 보았다.

"여기 무오풀을 들고 계신 이분이 조상님이신가요? 남자 혹은 여자가 아니라 누가 봐도 남자 분이시네요. 아저씨와 비슷하게 생겼어요. 그러니까 이분이 무오풀을 잃어버린 당사자로군요."

조세열은 사진을 보면서 말했다.

띵은 이제 그를 말릴 엄두조차 나질 않았다. 그저 이 순간이, 더는 누구에게도 상처를 입히지 않고, 무사히 빨리 지나가기를 바랄 뿐이었다.

"아니오. 이 사람은 나라오. 무오풀은 내가 잃어버렸다오. 바로 내가 조상님이 남기신 소중한 무오풀을 지켜 내지 못했다오."

관리인은 사진을 손에 꼭 쥐고 흐느껴 울었다. 띵은 세 팔을 모두 이용해서 그의 등을 꼭 껴안아 주었다. 세열에게도 어서 와서 안으라고 눈짓을 했다. 하는 수 없이 세열도 가서 뉴가바로무치를 안고 한참을 위로해 주었다.

"위로해 줘서 고맙다우. 난 이제 진정했다우. 무오풀에 대해 궁금한 것은 얼마든지 물어보우. 궁금한 게 많지 않나우?"

뉴가바로무치는 두 손으로 세열의 손을 마주 잡고, 세 번째 손으로 그의 머리를 쓰다듬으면서 말했다.

"그런데 무오풀이 살아 있다면 왜 유리관 안에 넣어 둔 거죠? 화분에 심어 놓아도 되잖아요?"

조세열은 궁금한 것이 하나도 없었지만, 억지로 쥐어짜 내어 질문을 했다.

"무오풀이 유리관 밖으로 나오게 된다면, 모든 (소군)들이 풀 주위로 몰려들 테니까 그렇다우. 무오풀은 향기가 아주 좋다우. 강렬하다우."

무오나무 관리인에게 이야기를 들려주어서 고맙다고 인사한 뒤에, 띵과 조세열이 향한 곳은 소군포 공장이었다. 공장에서는 껍질을 벗긴 소군을 얇게 저민 후에 감칠맛을 더해 주는 온갖 양념을 뿌린 후, 기계에 넣어서 납작하게 압착시켰다. 그리고 압착시킨 것을 건조 기계에 넣어서 말려서 소군포를 만들었다.

하지만 둘이 그곳에 도착했을 때, 소군포 공장은 문이 닫혀 있었다. 문 앞에는 식물 소군 보유량이 바닥나서 소군포 생산을 중단한다는 공고문이 붙어 있었다.

"라비다 행성의 식량 사정이 이런 지경까지 왔단 말입니까?"

띵은 우울해졌다.

"나도 자네만큼이나 유감스럽네. 그런데 대체 나는 언제 식사를 할 수 있는 거지?"

조세열은 아침도, 점심도 제대로 먹지 못했기 때문에 배가 고팠다. 아까 무오나무 발생지에서 띵은 도시락으로 싸 온 말린 소군가루와 무오나무 수액을 조세열에게 권했었지만, 그는 거절했었다.

"혹시 남은 가루가 있다면 좀 줄 수 있어? 수액이라도 말이야."

조세열은 물었다.

"아까 남은 걸 다 입에 털어 넣어 버렸습니다. 죄송합니다."

긴 하루 일과를 마치고, 해가 지고 밤이 되어서야 추위에 오들오들 떨면서 숙소에 들어온 조세열은 차가운 참치 통조림을 입에 쑤셔 넣으며 뭔가 잘못되어도 단단히 잘못된 게 틀림없다고 생각했다. 자신이 처음 예상했던 그림은 이런 게 아니었다.

조세열은 띵이 자신이 어딜 가든 빠짐없이 쫓아다니는 것이 부담스러웠다.

소군포 농장에서 숙소로 돌아오는 길에 띵은 뒤에서 따라 걸어오면서 소리쳤다.

"당신은 좀 내 방식입니다. 걷는 방식도 내 방식입니다."

이 말을 듣고 갑자기 소름이 확 끼친 조세열은 뛰다시피 걸었다.

그리고 띵은 계속 생글생글 웃었다.

'웃을 일이라곤 하나도 없었잖아?' 조세열은 생각했다.

단정 짓고, 맘대로 결정하고. 제멋대로, 그리고 무책임하게 아는 척을 하는 것이 특기인 조세열은 어쩐지 띵 앞에서는 그럴 수가 없었다. 왜냐하면 띵은 조세열이 무슨 말을 해도 다 무조건 옳다고 해 주었고, 무슨 말을 해도 뒤로 넘어가면서 자지러지게 웃었고, 감탄했기 때문이었다. 띵의 시선은 늘 자신을 향해 있어서 말을 얼버무리게 하고, 말을 짧게 끝내게 만들어 버렸다. 조세열의 특징은 앞말은 길게 하고, 뒷말은 더 길게 하는 것이었는데 말이다.

조세열은 내일부터는 땡에게 질질 끌려다니지 않겠다고 다짐하고 나서 곯아떨어졌다.

24

아침에 눈뜨자마자, 조세열은 지난밤의 결심대로 촬영의 주도권을 왜 자신이 잡아야 하는지에 대한 장황한 이유를 띵을 붙잡고 늘어놓았다. 그의 말은 길어졌고, 띵은 생각했다.

조세열은 모든 걸 다 알고 있다.

하지만

모든 것을 알고 있는 것은 우주신 하아다부다밖에 없다는 것을 띵은 알고 있다.

그리고

조세열이 실제로는 청년회장이 아니었다는 것을 띵도 이제는 이해할 수 있게 되었다.

그래도

"당신은 나의 영원한 청년회장입니다."

띵은 아침부터 기분이 상승적이었다. 그래서 소리 내어 말했다. 다시 한 번, 상승 기분을 전하고 싶어서 크게 외쳤다.

"오, 나의 청년회장이여."

이 외침을 들은 조세열은 갑자기 입을 다물어 버렸다.

지금까지 생각보다 말이 먼저 나가는 것이 우선이었다. 다른 사람보다 더 많이, 더 빠르게 말해서 듣는 사람이 도무지 생각할 틈을 주지 않았다. 그래야 계속 자신이 더 많이 말을 할 수 있기 때문이었다. 하지만 이자는, 이 사람이라고 하기에는 팔이 하나 많으며 조금 이상하게 웃는 이자는 자신만을 바라보고 믿고, 또 그 믿음이 미친 것처럼 맹목적이어서 조세열은 말을 더 이을 수가 없었다.

띵은 조세열이 말을 멈추고 난 뒤에도 계속 기대하는 표정으로 그를 바라보았다. 그가 말을 계속하기를 기다렸다.

"끝났어."

조세열은 풀 죽은 목소리로 말했다.

"네?"

"더 할 말 없다고. 그만할게. 미안."

옆에서 보고 있던 호서는 놀랐다. 조세열이 말을 중간에 멈추다니. 그것도 스스로. 발작적으로 농담을 해 대던 것도 멈췄다. 자신이 소중히 여기는 모든 것을 부정당한 기죽은 소년처럼 조세열은 고개를 숙이고 가만히 있었다.

호서는 조세열의 부탁으로 오늘부터 촬영 보조로 같이 다니기로 했다.

하지만 사실 호서에게도 내심 자신만의 목적이 있었다. 띵과 함께 다닌다면 라비다 행성의 이곳과 저곳을 지금보다 더 자유롭게 누비고 다닐 수 있을 것 같아서였다.

호서는 라비다 행성에 도착한 이후로, 이곳이 자신이 태어난 행성이라고 착각해서 엉뚱한 일들을 벌이고 다녔다. 왜 본인만 팔이 두 개인지 우주신 하아다부다에게 물어봐 달라고 띵을 괴롭히기도 했다. 다른 지구인들은 물론이고, 라비다인들도 호서가 지구인이 분명하다고 말해 주어도 호서는 본인이 라비다인임을 확신했다. 라비다의 식량 문제가 남의 일 같지 않은 것도, 라비다의 사랑을 한 몸에 받는 재이니가 좋아진 것도, 모두 다 자신이 라비다인이기 때문이 아니겠는가 하고 확신에 확신을 더했다.

"지금부터 청년회장님이 원하시는 대로 촬영합니다. 하고 싶은 일을 말씀해 주세요."

띵은 조세열에게 말했다.

조세열은 (소군) 농장에서 일하는 과정보다는 먼저 라비다인들을 인터뷰하고 싶다고 요청했다. 그래서 띵은 당장 몇몇의 라비다인들과의 인터뷰 자리를 마련해 주었다. 인터뷰는 (소군) 농장에서 가장 가까운 주택 지구인 1구역에서 진행되었다. 평소 1구역에 사는 라비다인들은 위생 마스크는 물론이고, 선글라스까지 끼고 있었다. 지구인들을 보기만 해도 눈 다래끼가 날 수도 있다는 소문이 돌았기 때문이다.

조세열은 육체공유법에 관심이 많아서인지 육체 안에 지금 있는 건 누구인지, 원래 누가 있었는지 같은 사적이고 난처한 질문을 계속해서 라비다인들의 마음을 상하게 만들었다. 심지어는 뇌를 빼서 보관하는 과정도 촬영하고 싶다고 해서 그들을 경악하게 만들었다. 띵은 그것만은 안 된다고 정중하게 거절했다. 라비다인들은 심한 불쾌감을 느꼈지만, 마지막까지 예의 바르고 우아한 태도로 조세열의 짓궂은 질문들에 성의껏 대답해 주었다.

"라비다인들. 초코파이 쌓아 놓은 것 같아요."

인터뷰를 마치고 라비다인들이 떠나자, 호서는 띵에게 말했다.

"초코파이?"

"아. 라비다 행성에는 정이 막 넘쳐흐른다는 소리였어요. 여러모로 배울 점도 많고 존경할 점이 많은 행성이네요. 저 같았으면 조세열 선배한테 마구 화를 냈을 텐데."

호서는 말했다.

"저는 청년회장님을 존경합니다. 그가 우주에 존재한 기간이 고작 50년임에도 불구하고 그러하다는 점에서 더욱 더 그를 존경합니다. 그처럼 어린 나이에 저토록 인품이 고귀할 수가 있다는 것이 놀라울 따름입니다. 호서 군은 아직 그를 잘 모릅니다."

띵은 온화한 미소를 지으며 호서를 타일렀다.

"아. 네. 그렇군요. 그런데 말이에요. 농업 사령관님. 혹시 다시 태어난다면 말이에요."

"다시 태어난다고요?"

"네. 다시 태어난다면, 누구로 태어나고 싶으세요?"

"왜 다시 태어나죠? 그리고 왜 내가 아닌 다른 누군가로 다시 태어나야 하나요?"

베델스크 행성계에서는 죽었다가 다시 태어나는 일 같은 건 일어나지 않았기 때문에 띵은 호서의 질문에 당황했다.

"저는 당연히 세열 선배로 태어나고 싶다고 말하실 줄 알았어요."

"조세열님은 이미 있는데, 제가 조세열님으로 태어난다고요? 혹시 육체공유 말하는 건가요?"

띵은 호서에게 되물었다.

그때 조세열이 다가와서 말이 끊겨 버렸다.

"인터뷰를 저따위로 재미없게 찍어 놓고서는 잡담할 기분이 나는 건가?"

조세열은 띵과 호서에게 편잔을 주었다.

"명색이 예능인데, 흥미진진한 장면이 하나도 없잖아. 띵. 넌 왜 뇌 빼는 걸 못 보게 한 거야? 그 라비다 여자도 내 제안에 웃었단 말이야. 그럼 허락한 거 아닌가? 아. 됐어. 뭐. 좋아. 그럼 뇌 빼는 건 됐어. 내가 그건 포기할게. 그 대신 〈소군〉들 달리기 시합을 시켜 보면 어떨까? 자. 여기 굴러다니는 많은 (소군)들 중에서 한 마리씩 골라 보자. 그래서 자신이 고른 (소군)이 달리기 시합에서 지면 벌칙은 고른 사람이 받자. 어때? 그럼 벌칙이 중요한데 말이야. 벌칙.... 음..... 벌칙을 뭘로 하지? 뭘로 해야 살짝 가학적이면서도 불쾌감을 안 주게 할 수 있지?"

"(소군)이 왜 달리기 시합을 해야 합니까? 그리고 (소군)은 안 뜁니다."

띵은 조세열이 하는 제안이 무슨 의미인지 이해할 수가 없었다. (소군)이 그냥 달리게 만들라니. 띵은 (소군)이 달리는 것을 한 번도 본 적이 없다.

"그래? 안 뛰어? 그럼 우리가 달리기 시합을 할까? 그리고 진 사람은 벌칙."

조세열은 인기 달리기 예능 프로그램 〈마라토너〉처럼 하고 싶었다. 시청자들은 이상하게 출연진들이 뛰고 또 뛰고 힘들어서 헉헉거리는 장면을 집에 가만히 앉아서 지켜보는 것을 좋아했다. 혹시 출연진 중 한 명이 넘어지기라도 한다면 최고인데, 넘어진 사람이 달리기 꼴찌를 해서 벌칙까지 받으면 그것이야말로 최최고이다.

"달리기 못 한다고 벌을 받습니까?"

띵은 점점 더 이해할 수가 없었다.

"그래야 재미있지? 안 그래? 벌칙을 받아야지. 그런데 아무래도 소군이 뛰어야 재밌겠다."

조세열은 마침 옆을 지나가는 ((소군)) 한 마리를 집어 들었다.

"요 녀석은 껍질이 무겁고 덩치가 작으니까 느리네. 자. 우리 가위바위보 해서 지는 사람이 이 ((소군))으로 시합하는 걸로 하자."

조세열이 우겨서 결국은 가위바위보 해서 진 조세열이 ((소군))을 선택하고, 띵과 호서도 억지로 한 마리씩 선택했으나, 출발선이라고 땅에 그어 놓은 금에 (소군)과 ((소군), ((소군)) 이렇게 세 마리를 나란히 세워 놓고 출발 신호할 때까지 기다리라고 하는 것만 해도 1채스트가 걸렸고, 또 휘파람을 불어서 출발 신호를 줘도 세 마리는 달리지 않았다. 그리고 띵은 옆에서 "저는 (소군)은 달리지 않는다고 미리 말씀드렸습니다."라고 세열이 질리도록 말했다.

25

 의미 없고 보람도 없는 촬영을 계속하다가 농업 사령관은 급한 업무를 보기 위해서 자리를 비웠다. 마침 그때 환경 사령관 우쿠부지가 띵이 없는 틈을 타서 환경 보호를 위해서라는 핑계를 대고 이들을 찾아왔다. 사미라지가 지구인들이 (소군) 농장이 있는 남부 지역을 벗어나서 주거 지역이 있는 북부 지역까지 돌아다니고 있다고 말해 주었기 때문이다. 그는 지구인들이 라비다 행성을 만만히 보지 않게 경고를 해 주고 싶었다.

 "지금 찍고 있는 게 뭐야? 그게 뭔데?"
 우쿠부지는 그들을 만나자마자 다짜고짜 시비조로 물었다.
 "우주 예능을 촬영하고 있어요." 호서가 대답했다.
 "그래서 그딴 게 다 뭔데?" 우쿠부지는 물었다.
 "지구인들이 라비다 행성에서 (소군) 농사짓는 과정을 촬영하고 있어요. 그걸 예능처럼 재미있게 만들어-."

호서는 성의껏 대답했지만, 우쿠부지는 끝까지 듣지도 않았다.

"무슨 말인지 하나도 모르겠네. 그래서? 그래서? 그래서 뭐가 어쨌단 건데?"

"당신은 대체 몇 살이지? 나보다 나이 많은가?"

조세열은 가뜩이나 촬영도 제대로 안 되고 있는데 말 같지도 않은 시비를 걸어오니 신경질이 났다.

"나이가 중요합니까? 라비다에서는 나이 상관없이 모두 친구야."

젊은 우쿠부지는 멈칫했다. 라비다에서는 나이가 곧 서열이었기 때문이다.

조세열이 자신보다 나이가 1.5배 정도는 많아 보였다.

"지구에서는 아주 중요해. 넌 나보다 한참 어려 보이는데 우리가 어떻게 친구라는 거지?" 조세열은 물었다.

"난 사백오십오 살이야. 그러는 넌 몇 살입니까?"

우쿠부지는 자신감을 잃은 목소리로 대답했다.

"그 정도면 나와 친구해도 되네. 나랑 나이가 비슷해. 나도 지구에선 나이가 많은 축이야. 거의 너와 동년배라고 할 수 있지."

조세열은 본인의 나이를 제대로 말하지 않고, 대충 얼버무렸다. 그리고 악수를 하기 위해 손을 내밀었다.

"여기 애는 몇 살인데?"

우쿠부지는 위생 장갑을 벗지 않고 악수를 한 후, 호서를 가리키며 물었다.

"스물다섯 살이요."

"뭐? 스물다섯 살? 스물다섯 살이라. 스물다섯 살이라고. 뭐 좋아. 띵은 혈통이 좋아. 그런 거 다 알면서 그렇게 내숭 떨 거야? 너희들 띵과 친구가 되고 싶어서 알랑방귀 끼는 거 다 알고 있어. 띵 비위 잘 맞춰서 라비다 행성에서 평생 눌러살려는 수작이지?"

우쿠부지는 25세 호서에게서 눈을 떼지 못한 채, 지구인들에게 하려고 미리 준비해 두었던 말을 순식간에 다 해 버렸다. 그는 호서가 신기했고 물어보고 싶은 것도 많았다. 스물다섯 살이면 엄마 배 속에 있어야지 벌써 태어나 있어도 되는 거냐고, 어떻게 말도 하고 걷고 그러냐고 물어보고 싶었다. 하지만 궁금한 티를 내지 않으려고 노력했다.

"라비다 행성에서 혈통 좋은 게 지구인인 나랑 무슨 상관이야. 나도 지구에서는 대배우님이야. 연기의 신이고, 돈도 여기 애보다 몇 천배는 더 많아."

조세열은 우쭐댔다.

"그런 것도 나랑 상관없긴 마찬가지네. 그리고 여기 혼자 잘 걷고, 말도 잘하는 기특한 어린애보다 돈 많은 게 무슨 자랑이라고 그렇게 잘난 척하는 거지? 넌 내 예상보다 더 훨씬 더 한심한 지구인이로군."

우쿠부지는 할 말 다 했다며, 그대로 인사도 없이 가 버렸다.

"두 분이 닮았네요."

우쿠부지가 간 후에 호서가 말했다.

"얼굴이 좀 닮았긴 하네. 우수에 젖은 눈, 흰 피부, 오뚝하지만 부담스럽지 않은 코, 예민해 보이는 입술선도 그렇고. 인정."

조세열은 말했다.

"아니 얼굴이 아니라 성격이 많이 닮았어요. 아주 똑같아요."

호서는 다정한 라비다 행성인들 중에도 저런 종류의 행성인이 존재하는 것을 보고 생명체가 살아가는 곳은 어딜 가나 마찬가지라고 생각했다.

이날 저녁이 가까워져 오자 조세열은 들뜨기 시작했다. 그는 재이니의 사인회가 농사 과정과는 상관없어 보이지만, 또 전혀 상관없는 것은 아니라고 말했다. 그러니 반드시 촬영해야 한다고 주장했다. 재이니의 사인회를 직접 보고 싶었던 호서와 띵도 그의 의견에 반론을 제기하지 않았다.

보라색 무오나무들과 (소군)들이 뛰어노는 (소군) 농장에서의 사인회는 소박했다.

라비다인들은 보건 사령관의 요구에 따라서 위생 마스크와 장갑을 끼고 사인회에 참석했다. 그들의 표정은 마스크에 가려서 보이지 않았지만 보나마나 환하게 웃고 있었을 것이다.

이런 광경을 조세열은 흐뭇하게 바라보았다. 호서는 이런 조세열이 갑자기 의심스러워지기 시작했다. 그가 신인 여배우의 스폰서 같은 걸 하는 사람으로 보였기 때문이다.
　라비다인들은 재이니를 사랑했다. 너무 사랑한 나머지, 몇몇 남성들은 계속 프러포즈를 반복해서 재이니를 곤란하게 만들었다. 그녀가 거절해도 아랑곳하지 않았다. 이번 사인회에서도 다섯 명의 라비다인이 재이니에게 청혼을 했다. 재이니가 거절하는 걸 힘들어하자, 띵은 다섯 명의 구혼자들에게 양해를 구하고 그녀를 밖으로 데리고 나왔다. 띵은 사인회장에서 나오다가 언뜻 우쿠부지와 비슷한 행성인을 본 것 같았다. 모두 다 마스크를 쓰고 있어서 확신할 수는 없었지만, 키와 몸매가 우쿠부지 같아 보였다. 다시 한 번 자세히 보려고 했지만, 그 남자는 사라지고 없었다.

　"매번 거절하기 민망했는데 도와주셔서 감사해요."
　재이니가 말했다.
　"재이니 양. 제가 한 가지 제안할 것이 있습니다. 앞으로 저와 공식 커플을 하면 어떻겠습니까? 저와 재이니 양이 공식 커플이라고 뉴스를 통해서 발표를 하고 나면, 더는 그 누구도 프러포즈를 하지 않을 것입니다."
　띵은 떨려서 그녀의 얼굴을 쳐다보지도 못했다.

"제안은 감사해요. 하지만."

재이니는 띵의 호의를 거절하기가 미안해서 말끝을 흐렸다.

"이런. 이거 제가 재이니 양이 힘든 거절을 하시게 만들었습니까? 죄송합니다." 띵은 사과했다.

"그게 어디가 도움을 주는 제안이라는 거야? 아까 그놈들이랑 뭐가 달라? 그러니까 농사가 망하는 거야. ⟨소군⟩들도 네놈들한테 질린 거야. 재이니. 너 조심해. 팔 세 개 달린 놈들 말은 절대 믿지 말라고. 팔 두 개가 진짜야. 그리고 팔 두 개 중에서도 나만 믿어. 외계인들 무서운 줄 알아야 해."

조세열은 흥분해서 말했다. 그의 말에 창피해진 띵은 세 번째 팔로 경련이 난 위 근육을 풀어 주었다. 호서는 흥분한 조세열이 아까보다 더 수상해졌다.

그리고 재이니는 라비다 행성인들이 아니라 조세열을 조심하고 싶어졌다.

재이니는 어릴 적에 외할머니가 ⟨농사의 전설⟩을 보는 그녀를 혀를 차며 못마땅하게 쳐다보면서 핏줄이 무섭긴 무섭다고 엄마에게 말하던 것을 기억한다. 그래서 다른 아이들의 아빠만 보며 자란 재이니는 자신의 아빠가 ⟨농사의 전설⟩에 나오는 배우 중 한 명일 것이라고 막연히 짐작했었다. 만약 그렇다면, 이왕이면 아빠가 조세열이었으면 좋겠다고 그녀는 바랐다. 드라마 안에서의 조세열은 자상하고 멋졌기 때문이다.

엄마가 재이니를 한국으로 보내면서 아빠가 너를 돌봐 주실 거니까 아무 걱정하지 말라고 했을 때도, 일부러 아빠가 누구냐고 물어보지 않았다. 실망할 것이 두려워서였다. 재이니는 조세열이 반드시 자신의 아빠이어야만 한다고 생각해 왔다.

그래서 〈농사의 전설〉에서 진숙 역을 제안받았을 때, 재이니는 마침내 조세열을 만나게 된다는 생각에 기대감에 부풀었었다.

그러나 막상 조세열을 가까이에서 만나 보니 그는 아빠가 아님이 틀림없었다. 자신을 보는 조세열의 눈초리가 너무나 차가웠기 때문이다. 대신 재이니는 고상욱이 자신의 아빠라고 생각했다. 그는 언제나 촬영장에서 소외된 자신을 다정하게 챙겨 주었다. 재이니는 아빠가 밝히기 전에는 먼저 아는 척하지 않겠다고 결심했다. 사려 깊은 고상욱이니까, 부녀 관계를 당장 밝히지 않는 이유가 분명히 있을 것이라고 생각했기 때문이다.

26

 통조림은 질린다. 통조림이 질렸다고 계속 반복해서 말하는 것 같은 느낌이 있지만, 계속 반복하는 느낌이 들 만큼 질렸다. 음식을 씹는데 혀를 씹는 것 같은 기분이 들면 그건 음식에 질렸다는 뜻이다. 한마디로 아무 맛도 안 난다는 뜻이다. 통조림 속의 내용물은 원래의 형체를 분간할 수 없이 으깨져 있었고, 물컹거렸으며 끈적거렸고, 잘 집어지지도 않았고, 잘 씹어지지도 않았다. 심지어 알루미늄의 색이 변하는 냄새도 났다.
 띵이 준비해 온 통조림은 생각보다 종류가 적었다. 아니다. 종류는 많았지만, 맛이 다 비슷비슷해서 그렇게 느껴진 것일 수도 있다. 각각 다른 이름을 하고는 있지만, 참치나 장조림이나 고등어나 연어나 모두 다 맛은 똑같았다.

 "나는 그저 한 번쯤은 식사다운 식사를 하고 싶어. 그뿐이야."
 조세열은 식탁에 앉아 꽁치 조각을 숟가락으로 찔러 대며 투덜거렸다.

"그러니까 이게 물에 사는 고기로 만든 음식입니까?"

꽁치 통조림을 이리저리 살피면서 띵이 물었다.

"네. 바다. 바다에 사는 걸 말려서 잘라 훈제시켜서 만들죠. 여기 캔에 그려진 그림 보세요. 이게 바로 꽁치예요."

철희가 대답했다.

"아. 잘라서."

도로마디슈는 통조림 캔에 그려진 늘씬하게 뻗은 꽁치의 아름다운 은빛을 보자, 자꾸만 눈물이 흘렀다.

"이건 어느 부분입니까?"

띵이 물었다.

"글쎄. 어딜까요? 가슴살? 그런데 꽁치도 가슴이 있나요?"

호서는 갸우뚱하면서 말했다.

"있겠지. 생선이 머리. 가슴. 배로 이루어져 있잖아."

최희지는 올리브의 작은 구멍 속에 꽁치를 집어넣으려고 애쓰며 대답했다.

"아. 가슴."

도로마디슈는 가슴을 부여잡고 흐느꼈다.

"이걸 매일 먹는 나도 울고 싶은 심정이니까, 네가 우는 것도 이해해."

조세열은 말했다.

"그런 말이 있대요. 삶이 레몬을 주면 레모네이드를 만들어라. 우리 힘내요. 어떤 상황이든 우리가 생각하기 나름 아니겠어요?"

호서는 음식 때문에 힘들어하는 동료들을 다독이고 싶어졌다.

"난 위가 아파서 레모네이드 안 마셔."

희지가 무심하게 대답했다.

"난 잼이 좋은데 아침마다 식빵에 잼을 발라 먹거든요. 레모네이드 말고 잼을 만들어도 괜찮은 거죠? 실례가 될까요?"

재이니는 기대에 찬 눈빛으로 호서를 보았다.

"난 레몬티로 줘. 차가운 건 이가 시려서. 그런데 레몬은 어디서 구해 왔니? 역시 우리 막내가 센스가 있네."

추미옥은 호서를 칭찬했다.

"얘. 난 됐어. 신 건 싫어. 아으 생각만 해도. 시다. 쓰읍. 입에 침 고여."

김미는 식탁에서 일어나 방으로 들어가 버렸다.

"남이 달라고 하지도 않았는데 함부로 주는 것도 무례야. 레몬을 좋아하는지 안 좋아하는지도 물어보지 않고 그렇게 무조건 레몬을 줄 테니 레모네이드 만들어 먹으라는 거 말이야."

조세열은 호서를 나무랐다.

"조세열님 말이 맞습니다. 그런 건 엄피입니다. 엄피죠."

띵이 깔깔대며 웃으며 말했다.

언젠가 조세열이 엄청 피곤해를 줄여서 엄피라고 말하자, 띵은 그걸 좋다고 계속 아무 데나 가져다 붙이곤 했다.

"혹시 오늘 호서 씨는 완피한 상태입니까? 이상한 소리를 하시는 것 보니까 넘피하신 것 같습니다."

띵은 호서에게 물으면서 자신의 농담에 웃음을 참지 못했다.

띵은 지구인들을 만나고 난 후에 하는 전신 소독을 거부할 정도로 지구인들을 좋아하게 되어 버렸다.

"아직은 시기상조예요. 마리얀코타키가 지구인 바이러스 검사를 완료할 때까지는 소독을 하셔야 해요."

도로마디슈는 띵의 이런 행동을 만류했다.

"괜찮습니다. 그들도 이제 내 가족입니다. 만약 가족이 아프다면 같이 아파도 됩니다."

띵은 지구인들이 점점 더 좋아졌다. 지금까지 관찰한 결과 지구인들도 라비다인들과 전혀 다르지 않고, 전혀 불결하지도 않았고, 전혀 미개하지도 않았고, 유쾌하기까지 했다.

하지만 이러한 띵의 지구인에 대한 애정이 날마다 자라나는 것과는 관계없이 (소군) 농사는 생각처럼 잘되지 않았다. 사실 철희는 블루베리 농사 말고 다른 농사에 대해서는 전혀 몰랐고, 다른 배우들도 이 사실을 곧 알게 되었다. 게다가 철희는 가축 사육에 대한 지식도 거의 전혀 없었다.

"개 몇 마리 키운 것이 제 경험의 전부예요. 동물 (소군)은 어떻게 다루어야 할지 전혀 감도 안 오네요."

그는 털어놓았다.

"라비다인들이 이걸 알게 되면, 우리를 가만두지 않을 거야."

조세열은 말했다.

"철희마저 실력 없는 농사 전문가라는 사실이 알려지면 지구에 돌아가기는 글렀네. 그런데 난 철희를 믿었는데. 아무것도 모르면서 대장 노릇은 다 하고, 우리한테 이래라저래라 한 거니?"

추미옥은 실망했다.

"죄송해요. 그래도 잠시나마 행복했었어요. 쓸모 있는 사람이 된 거 같아서요."

철희는 사과했다.

"누구 한 명이라도 행복했으니 된 거 아닐까요?"

고상욱은 철희가 시무룩해 있는 것이 안쓰러웠다.

"(소군) 농사. 그거 같네요. 하와이에서 부는 바람 같은 거네요."

호서가 말했다.

"하와이에서 부는 바람이 어떤데요?"

재이니가 물었다.

"저야 모르죠. 하와이 한 번도 안 가 봤거든요. 가 보고 싶긴 했지만, 새어머니가 하와이는 나중에 성공한 후에 가라고 했어요.

그래서 못 갔어요. 그러니까 하와이에서 부는 바람 같다는 거예요. 한마디로 뭐가 뭔지 하나도 모르겠다는 거죠."

27

 띵은 도로마디슈에게서 재미있는 이야기 하나를 들었다. 지구인들은 한 사람이 자리를 비우자마자, 자리를 비운 사람에 대한 이야기를 시작한다고 했다. 도로마디슈는 그게 너무 이상해서 김미에게 물어보았다. 김미는 그건 그 사람에 대한 애정이 깊어서 걱정을 해 주는 것인데, 쑥스러우니까 굳이 그 사람이 없을 때만 걱정을 해 주는 것이라고 말했다.

 그래서 도로마디슈는 자신도 일부러 자리에 있다가 일어나서 나가는 척해 봤다고 했다.

 그들이 자신의 걱정도 해 주는지 궁금해서 창문 옆에서 엿들었는데, 정말 감사하게도 지구인도 아닌 라비다인인 자신의 걱정을 아주 오랫동안 해 주었다고 했다.

 걱정을 제일 많이 해 주는 다정한 사람은 추미옥이지만, 결정적인 걱정을 해 주면서 핵심을 찌르는 사람은 조세열이라고 도로마디슈는 띵에게 말해 주었다.

"오늘 저녁엔 제 걱정을 할 차례입니다. 도로마디슈는 자리에 앉아 있으세요."

띵은 조세열의 다정한 걱정을 들을 수가 있다니 너무 두근거렸고, 무슨 이야기인지 꼭 듣고 싶었다.

"제가 없을 때, 제 걱정을 시작하면 꼭 잘 들었다가 그대로 전해 주십시오. 꼭입니다."

띵은 도로마디슈에게 신신당부를 했다.

하지만 띵은 직접 조세열의 목소리로 생생한 걱정을 듣고 싶은 마음에 일부러 문 앞에서 몰래 엿들었다. 그런데 아무리 기다려도 자신의 걱정을 할 기미가 보이지 않았다. 계속 또 계속 기다리고 또 기다렸다. 지구인들은 슬슬 잘 시간이라고 자리에서 하나 둘씩 일어나기 시작했다.

"실례지만, 이번엔 제 차례이지 않습니까?"

띵은 문을 조심스럽게 열고 문틈으로 얼굴을 살며시 들이밀었다.

"맞아요. 부탁드려요. 지난번에 제 걱정도 많이 해 주셨잖아요. 이분에게도 해 주세요."

도로마디슈가 김미의 손목을 잡아끌어 다시 의자에 앉혔다.

"그. 그래. 뭐. 그럼 내가 먼저 시작한다. 띵은 좀 융통성이 없어서 그게 걱정이야."

김미가 말을 더듬으면서 시작하자, 모두들 띵이 말하는 걱정이 의미하는 게 뭔지 알아챘다.

그래서 앞다퉈 서로 먼저 걱정을 해 주려고 했다.

"잠시만. 제가 나가 있겠습니다. 본인이 없을 때 걱정하시는 게 편하다고 들었습니다. 저도 그 정도는 이미 알고 있습니다."

띵은 문 옆에 눈을 감고 앉아서 자신을 위한 걱정을 즐겼다. 아름다운 밤이었다.

이처럼 띵은 하루하루가 조세열과 함께여서 아름답기만 했을지 몰라도 지구인들은 힘들  기만 했다. 특히 통조림 위주의 식생활 때문에 심각한 탄수화물 부족 증상을 겪었다. 탄수화물이 부족하면, 피로감과 무기력감을 쉽게 느낀다. 그리고 세로토닌 분비 감소로 우울해지며, 변비가 생긴다. 여러 가지 부족 증상 중에서도 가장 심하게 나타난 것은 짜증이었다.

그중에서도 특히 짜증이 이미 기본적으로 탑재되어 있는 추미옥과 김미는 '더 이상 견딜 수 없는 상태' 혹은 '항복 상태'에 이르렀다. 띵은 통조림과 물 말고는 아무것도 챙겨 오지 않았다. 그래서 화장도 세수도 제대로 못 해서 얼굴은 어찌해 볼 수도 없게 엄청나게 못생겨졌다. 거울이 없어서 얼굴을 볼 수 없는 게 차라리 다행이었다.

시력이 나쁜 추미옥은 지구에 안경을 두고 와서 눈이 항상 침침했다. 그래서 언젠가는 우주 해충을 〈소군〉으로 잘못 보고 만져서 큰일 날 뻔했었다. 마침 근처를 지나가는 띵이 아니었다면, 온몸의 에너지를 쭉 빨렸을 것이다.

그 뒤로 추미옥은 황량한 들판에서 〈소군〉들이 뛰어다니는 것만 봐도 신경질이 났다.

"난 다시 지구로 돌아갈 수만 있다면, 너하고도 잘 지낼 자신이 있어."

"나도 그래. 언니."

김미는 말했다. 추미옥이 여기서 기댈 수 있는 유일한 존재는 김미였다. 농사일을 잘 못해서 김철희와 보좌관들에게 구박받은 설움을 밤마다 둘이 나누며 서로를 위로하곤 했다. 추미옥이 김미에게 과거 남자 이야기를 털어놓으면서 더 친해지게 되었다. 그런데 그 남자는 사실 원래 김미의 애인이었다.

"그래서 언니, 남의 남자 뺏어 가서 좋았수? 무슨 부귀영화를 누리겠다고. 쯧쯧."

"그래. 이것아. 부귀영화는 고사하고 영화만 실컷 보여 주더라. 그것도 다큐 영화로 말이야."

둘은 키득거리며 웃었다.

"〈농사의 전설〉이 폐지되면 당장 불러 주는 곳도 없을 텐데, 외계인에게 납치당한 경험을 가지고 있다면 토크쇼나 예능 프로그

램에서 나를 찾지 않겠니? 그래서 처음엔 라비다 행성으로 온 것이 차라리 행운이라고 생각했어. 하지만 그런 행운도 지구로 무사히 돌아가야 누릴 수 있는 게 아니겠니?"

추미옥이 한숨을 길게 쉬었다.

"언니. 난 농사에 성공하면 다시 지구로 돌려보내 주겠다고 약속한 것에 기대도 안 해. 현재 돌아가는 분위기로 봐선 농사는 실패할 것이 분명하지 않아? 전부 다 세월아, 네월아가 아니라 두월아 이러고 앉아 있잖아."

김미는 말했다.

"다 좋은데 두월이는 또 뭐니?"

"몰라. 세월보다 느리면 두월이지 뭐. 지금 시간이 세월처럼 흘러가는 게 아니라, 두월처럼 흘러가잖수."

28

> 그것도 나였다.
> 그것도 나였다.
>
> 그것은 조세열이 말하는 스타일이었다.
> 지난 10년간 그는 최고의 배우가 있을 법한 모든 자리에 있었다.
> 그리고 생각했다.
> 바로 지금 이곳이 자신이 가장 오지 말았어야 할 바로 그 자리라고 말이다.

> 이것도 제 책임입니다.
> 이것도 제가 하겠습니다.
>
> 이것은 땅이 말하는 스타일이었다.
> 지난 129년간 그는 농업 사령관이 해야 할 모든 일을 했다.
> 그리고 생각했다.
> 바로 지금 이 일이 자신이 가장 했어야만 하는 일이라고 말이다.

라비다인들은 지구인들이 미개하다고 했지만, 조세열이 보기에는 라비다인들이 미개인이었다. 식탁도, 침대도, 소파도 없이 바닥에서 먹고 자고, 도구를 사용하지 않고 세 번째 손으로 식사를 했다. 세 번째 손은 다른 두 개의 손보다 쓰임새가 다채로웠는데, 그 다채로움은 대체로 언급하고 싶지 않은 것들이 대부분이었다.

그리고 라비다인들은 항상 남의 기분을 살피고 배려해 주었는데, 조세열이 보기엔 그건 너무 비생산적이고 세련되지 못한 습관이었다. 다른 사람의 기분을 자신의 기분보다 먼저 고려한다는 것은 그로서는 상상조차도 할 수 없는 일이었기 때문이다.

"자꾸 몰아세우는 것 같아서 미안하지만, 철희 씨 솔직히 대답해 줄 수 있어? 계속 뭔가 실험을 하는 것 같아서 묻는 건데. 무오 농사가 가능하다면 얼마나 시간이 지나야 성공 여부를 알 수 있는 거야? 내가 살아 있는 동안 집으로 돌아갈 수 있긴 한 거야?"

조세열은 철희를 붙잡고 물었다.

"최선을 다하고 있어요. 제가 아는 한에서."

철희는 그의 눈을 피하며 대답했다.

"아는 한이라는 건 모르는 부분도 많다는 뜻인가?"

"맞아요. 방금도 〈소군〉 껍질 벗기기를 실패했어요. 사실 더 이상 뭘 어떻게 해야 할지 모르겠어요. 아시잖아요. 전 블루베리 농사밖에 몰라요."

철희는 농사에 실패하고 또 실패를 하고 있다. 이제는 절망적일 지경이다. 하지만 어디서부터 시작해야 할지 무엇을 기점으로 삼아야 할지 알 수 없었다. 물어볼 사람도, 행성인도 없었다.

"일단 전에 내가 말했던 대로, 이 사실을 절대로 띵과 보좌관들에게는 이야기하지 마. 만약 그들이 알게 되면 우리를 당장 플라스틱 우주선에 태워서 대기권 밖으로 쫓아내 버릴지도 몰라. 철희 씨는 지금까지 하던 대로 계속 쭉 뭔가를 시도하는 척을 하고 있어. 그런데 자기 자신한테도 계속 뭔가를 하고 있다는 듯이 보여야 해. 그래야 이들을 완벽하게 속일 수 있을 테니까 말이야. 연기와 마찬가지야. 자신을 속여야 관객을 속일 수 있어."

"그렇게까지 할 필요도 없을 것 같아요. 라비다인들은 남을 의심하지 못하니까요."

철희는 대답했다.

하긴 조세열이 보기에도 라비다인들은 거짓말을 전혀 못 하고 솔직한 자들이었다. 모든 말을 다 곧이곧대로 믿어서 속이기도 쉬운 타입이었다.

29

다정하게 말 걸어 주세요. 달콤한 이야기를 들려주세요.

이튿날 조세열은 호서와 함께 라비다인들이 '아름다운 말하기 게임'을 하는 모습을 촬영했다. '아름다운 말하기'의 규칙은 이렇다. 상대방의 감탄을 자아내고, 그 자신을 더욱더 사랑하게 되는 그러한 말을 하는 행성인이 이기는 것이다. 라비다인들은 항상 모여서 어울려 웃고 이야기하고 시끄럽고 서로 간에 사이가 좋고 흥겨웠다.

이들을 유심히 지켜보던 조세열이 호서에게 말했다.

"띵 말이야."

"여우 같죠? 띵은 《어린 왕자》에 나오는 여우 같아요. 여우가 어린 왕자에게 말하잖아요. '네가 3시에 온다면 1시부터 기다릴 거야.[10]'라고 말이에요. 띵도 그래요. 아침마다 일찍 일어나서 선배님이 방문을 열고 밖으로 나오기를 기다리고 있잖아요."

호서가 말했다.

"아니 그게 아니고. 내가 무슨 말을 해도 곧이곧대로 믿을 것 같지 않아?"

"네. 그런데 무슨 말을 하시게요?"

호서는 조세열을 미심쩍게 쳐다보았다.

"뭐. 아무거나. 그런데 너도 이제 슬슬 지구에 돌아가고 싶지 않아?"

"아니요. 전 아직 제 부모님을 못 찾았어요. 찾을 때까지는 돌아가지 않을 거예요. 지구에 갔다가 다시 라비다 행성으로 돌아올 방법이 없으니까요."

말을 마치고 난 호서는 라비다인들의 권유로 아름다운 말하기 게임에 참여했다.

호서가 어떤 말을 하든, 그 말은 얼마든지 라비다인들의 감탄을 자아낼 수 있었다. 그들은 지구인들이 아름다운 말을 낯설고 신선하게 한다고 느꼈다. 라비다인들과 지구인들의 접촉이 조금씩 허용되자, 전혀 예상하지 못한 새로운 문제가 지구인들의 골칫거리가 되었는데, 그것은 라비다인들이 자신들끼리 하는 칭찬

---

10 정확히는 "네가 오후 4시에 온다면 난 오후 3시부터 행복해지기 시작할 거야."라고 《어린 왕자》의 여우는 말했다.

보다는 그들에게 듣는 신선한 칭찬을 더 선호한다는 것이었다.

라비다인들의 칭찬 요구가 너무나도 빈번해서 조세열은 자신이 여기에 (소군) 농사를 위해 붙잡혀 있는 건지 아니면 다정한 말을 해 주기 위해 붙잡혀 있는 건지 헷갈릴 지경이었다.

라비다들은 칭찬을 해 주지 않는다고 해서 그를 째려보지도 않았고 흥, 핏, 쳇 하며 원망하지도 않았다. 하지만 아름다운 말을 듣기 위해서 겸손하게 침묵을 지키며 기다리다 포기하고 풀이 죽어 돌아서는 그들의 뒷모습에서 조세열은 원망을 듣고 째려봄을 당하는 것과 똑같은 불쾌한 기분이 들었다.

오늘 아침에만 해도 기댜 할머니는 그가 일어나서 세수하고, 옷 갈아입고, 식사를 하는 동안 아름다운 말을 기다리며 말없이 옆에 서 있었다. 차라리 칭찬을 해 달라고 욕이라도 퍼부어 줬으면, 조세열은 할머니가 만족할 만큼 칭찬을 해 줬을 것이다. 하지만 무언의 압박적인 분위기에서는 도저히 입이 떨어지지 않았다. 기댜 할머니는 그가 문을 열고 나가자, 등 뒤에서 체념의 한숨을 크게 내쉬었다.

조세열은 대체 자신이 왜 라비다인들에게 칭찬을 억지로 짜내서 해 줘야 하는지 이해가 가질 않았다. 왜 칭찬받는 것을 즐기고 상대방에게 애정을 확인받고 싶어 하는 걸까? 그런 건 어리광 피우는 응석받이로만 보일 뿐이다. 조세열은 라비다인들이 전체적으로 어른스럽지 못하다고 결론 내리고, 입이 찢어져라 하품했다.

다시 그렇게 한참의 시간이 지나고 나서 카메라를 들고 있는 팔에 쥐가 날 지경이 된 조세열은 큰 소리로 호서를 불렀다.

"어이. 호서. 그만하고 이리 와서 촬영 좀 하지 그래."

조세열이 목소리를 크게 내자 라비다인들은 겁이 나서 놀이를 멈췄다. 그들은 면전에서 언성을 높이는 것은 상대방을 무시하는 것이라고 생각하며 무서워했다.

"선배님. 주의 좀 해 주세요. 라비다인들은 그렇게 크게 말하면 싫어한다고요."

호서는 자기도 모르게 언성을 높였다. 이에 라비다인들은 완전한 두려움에 사로잡혔고, 인사도 없이 그들을 피해 도망가 버렸다.

조세열은 이들이 도망치는 모습을 보면서, 어쩌면 어렵지 않게 지구로 돌아갈 수 있을지도 모른다고 생각했고, 그 생각을 호서에게는 말하지 않았다. 대신 저녁에 일을 마치고 돌아온 김미와 추미옥을 따로 몰래 불러내었다. 그래도 지구인들 중에서 믿을 수 있는 사람은 10년 동안 함께한 이 둘밖에 없었다.

"왜 그래? 별일 아니면 나중에 말해. 춥고 배고파."

추미옥이 투덜댔다.

"혹시 그것 때문이야? 안 돼. 저녁엔 내가 스팸 먹을 거야. 어제도 하루 종일 참치 먹었으니까. 오늘은 조세열 오빠 네가 참치 먹어."

김미가 말했다.

"넌 참 먹성도 좋다. 스팸이고 참치고간에 맛이 느껴지긴 하니? 난 다 지겹다."

추미옥은 한숨을 쉬었다.

"지겹지? 지겨워서 하는 말인데. 우리 지구로 돌아가자."

조세열은 은밀하게 속삭였다.

"뭐 좋은 계획이라도 있어?"

김미와 추미옥은 그의 말에 엉덩이를 들썩거렸다.

"라비다인들은 무력으로보다는 머리로 대적해야 해. 이들은 단순해서 속이기 쉬워. 우린 농약을 가지러 지구에 잠시 다녀온다고 말하고, 우주선을 타고 지구로 가서 다시 우주선에 타지 않을 거야. 대신 우리 셋이 돈을 모아 우주선에 실을 수 있을 만큼 최대한 많이 농약을 사서 보내 주자. 꼭이다. 이건 지키자. 지구인도 의리가 있다는 걸 보여 주자."

조세열은 둘에게 탈출 계획을 말했고, 김미와 추미옥은 고개를 세게 끄덕였다.

"내가 농약값은 다 낼 거야. 언니, 오빠 다 낼 필요도 없어. 돈 벌어서 다 뭐하겠어? 그런 데 쓰라고 있는 게 돈이야. 까짓 농약이 몇 푼 하기나 해. 그걸 뭐 쩨쩨하게 삼등분해서 나눠 내고 그래."

지구로 돌아갈 수 있다는 생각에 기분이 좋아진 김미는 이렇게 말하고, 추미옥과 조세열에게 칭찬 세례를 받았다. 그리고 셋은 머리를 맞대고 회의를 하기 시작했다.

30

 조세열은 생각했다. 지금까지 촬영해 놓은 분량 정도면 충분히 지구에 가서 우주 농사 예능을 할 수 있다. 이 정도면 제2의 전성기를 맞이하게 될 것이다. 그리고 성공할 것 같지 않은 농사 과정을 끝까지 촬영해 봤자 방송에 쓸 수도 없을 것이다. 예능의 초점을 (소군) 농사의 성공이 아니라 외계 행성에서의 극적인 부녀 상봉에 맞추면 된다고, 조세열은 생각했다.

 요즘엔 이렇게 서정적인 게 인기였다. 조세열의 서정은 바로 여기 라비다 행성에 있었다.

 왜냐하면 외계 행성에서 극적인 상봉을 하는 부녀는 바로 다름 아닌 조세열과 재이니였기 때문이다.

 재이니가 자신의 딸이라는 것을 알게 된 그날의 그때는 그가 스무 살 어린 연인에게 일방적인 이별 통보를 받고, 예능 프로를 자진 하차하고, 동시에 소속사 계약 해지 통보까지 받고 나서 술을 마시고 집으로 돌아와서 불도 켜지 않은 채 화장실로 들어가다가 무릎을 벽에 부딪치고 아파서 깨금발을 하고 그러다 넘어져서 벽에 머리를 박고 잠시 기절했다가 깨어났을 때였다.

눈을 떠 보니 머리가 깨질 것처럼 아팠다. 비명을 지르고 싶었지만, 지를 수가 없었다. 조세열은 체면을 생각해서 고급 맨션 탑층에 살고 있었는데, 보증금 1억에 월 350만 원이었다. 조세열이 비명을 지르면 누군가 듣고 경비원을 부르고 경찰을 부를 것이다. 경찰이 출동하면 눈치 빠른 기자놈들도 따라붙을 것이다. 그렇게 되면 만천하에 독거 중년 조세열이 술에 만취해서 넘어져 뇌진탕에 걸렸고, 알고 보니 그가 살고 있는 맨션은 월세였다라는 것이 세상에 알려지게 될 것이다. 기사 헤드라인은 '보증금 1억, 월 350만 원'일 게 뻔했다. 그 기사가 나간 후 받게 될 질문은 머리 다친 건 괜찮으냐는 말이 아니라 왜 나이 오십에 아직도 월세를 전전하는가, 왜 모아 놓은 돈이 없는가. 혹시 크게 사기를 당했는가 등등일 것이다.

그러나 조세열은 아무 사기도 당하지 않았다. 버는 대로 족족 훗날을 기약하지 않고 다 썼을 뿐이다. 하지만 그런 말을 어떻게 할 수 있을까? 안 당한 사기라도 당했다고 꾸며 내야 할 것이다.

이런 이유로 조세열은 머리통을 사과 껍질 깎듯이 돌려 깎은 후 붉은 살을 모래 바닥에 대고 비벼 대는 고통을 느끼면서도 찍

소리 하나 내지 않았다. 다만 매니저 최 군에게 병원에 가야겠으니 지금 당장 뛰어오라고 말하기 위해서 핸드폰을 켰을 뿐이다. 잠시 기절한 틈에 부재중 전화 10통과 음성 녹음 1통이 들어와 있었다. 등록되지 않은 번호였고, 국제 전화였다.

'너츠 여천하쿠나. 천하는 일부러 안 팥니? 왜 안 팥아? 모르는 펀호라서 그래? 여천히 의심토 만쿠나. 크러케 의침이 많은데 내가 이 말을 너한테 어떠케 천해야 할치 모르케타.'로 시작되는 여자의 이야기는 놀랍고도 기대가 되었지만, 한편으로는 성가시고 귀찮았다.

음성 녹음의 이 여자는 조세열의 첫사랑이었다. 그는 방송에 막 데뷔했을 때 그녀를 만났고, 그녀도 신인이었다. 하지만 곧 조세열은 라이징 스타, 어쨌든 떠오르는 샛별이 되었고 그녀는 떠오르기보다는 오히려 가라앉는 축에 가까웠다. 하지만 아직은 둘은 서로 마주 보고 환하게 웃었고, 아직은 조세열이 말을 그따위로 하기 병에 걸리기 전의 시절이었고, 아직은 조세열이 다른 사람 생각 같은 것도 할 수 있던 시절이었지만, 그때 막 조세열은 겉멋이 들기 시작했었다. 그리고 그녀는 말없이 떠났고, 그는 스타가 되려면 첫사랑 정도는 떠나는 것이 당연하지 않을까 하고 아픔을 허세로 승화시킬 수 있었다. 왜냐하면 그때 조세열은 드라마에 첫 단독 주연으로 캐스팅되었기 때문이다.

전성기 때의 조세열은 주위를 둘러볼 여력도 없었지만, 본인 자신도 돌볼 여력이 없었고, 앞으로 달리기만 했다. 사람들은 모두 자신의 이름을 불렀고, 원했고, 좋아했고 또 미워했다.

  그런 날들만 계속될지 알았지. 난 안 늙을지 알았어. 젊은 날이 얼마 남지 않았다. 이것이 바로 조세열이 자다가도 벌떡 일어설 만큼 뒤통수가 서늘한 이유였다. 하지만 사실 자다가 벌떡 일어날 만한 체력이 있는 젊은 날은 진즉에 지났다. 젊은 날에도 마침표가 있다는 걸 그는 도무지 믿을 수가 없다. 그러나 믿겨지지가 않아, 라고 말해도 마침표를 찍을 시간이 바로 눈과 코앞에 있었다. 조세열은 아주 자주 자신의 비매력에 대해서 생각하곤 했다. 그리고 아주 가끔 자신의 매력에 대해서 생각했다. 몇 년 전까지만 하더라도 이 두 개의 순서가 바뀌어 있었다. 첫사랑의 음성 녹음을 들으며, 빠개질 것 같은 두개골이 진짜로 빠개지지 않게 두 손으로 꼭 붙잡으면서 조세열은 생각했다.

  그녀의 목소리는 여전했지만, 외국에서 오래 살아서인지 혀가 자꾸 입안에서 미리부터 꼬여서 밖으로 나오며 한국말을 발음하는 통에 첫사랑에 대한 향수 같은 건 하나도 느낄 수가 없고 낯설었다.

  조세열의 딸을 지금까지 미국에서 키우고 있었으며, 그 애가 연예인이 되고 싶어서 한국의 소속사와 계약을 하고 들어갔으니 잘 부탁한다고 그녀는 말했다. 만약 잘 돌보지 않으면, 모든 언론사에 조세열의 찌질한 과거 연애사를 폭로하고, 불쌍한 모녀가 얼마나 잔인하게 그에게 버림받았는지 거짓으로 기자 회견을 하겠다고 했다. 첫사랑 그녀는 한다고 했으면 반드시 하고야 마는 괄괄한 성격의 소유자였기 때문에 조세열은 그녀가 자신의 딸을 외면하면 기자 회견을 할 것이라는 말을 백 퍼센트 믿었다.

'내 딸이라면 물론 예쁠 테지. 조세열 딸인 걸 숨기고 연예인 생활을 시작하는 게 나을 거야. 지금부터 공개해 버리면 아빠 덕 본다고 그 애를 물어뜯고 갈기갈기 찢어 버릴 테니. 그 애가 미모와 재능으로 승부를 보게 되었을 때, 신인상 받는 자리에서 내가 밝히는 거지. 내가 신인상을 수여할 수도 있을 거야. 나는 상을 전해 주면서 그 애를 따뜻하게 안아 주면서 흐느끼겠지. 영문을 몰라 하겠지. 나를 닮았으면 거의 호수 수준으로 맑은 눈으로 나를 쳐다볼 테지. 그러면 나는 그때 멋지게 이야기하는 거야. 사실 이 애는 제 딸입니다. 시상식이 끝나자마자 기자 회견을 열 수 있도록 미리 소속사에 말해 둬야겠어. 김 대표가 이 사실을 알면 다시 나와 계약하자고 하겠군. 김 대표가 그런 언론 플레이는 기막히게 잘 하니 못 이기는 척 재계약하지 뭐.'

조세열은 대리석 바닥에 누운 채로 엉덩이가 차가워지는 것도 모르고 행복한 공상에 젖었다.

 하지만 실제의 재이니를 보고 난 뒤에는 실망을 감출 수가 없어서 굳이 감추지 않았고, 자신이 재이니의 아빠라는 사실만 감추었다. 자신감도 없고 노래에도 춤에도 소질도 없고, 더군다나 국민 얼굴 사기꾼이라는 별명까지 있는 자신의 뛰어난 외모와도 닮지 않았다.
 조세열이 보기엔 가수는 이미 글렀고, 신인 배우상이라도 받아야 하지 않겠냐 싶어서 〈농사의 전설〉 배우로 캐스팅되도록 미리 손을 써 두었다. 아이돌 중에서 〈농사의 전설〉 간호사 오디션을 보자고 제안했고, 직접 오디션 심사에 참여해서 최고점을 주었다.
 하지만 〈농사의 전설〉 조연으로 넣어 주긴 했지만, 재이니는 연기마저 시원치 않았다. 이대로 〈농사의 전설〉마저 종영된다면 재이니의 배우로서의 인생은 끝이 날 것이 분명했다. 이런 상황에서 조세열은 자신이 아빠임을 더더욱 말하고 싶지 않았다. 좀 더 상황이 좋아지면 그때 멋있게 밝히고 싶었다. 그때까진 재이니가 자신이 아빠란 걸 눈치채면 안 된다. 미리 김새게 할 수는 없다. 결정적인 순간에 최고의 효과를 줄 수 있는 그러한 인상적인 첫 만남을, 물론 방송을 통해서, 할 것이다. 지금 밝혀 봤자 한물간 배우와 인지도 없는 걸 그룹 멤버인 부녀밖에 안 될 것이다. 기껏해야 〈새벽마당〉에나 나갈 수 있겠지. 그렇게 시시하게 할 수는 없었다.

 자신이 다시 전성기를 누릴 수 있게 되었을 때 혹은 재이니가 탑에 올랐을 때, 그때 조세열은 모든 것을 멋지게 밝힐 것이다. 하지만 지금까지는 조세열이 다시 전성기를 누리는 일도, 재이니가 탑 아이돌이 되는 일도 거의 불가능에 가까웠다. 그런데 전혀 생각지도 못한 곳에서 기회가 제 발로 대기실로 걸어 들어온 것이다.

 처음 팔이 세 개 달린 라비다인들을 만났을 때 조세열은 세상의 종말이 드디어 왔구나 하고 두려웠지만, 라비다 행성에서 재이니가 우주 아이돌 대접을 받는 것을 보고 다시 희망이 생겼다. 라비다인들이 재이니에게 열광하는 모습이 담긴 촬영 테이프를 지구에 가지고 간다면, 지구인들도 재이니를 인정해 줄 것이다.

31

제일 먼저 조세열은 라비다 뉴스의 앵커 카프에게 제보 영상을 보냈다. '사실 저는 지구에서 온 청년회장입니다.'라고 시작되는 영상에는 (소군) 농사에 실패하는 장면들이 있었다.

공정하며 권위 있는 목소리로 날카롭고 통찰력 있는 질문만을 해서 라비다인들의 신뢰를 한 몸에 받고 있는 라비다 앵커 카프는 제보 영상을 확인하자마자 비밀리에 이들을 뉴스룸으로 초청했다. 조세열은 라비다 행성을 위해서 농사 전문가로서 전문적인 의견을 주고, 김미는 농약에 대한 경험을 증언하는 증인으로, 추미옥은 김미의 진실함을 증명하는 증인으로 뉴스에 참석했다.

뉴스룸을 찾는 것은 어렵지 않았다. 13구역의 하나밖에 없는 3층 건물만 찾아가면 되었다.

모든 뉴스를 투명하고 공정하게 보도하겠다는 앵커 카프의 다짐처럼 사방의 벽이 유리로 되어 있어서 안이 훤히 다 보였다. 앵커 카프는 밖을 내려다보고 있다가 조세열 일행이 보이자 서둘러서 들어오라고 손짓을 했다. 그리고 사방의 유리벽에 블라인드를 내렸다.

생방송이 방송되기 0.4캐스트 전이었다.
이날 뉴스의 타이틀은 '과연 농약이란 무엇인가.'였다.
눈썹이 진하고 눈매가 날카로운 앵커 카프는 지구인들에게 악수를 청했다.
"긴장을 풀고 아는 것만 이야기하시면 됩니다."
카프도 지구인들을 실제로 본 건 이번이 처음이었다. 농업 사령관의 허락 없이는 지구인들과 직접 접촉하면 안 되기 때문에 이 만남은 극비리에 이루어졌다. 뉴스룸의 라비다인들은 모두 방역 마스크와 장갑을 착용하고 일제히 세 번째 팔로 위를 만지작거리며 긴장을 풀고 있었다. 조세열과 김미, 추미옥이 뉴스룸에 도착하자 라비다인들은 지구인들이 자신들과 비슷한 크기라는 것에 크게 놀랐다. 지구 티비를 보는 일부 라비다인을 제외하고는 지구인에 대한 정보가 거의 없거나 왜곡되어 있어서 오해가 많았다.

"농약이란 무엇입니까?"
역시 유명 앵커는 달랐다. 그는 침착하고 점잖게 바로 본론으로 들어갔다.

"농사에 도움을 주는 약입니다. 지구인들은 모든 농사에 농약을 사용합니다. 약은 아플 때마다 먹는 것이지 않습니까? 여기 (소군)들은 많이 아픕니다. 아플 때는 약을 먹어야 하는데 라비다에는 약이 없습니다. 그래서 제가 지구에 가서 약을 구해 오겠다는 말입니다. 농업 사령관님이 지구에서 출발하기 전에 말씀하셨다면, 그때 가져왔을 수 있을 텐데 말입니다. 참 그 사실이 제일 안타깝습니다."

"농업 사령관 띵이 어디로 당신들을 데리고 가는지도 사전에 고지하지도 않고 데리고 왔다는 말씀입니까? 납치라도 했다는 의미로 들리는데요. 맞습니까?"

앵커는 습관처럼 핵심을 찌르는 질문을 했고, 스튜디오 내에서 탄식이 흘러나왔다.

"저런 끔찍한 일을."

"이건 라비다인의 수치야."

"아니. 뭐 굳이 말하자면 납치지만 그렇다고 해서 그렇게 강제적인 건 아니고. 암튼 그는 갑자기 대기실에 들어왔어요."

"대기실에 무단 침입까지 했다는 말씀이시군요. 참으로 개탄스러운 일이 아닐 수 없습니다. 무단 침입과 납치라뇨. 이 문제는 라비다 당국에서 철저하게 조사를 해 봐야 합니다. 농업 사령관이라고 해서 그냥 넘어갈 문제는 아닌 것 같습니다."

"아니 그게 아니고."

조세열은 당황했다. 띵을 납치범으로 만들 의도는 아니었기 때문이다.

"맞아요. 그는 저희들을 납치했어요. 이건 여배우 납치 사건이 맞아요."

옆에 있던 김미가 말했다.

"맞아요. 김미가 맞다고 하면 맞아요."

추미옥은 원래 연습했던 대로 무조건 김미가 말하는 것을 맞다고 말해 주었다.

"그럼 당시의 상황을 당신이 자세히 설명해 주시겠습니까?"

앵커 카프는 추미옥을 보고 말했다.

갑작스런 질문에 추미옥은 당황했다. 자신은 김미가 말하면, 그 말이 맞다고 해 주기만 하면 된다고 조세열이 말했었기 때문이다.

"아. 네. 그게 그때 좀 우라지게 짜증이 아니 이게 아니고 자꾸 조세열 씨가 별 그지 같은 애드리브를 아니 이것도 아닌데."

추미옥은 얼굴이 빨개졌다.

"언니는 욕 빼고는 말이 안 나오니? 앵커님 앞에서 이게 무슨 망신이람."

김미가 조용히 핀잔을 주었다.

"저기 그러니까 단도직업적으로 말해서, 우리는 배우죠. 농사 전문가가 아니라." 추미옥은 말했다.

"단도직입 아니야?" 김미가 추미옥의 귀에 대고 속삭였다.

"아니야. 지금 직업을 이야기하는 거잖아. 그러니까 단도직업이야."

조세열은 김미의 귀에 대고 속삭였다.

"세열이가 제대로 아네. 단도직업이 맞아."

추미옥은 조세열과 김미를 보며 말했다.

"잠시만요. 방금 추미옥 씨가 말한 내용을 제가 다시 한 번 말해 보겠습니다. 뉴스를 보시는 분들 중에서 이해를 못 하신 분이 계실 것 같아서 말입니다. 추미옥 씨는 본인이 농사 전문가가 아니라고 말씀하셨습니다. 맞습니까?"

앵커는 물었다.

그제야 추미옥은 자신이 큰 말실수를 했다는 것을 깨달았다. 지구인들이 농사 전문가가 아니라는 것이 알려지면, 당장 라비다 행성 밖으로 쫓겨날지도 몰랐다. 김미와 조세열은 이 상황을 어떻게 수습해야 할지 지혜를 짜내려고 했지만, 아무 생각도 나지 않았다. 머리 안에서는 텅 텅 소리를 내는 바람만 불어 댔다.

"제 말이 맞습니까? 확인 부탁드립니다."

앵커는 추미옥을 보며 다시 한 번 물었다. 그녀는 조세열과 김미에게 도움을 청하는 눈빛을 보냈지만, 그 둘도 어쩔 도리가 없었다.

그때, 추미옥은 입이 터진 듯이 말을 쏟아 내기 시작했다. 그녀는 정면의 카메라를 보고 우아하고 침착한 표정으로 마치 시를 읊듯이 속삭이듯이 차분하게 조곤조곤 말하고 싶은 대로 다 해 버렸다.

"차라리 대사를 줘. 염병. 거지발싸개 같은 행성에서 맨날 천날 찬 통조림만 먹고. 칭찬 해 달라고 개난리 치고, (소군)인가 뭔 젠장맞을 것은 사람 약 올리듯이 눈앞에서 계속 어슬렁거리는데. 잡것들, 헛소리가 쳐 안 나오게 생겼어?"

조세열과 김미는 그녀에게서 고개를 돌리고 모른 척하면서 계속 미소를 띤 얼굴로 라비다인들을 보았다. 앵커 카프는 추미옥이 하는 말을 몇 개의 단어 빼고는 못 알아들었지만, 리듬감도 있고 감성 폭발하는 좋은 노래라고 생각했다. 듣다 보면 당장 고향으로 달려가고 싶은 그리운 기분이 일었다. 그는 머리를 까딱까딱거리면서 박자를 맞추었다. 나중에 인터뷰를 마치고 나면 무슨 뜻인지 꼭 알려 달라고 하고, 실례가 아니라면 가사도 적어 달라고 해야지 하고 생각했다.

하지만 지금은 한가하게 노래나 감상하고 있을 때가 아니었다.

카프는 노래에 빠진 정신을 건져 내고 흠. 흠. 헛기침을 했다.

"노래 잘 들었습니다. 멜로디도 아름답고 좋은 내용의 가사인 것 같습니다. 아마 농업 사령관 띵에게 납치당한 당시의 놀라움과 고향인 지구에 대한 향수를 표현하고 있는 것 같은데요. 제 말이 맞습니까?"

앵커 카프가 물었다.

"네. 네. 맞습니다. 곡 해석 능력이 대단하십니다."

조세열은 얼른 대답했다. 김미도 강하게 긍정했다.

"그런데 아까 농사 전문가가 아니라 배우죠라고 하신 말씀은 어떤 의미였습니까?"

카프는 물었다.

"네. 저희와 함께 오신 다른 지구인분들은 유능한 농사 전문가들이십니다. 하지만 여기 저희 세 명은 아직 견습생 수준입니다. 그래서 라비다 행성에 도움이 되기 위해서 열심히 농사를 배우고 있다는 말이었습니다."

조세열은 정면의 카메라를 보고 한 글자 한 글자 또박또박 말했다.

"맞습니다. 배우고 싶다의 그 배우를 말한 것입니다."

추미옥도 조세열처럼 정면의 카메라를 보며 말했다.

"알겠습니다. 인터뷰에 성실히 응해 주신 세 분께 감사의 인사를 전하며 오늘의 라비다 뉴스를 마치겠습니다. 지금까지 카프였습니다."

32

뉴스룸을 나서려는 조세열을 앵커 카프가 황급히 붙잡았다.
"저기."
카프는 수줍게 말을 꺼냈다.
"네."
"저기 있잖아요."
"네. 말해요."
이쯤에서 대충 조세열은 그가 무슨 말을 하려는지 예상되기 때문에 짜증이 나기 시작했다.
"죄송한데 다정한 말 좀 해 주시면 안 될까요? 지금 막 중요한 인터뷰를 해서 머리가 좀 아파서요. 처음으로 지구인을 인터뷰한 거라."
"다정한 말 어떤 거?"
"아무거나 괜찮아요. 예를 들면."
"예를 들면 어떤 거?"

"오늘 멋있어요. 같은."

"오늘 멋있어요. 됐어요?"

"잠깐만요."

"됐나요?"

"아."

"아?"

"효과가 없네요. 다른 거 해 주시면 안 되나요? 죄송해요."

"예를 들면?"

"제가 예를 든 걸 그대로 따라 하면 효과가 없는 것 같아요. 아무거나 지금까지 들은 말 중 생각나는 다정한 말을 해 주세요."

"흠......."

"네?"

"아."

"아?"

"아. 역시 아무것도 생각이 안 나네."

"엣취."

그때 갑자기 카프가 재채기를 했다.

"흠. 흠. 죄송합니다. 갑자기 재채기가 나와서요. 엣취. 엣췌."

33

다른 모든 라비다인들처럼 띵도 뉴스를 보았다.

뉴스가 끝나자마자 벨이 울렸고, 띵은 그게 누구의 전화인지 짐작할 수 있었다.

재정 사령관이었다.

"농업 사령관. 이게 다 무슨 일인가? 농사를 실패하고 있고, 그게 전부 다. 띵. 자네가 지구인을 납치해서인데, 갑자기 납치를 당해서 (소군)을 주려고 챙겨 둔 소중한 약을 못 가지고 온 거라는 게 다 사실인가? (소군)이 그 약만 먹으면 껍질이 저절로 벗겨질 거라는데, 그게 정말인가?"

"죄송합니다. 저는 전부 다 처음 듣는 이야기입니다. 그리고 납치는 하지 않았습니다. 이마를 땅에 대고 정중하게 부탁했고, 지구인들이 스스로 우주선에 탑승했습니다. 뭔가 그들이 오해를 한 모양입니다."

띵은 난처했다.

"당장 지구인들과 오해를 풀게나. 납치가 아니라 초대였다고 말일세. 문화가 다르니 오해할 수도 있는 문제네. 그것보다 띵. 자네는 어떻게 생각하는가? 약을 가져올 수 있게 자네가 동행해서 지구에 다녀와야 하지 않겠나? 다른 사령관들에게는 내가 잘 말해 놓을 테니. 지구인들과 잘 상의해서 하루빨리 약을 가지고 오시게나."

재정 사령관은 전화를 끊었다.

띵은 마음이 급해져서 당장 뉴스룸으로 조세열을 찾아갔다.

조세열은 앵커 카프에게 해 줄 칭찬의 말을 생각해 내느라 내내 뉴스룸 대기실에 붙들려 있다가 카프의 재채기가 멈추지 않는 덕에 겨우 막 빠져나온 참이었다.

"뉴스에 나가는 것에 대해 왜 미리 저에게 알려 주지 않으셨습니까? 그리고 왜 약에 대해서 말씀해 주지 않으셨습니까? 그 약이라는 것이 혹시 제가 지구에 도착했을 때 철희 씨가 농작물에 뿌리던 그 물을 말하는 것입니까?"

띵은 물어보고 싶은 것이 많았다.

"그러니까 그건, 농약은 해로운 물질이라서 땅을 오염시킬지도 몰라서 그래서 말을 못 한 거지. 알겠어? 이해돼? 지구도 농약 때문에 환경이 많이 오염되었거든. 그래서 농약을 일부러 안 쓴 채소가 더 비싸고 그래. 여기까지 이해가 되지? 저런. 표정을 보니 무슨 말인지 전혀 모르는 눈치구나. 괜찮아. 이해 안 되는 걸 나는 이해해. 띵. 너는 지구에 안 살아서 잘 모를 수도 있어. 누구도 네가 농약에 대해 몰랐다고 비난할 자격은 없어. 또 어떻게 보면 네가 농약을 안 가지고 와서 라비다 행성이 오염되지 않을 수 있는 거니까 라비다인들은 너에게 감사해야 해. 이제 내 사려 깊은 배려가 이해가 되지?"

조세열은 엉뚱하고 장황한 변명을 늘어놓았다.

"농약을 가지고 돌아오겠다는 말은 진심입니까?"

띵은 맥 빠진 한숨을 쉬고 나서 말했다.

"당연하지. 농약을 우주선에 실을 수 있을 만큼 최대한 많이 실어서 보낼 계획이야."

"하지만 농약은 라비다 행성을 오염시킨다고 하지 않으셨습니까?"

"물론이지. 그래서 내가 처음에 농약 이야기를 너한테 안 한 거야."

"그럼 농약은 (소군) 농사에 아무 도움이 안 되지 않습니까?"

"그렇지. 똑똑하네."

"도움이 안 되는데 왜 농약을 보냅니까?"

"아무래도 내 말을 제대로 이해하지 못했구나. 자. 잘 들어 봐. 다시 설명해 줄게."

"아닙니다. 이제 필요 없어졌습니다. 농약도. 설명도."

띵은 조세열이 제대로 정확하고 솔직한 대답을 해 주기를 참을성 있게 기대했지만, 조세열은 말을 하면 할수록 띵을 실망시켰다. 그의 말을 대충 잘 맞춰서 이해해 본다면, 결국 농약은 (소군) 농사에 도움 되지 못할 것이고, 단지 지구로 돌아가기 위한 핑계일 뿐이라는 것이었다. 띵은 조세열이 아주 자주 진실이 아닌 것을 진실인 것처럼 입에 담을 때가 많다는 것을 깨닫게 되었다. 또한 띵은 그가 우주 예능을 만든다고 한 것이 그저 일을 하기 싫어서 낸 잔꾀일지도 모른다고 의심까지 하게 되었다. 띵은 태어나서 처음으로 친구를 의심해 보았고, 그 친구가 바로 조세열이라서 더 마음이 쓰리고 아팠다.

"더 이상 청년회장, 조세열 당신을 믿을 수가 없게 되어 버렸습니다. 우리는 이제 친구가 아닙니다."

"자네가 이토록 속이 좁고 이해심이 없는 행성인인 줄 미처 몰랐네. 겨우 그만한 일로 남자가 삐지다니 말이야."

조세열은 짜증 난 기색으로 말했다.

"저는 우리에게 그 감정이 생겼다고 생각했습니다. 사람과 사람 사이에 생기는 그거. 서로의 생명을 구해 주고, 어려운 일과 고통을 함께 견디면 생긴다는 거 있잖습니까? 그럼 서로를 위해서 무슨 일이든지, 심지어 애써 구해 준 목숨조차도 다시 내놓을 수 있다는 그거, 사랑."

띵은 큰 슬픔에 잠겨 말 한마디 한마디를 힘겹게 이어 나갔다.

"사랑이 아니라, 우정이겠지. 그런데 우리 사이엔 우정도 아니야. 사랑은 더더욱 아니고."

조세열은 터무니없어 하며 덧붙여 말했다.

"어떻게 그렇게 잠깐 사이에 우정이 생기겠어? 우정은 서로 신뢰하는 친구들 사이에 생기는 거야."

조세열은 말했다. 띵은 그가 원망스러워졌다. 그래서 원망이 담긴 흙색 공을 삼켰고, 조세열을 원망하는 마음은 그의 목구멍을 지나서 배 속에 단단하게 자리 잡았다.

라비다인들은 하늘에 둥둥 떠다니는 마음이 담긴 동그란 공을 꿀꺽 삼켰다. 사랑, 원망, 슬픔, 증오, 미움, 외면 등등의 여러 가지 마음이 담긴 공들은 크기가 같아서 색으로만 안에 든 마음을 구분할 수 있었다. 마음 공들은 그런 마음을 가질 만한 상황에 놓인 행성인들을 귀찮아서 안 먹고는 못 배겨 낼 정도로 줄기차게 쫓아다니곤 했다.

마음이 자리 잡은 것과 거의 동시에 뉴스룸 대기실 문이 벌컥 열리면서 안에서 누군가 나와서 소리쳤다.

"카프가 검정 콧물을 흘리기 시작해요. 누가 의사 좀 불러 주세요. 빨리요. 엣취. 에에치. 맙소사. 저도 재채기가 나오기 시작했어요."

그리고 누군가는 말을 마치고 검정 콧물을 흘리며 기절해 버렸다.

34

 뉴스가 방송되고 나자, 뉴스를 본 행성인들에게서 행성감기의 증세인 검은 콧물, 고열, 쉴 새 없는 재채기가 나타났다는 제보가 여기저기서 들어왔다.

 이에 사령관 회의가 급하게 소집되었다.

 "지구인과 지구 TV 전파에서 나온 바이러스가 행성감기의 원인이 분명하다는 게 밝혀졌네요. 이제 촬영도 농사도 다 끝난 거죠. 지구인들을 당장 격리 조치시켜 버려요. 우주로 추방하는 것도 나쁘지 않겠죠? 우주복도 입히지 않고 보내 버려요."

 환경 사령관 우쿠부지는 흥분했다. 왜 아무도 내 말을 듣지 않았지? 그러니 진즉에 다 없애 버리라고 했잖아. 내가 전에 다 말한 거잖아? 내가 경고했었잖아?

 "우주에 버린다는 건 너무 잔인합니다. 그래도 격리 조치는 생각해 볼 만합니다."

 문헌 사령관이 조심스럽게 제안했다.

"지구인들이 감기의 원인이라는 확실한 증거는 아직 나오지 않았습니다. 최소한 마리얀코타키의 바이러스 검사 결과를 확인해 본 뒤에 격리해도 늦지 않습니다. 그리고 지구인들은, 몇몇 라비다인을 제외하고는, 라비다인들과 따로 직접 접촉하지 않고 있습니다."

띵은 지구인들에게 기회를 더 주고 싶었다. 비록 조세열은 이렇게 문제를 만들었지만, 다른 지구인들은 열심히 농사를 짓고 있다는 것을 알고 있었기 때문이다.

"지구인들이 위협이 되지 않는다는 말이군요. 농업 사령관이 보증할 수 있어요?"

재정 사령관이 물었다.

"위협이 전혀 되지 않는다는 말은 아닙니다. 다만 문제가 생긴다면 제가 책임지겠습니다."

띵은 거짓말을 할 수 없었다.

"검사 결과가 나올 때까지는 지구인들을 격리하지 말고, 지구로 돌려보내는 것도 일단 보류할 것을 제안합니다. 모두들 제 제안에 찬성하십니까?"

재정 사령관은 물었다. 환경 사령관을 제외한 나머지 다른 사령관들은 첫 번째(오른쪽) 손의 2, 3번째 손가락을 세워서 손바닥이 앞으로 보이게 하고 살짝 이마에 가져다 대었다가 떼면서 재정 사령관의 제안에 찬성했다. 우쿠부지는 인사도 없이 회의장을 떠났다.

지구인들이 행성감기의 원인이라는 소문에 지구인들을 대하는 라비다인들의 태도는 냉담해졌다. 철희가 보기엔 티가 확 났다. 사미라지가 육체를 사용하는 날이면, 지구인들 근처로 오지도 않았다. 띵과 도로마디슈와 마리얀코타키, 기야 할머니만 전과 다름없이 지구인들을 대해 주었다.

철희는 지구인들이 정말 행성감기를 옮긴다면, 마리얀코타키가 절대로 옮아서는 안 된다고 생각했다. 그래서 일부러 그를 마주치지 않으려고 피해 다녔다. 농사를 도와주려고 보좌관이 왔을 때, 누구인지 물어봐서 마리얀코타키라면 철희는 입과 코를 막고 인사도 없이 뒤돌아 뛰어가기 일쑤였다.

"내가 당신의 생각에 간섭을 일으켰습니까? 방해가 되었습니까?"

마리얀코타키는 그런 철희를 이상하게 생각하고, 이렇게 물어 볼 정도로 철희는 그를 피해 다녔다.

철희는 동물 (소군) 요리법을 개발하기로 결심했다. 그는 라비다인들이 육식을 하지 않고, 채식만 하는 것이 이해가 가지 않았다. 육식을 해서 양질의 단백질을 충분히 섭취해야 몸이 건강해져서 행성감기 같은 병쯤은 단박에 나을 수 있을 텐데 말이다. 이제 정말 더 시도해 볼 게 없을 정도로 할 수 있는 방법은 전부 다

동원해서 (소군) 껍질을 벗기려고 해 봤다. 하지만 다 소용없었다. 그래서 철희는 동물 (소군)을 굳이 힘들게 껍질을 벗겨서 성질을 변형시켜 식물 소군으로 만들어서 먹느니 동물 (소군) 그대로 요리하는 법을 개발해서 맛있게 먹는 것이 좋지 않을까 하는 생각을 했다.

"(소군)에서 닭고기와 소라 맛이 날 것 같지 않아요? 육지와 바다의 단백질 맛이 합쳐진 맛이요. 모르긴 몰라도 (소군)은 고단백 음식임이 틀림없어요. 껍질째 요리하려면 어떻게 해야 하냐면 말이죠. 삶아서 먹고 싶을 때는 물에 식초를 넣으면 연육 작용이 일어나서 껍질이 말랑말랑해질 거예요. 또 구워서 먹으려면 일단은 살짝 데쳐야 해요. 그래야 칼로 잘 썰리잖아요. 양념은 소금과 후추 정도가 좋겠네요. 튀겨 먹는 것도 괜찮아요. (소군)을 통째로 올리브유에 바삭하게 튀기면 맛있겠죠? 어때요? 시험 삼아서 삶고, 굽고, 튀기고 이렇게 세 가지 방식으로 (소군) 요리를 만들어 볼까 하는데 말이에요."

철희는 (소군)은 왼손에, 칼은 오른손에 들고 냄비와 프라이팬에 넣었다 뺐다를 하면서 희지와 상욱에게 제안을 했다.

"라비다인들은 육식을 하지 않아. 아마 요리를 해도 안 먹을 것 같은데."

고상욱은 조심스럽게 말했다.

"그래서 몰래 실험 좀 해 보려고 두 분께 말씀드리는 거예요.

아시다시피 두 분 말고는 아무도 저를 도와주지 않잖아요. 오늘만 해도 그래요. 촬영을 한다. 사인회를 한다. 나이가 많다. 이런저런 핑계를 대고 제가 시키는 일을 다 하지 않아요. 저는 이 라비다 행성에서 믿을 사람이 두 분밖에 없어요. 오늘 밤에 (소군) 농장에서 희지 선배님이 (소군) 세 마리만 가지고 나와 주세요. 고 선배님이 그걸 잘 숨겨서 저에게 가져다주시면 제가 요리할 거예요. 이왕이면 같이 요리하는 것도 좋겠지만, 그렇게 되면 너무 눈에 띄게 될 것 같아서요. 나중에 맛이 어떤지만 봐 주세요. 맛이 있어야 라비다인들도 좋아하지 않겠어요?"

희지는 재빨리 ((소군))을 뒤로 숨겼다. ((소군))은 처음 봤을 때보다 더 작아진 것 같았다.

"선배님. 그건 너무 작고 껍질만 두꺼워서 맛이 없을 거예요. 그것보단 큰 놈으로 골라서 가져다주셔야 해요. 그런데 왜 아까부터 대답을 안 하세요? 혹시 하기 싫으신 건가요? 선배님들도 제가 조조조연 배우라서 제 말은 듣기 싫으신 거죠? 좋아요. 그럼 할 수 없죠. 저 혼자 다 할게요. 저 혼자 가서 (소군)도 가지고 오고, 저 혼자 요리도 다 하고."

"그런 게 아니야. 내가 할게. (소군) 농장에서 (소군)을 돌보는 건 나니까. 내가 가야 자연스럽지 않을까? 상욱 오빠. 오빠가 농장 밖에서 기다렸다가 내가 넘겨주면 받아. 응?"

"물론이지. 네가 원한다면."

철희가 가고 나서 희지와 고상욱은 서로 눈을 마주쳤다.

"오빠. 지금 나와 같은 생각 하고 있는 거 맞지?"

희지가 말하자, 상욱은 고개를 끄덕거렸다.

한편 이 세 명의 대화를 창문 옆에서 누군가가 몰래 촬영하고 있었다. 커튼 틈으로 카메라 렌즈가 보였다. 하지만 셋 중 그 누구도 그 사실을 눈치채지 못했다. 철희가 먼저 방을 나가고, 상욱과 희지도 나가고 나서야 렌즈가 치워졌다.

희지와 상욱은 서둘러서 (소군) 농장으로 달려갔다.

최희지는 드라마에선 가축과 교감할 수 있는 가축 사육에 재능이 있는 사람으로 나오지만, 실제로는 사람만큼이나 동물을 싫어했다. 그런데 (소군)을 돌보는 일을 하면서 자신이 나타나기만 하면 달려와서 안기는 ((소군))에게 반해 버렸다. (소군)들에게 정이 듬뿍 든 최희지는 지구에 돌아가고 싶은 생각이 조금도 들지 않을 정도였다.

그들은 케이지에 가둬 둔 (소군)들을 농장 밖으로 풀어 주었다.

철희에게 돌아가서는 농장에 (소군)이 한 마리도 없었다고 말할 것이다.

35

 띵은 (소군) 농장에 도착했을 때, 뭔가 잘못되었다고 느꼈다. 그 뭔가가 뭔지는 아무리 생각해도 알 수가 없었다. 요즘 바빠서 뉴런 청소를 하지 않아서인지도 모르겠다고 생각했다. 하지만 뉴런 청소를 하지 않았다고 해서 이러한 엄청난 허전함을 느낄 수가 있는가 싶을 정도로 한없이 허전했다. 띵은 (소군)들의 상태를 살피고 나서 오후에는 무슨 일이 있어도 뉴런 청소를 해야겠다고 결심했다. 보좌관들에게도 오늘 오후에는 출근하지 말라고 미리 말해 두었다. 세 명 다 모두 지구인들이 온 이후로 8일 동안 하루도 쉬질 못했다.

 '이 허탈한 허전함은 어쩌면 보좌관이 없어서일 수도 있어. 도로마디슈도, 사미라지도, 마리얀코타키도 모두 다 고마운 행성인들이니까. 아. 그러고 보니 농장에 희지 씨가 없구나. 희지 씨 옆에 그림자처럼 따라다니는 상욱 씨도 없고 말이야. 그래서 허전했구나. 그런데 이 허전함은 세 명분의 허전함이 아닌데 말이야.'

띵은 생각을 잠겨서 세 번째 손으로 위 근육을 천천히 만지작 거렸다.

그러다 불현듯 어떤 생각이 스치자, 깜짝 놀라 위 근육을 너무 세게 쥐어서 위경련이 날 뻔했다.

"(소군)! 농장에 (소군)이 한 마리도 없다."

띵은 이 사실을 다른 행성인들이 눈치채기 전에 빨리 해결해야 한다고 생각했다.

(소군)들을 찾으면 유인해서 다시 농장으로 데리고 올 무오나무 수액을 준비하고, (소군)이 걸을 때마다 나는 삐.삐.삑 소리를 잘 들을 수 있는 음량 증폭기를 귀에 차고 농장을 나섰다.

증폭기를 켜니 희미하게 삐..... 소리가 나는 듯했으나, 금방 사라져 버렸다.

36

 땡이 (소군)들이 전부 사라져 버렸다는 사실을 알게 된 바로 그 순간, 조세열은 재이니 사인회를 같이 따라간 김미에게 사인회 중간에 그녀가 뛰쳐나가 버렸다는 이야기를 듣게 되었다.

 "호강에 겨워서 요강이지 않아? 지가 무슨 그렇게 인기 스타라고 일주일도 사인회를 못 견뎌 내니? 요즘 애들은 근성이 없어. 우리 때는 안 그랬잖아? 역시 재이니, 걔는 태생이 연예인이 아니야. 이제 시작인데, 벌써부터 행성인들의 관심과 사랑이 부담스러우면 연예인은 못 하지."

 "애가 갑자기 뛰쳐나가는데 왜 안 잡았어?"

 "어머. 내가 왜 잡아야 해? 내가 걔 매니저야 뭐야. 행성감기 옮을지도 모르는데, 사인회에 와 준 고마운 라비다인들한테 내가 대신 사인해 주고 같이 사진 찍어 주고 해서 잘 달래서 보냈어. 괜찮아. 라비다인들한테 지구인 욕먹게 하는 짓은 안 했으니까. 내가 까마득한 후배 뒷수습까지 깔끔하고 침착하게 잘했어. 라비다인들도 은근 재이니한테 질린 눈치야. 이 분위기라면 몇 명 정도는 내 팬으로 만들 수도 있겠더라고. 어떻게 생각해? 울랄라 깨춤이라도 한번 보여 줘 볼까? 어때? 이렇게 한번 추면 다 뻑 가겠지?"

김미는 울랄라 깨춤을 추기 시작했다.

"라비다인한테 욕먹는 걸 걱정하는 게 아니잖아. 길도 모르는데 혼자 보내면 어떻게 해?"

조세열은 김미의 두 팔을 꽉 붙잡고 흔들면서 소리쳤다.

"이 아저씨야. 나도 길을 모르잖니? 뭐 그렇게 화를 내?"

조세열은 황당해하는 그녀를 두고 뛰쳐나갔다.

재이니가 혼자 헤매다가 열성팬에게 붙잡히기라도 하면 큰일이다.

조세열은 뛰어나가다가 마침 띵이 다른 방향에서 뛰어오는 것을 보았다.

"혹시 그쪽에서 재이니 못 보았어? 재이니가 사라진 소식을 들은 거야?"

띵은 물어보는 조세열을 모른 척 새침하게 지나가 버렸다.

조세열은 뉴스 사건 이후로 띵이 자신에게 더 이상 예전처럼 환하게 웃어 주지 않자 어쩐지 허전하고 서운한 마음이 들었다. 하지만 '이내 그게 무슨 말도 안 되는 감정이야.'라고 생각하고 무시해 버렸다.

"재이니가 사인회 하다가 뛰쳐나갔는데, 어디로 갔는지는 아무도 모른대."

조세열은 띵을 잡고 말했다.

"오늘은 모두 사라지는 날인가 봅니다. (소군)들도 사라지고, 재이니 양도 사라지고."

띵은 재이니가 사라졌다는 소리에 흠칫 놀랐지만, 이내 평정을 찾고 말했다.

"제가 한번 찾아보겠습니다."

띵은 다시 앞으로 성큼 성큼 걸어갔고, 조세열은 그의 뒤를 쫓아갔다.

둘은 그렇게 하나는 앞장을 서고, 하나는 뒷장을 서서 빠른 걸음으로 걸어갔다.

띵은 음향 증폭기에서 미세하게 들려오는 삐 소리에 귀를 기울이면서, 재이니의 목소리가 혹시나 들리는지 귀를 기울였고, 조세열은 그런 띵 뒤에서 음향 증폭기의 헤드폰에서 무슨 소리가 들리는지 들어 보려고 목을 쭉 빼고 귀를 가져다 대었다.

그렇게 둘이 한참을 라비다의 들판을 헤매고 있을 때, 저만치서 호서가 터덜터덜 걸어왔다. 호서는 오늘도 자신의 친부모를 찾아보고 오는 길이었다. 단서도 없어서 마냥 걸으면서 라비다인들을 다 만나고 다녔다. 친부모라면 모름지기 얼굴을 보자마자, 들고 있던 모든 것들을 바닥에 떨어뜨릴 정도로 강한 끌림을 느끼는 것이 당연하다고 호서는 생각했다. 사실 그는 낳아 주신 엄마의 얼굴도 모르고 자랐다. 그래서 라비다 행성에서 부모님 찾기를 쉽게 포기할 수가 없었다.

　호서는 부모를 찾기 위한 가장 좋은 방법은 라비다 뉴스에 출연해서 자신의 사연을 알리는 것이라고 생각했었다. 그래서 조세열이 자신을 쏙 빼놓고 김미와 추미옥만 데리고 뉴스에 출연한 것이 서운했다. 그동안 조세열 옆에서 시키는 대로 촬영을 다 하였는데, 왜 그 누구보다 뉴스에 나가야 할 절박한 이유가 있는 자신을 빼놓았는지 이해가 가질 않았다. 그래서 오늘부터는 호서가 직접 모든 라비다인들을 만나러 다니기로 했다. 라비다인들은 혹시 행성감기가 옮을까 봐 호서가 멀리 오는 것만 봐도 입과 코를 가리고, 집으로 들어가고, 창문을 닫아 버렸기 때문에 라비다인 몇 명의 얼굴만 겨우 볼 수 있었다.

　"호서 군. 혹시 (소군)을 보셨습니까?"

　띵이 물었다.

　"재이니 봤어? 사인회에서 혼자 뛰쳐나갔대."

　조세열도 물었다.

　"네. 그리고 또 네. 둘 다 봤어요. 동시에. 재이니가 (소군)들 뒤에 서서 걸어가고 있길래 산책하고 있는 줄 알았는데. 사라진 거라고요? 저쪽이에요. 저쪽에서 봤어요."

37

 라비다 행성인의 발길이 닿지 않는 외진 구석의 바닥에 지름 30cm 정도의 구멍이 하나 나 있었다. 위로는 라비다의 하늘이 올려다보였고, 아래로는 어둡고 막막한 우주가 내려다보였다. 그 구멍을 본 행성인들은 아무도 없었다. 아무도 구멍을 보지 못했기 때문에 그 구멍의 존재 여부는 불확실했다. 그래서 구멍 스스로도 본인이 실재하는 것인지 아닌지 헷갈려 했다. 구멍은 누구라도 좋으니 자신을 발견해서 자신이 실재함을 증명받고 싶었다. 그래서 열심히 무엇인가가 와 주기를 바라고 또 바랐다. 그리고 마침내 간절한 기원이 응답을 받는 날이 왔다.

 한편 순수 에너지는 두려웠다. 갑자기 두려운 생각이 든 순수 에너지는 도망쳤다. 순수 에너지가 왜 갑자기 두려운 생각이 들었는지는 순수 에너지도 잘 모른다. 여하튼 순수 에너지는 두려운 나머지 숨을 구멍을 마련해야 했고, 또 실제로 구멍을 하나 발견했고. 거기에 모든 순수 에너지들이 모이게 되었다. 그런데 알고 보니 그 구멍은 밑이 라비다 행성 밖으로 뚫려 있었다. 순수 에너지는 아래와 위와 옆으로 쭉 늘려지고 늘어나면서 구멍으로 빨려 들어갔다. 라비다 행성을 굳이 떠날 생각은 없었지만, 구멍으로 들어간 순수 에너지는 행성을 떠나게 되었다. 일이 그렇게 된 것이다.

한편 (소군)들은 무서웠다. 갑자기 무서운 생각이 든 (소군)들은 순수 에너지를 찾아 나섰다. 자다가 농장 밖으로 보내진 (소군)들이 마음을 가라앉히기 위해서는 순수 에너지가 필요했다. 다시 농장으로 돌아갈 생각은 들지 않았다. (소군)들은 순수 에너지를 좋아했다. 왜냐하면 순수 에너지는 끈적끈적하고 달콤했으며, 따끈따끈했다. 그래서 목이 마르고 무섭고 오래 걸어서 다리까지 아픈 (소군)들은 순수 에너지의 흔적을 쫓아서 구멍까지 온 것이었다. 일이 그렇게 된 것이다.

한편 재이니는 심란했다. 갑자기 심란한 생각이 든 재이니는 사인회에서 뛰쳐나왔다.
오늘 아침 식사로 나온 복숭아 통조림을 조세열이 먹지 않았다는 사실이 계속해서 머릿속에서 떠나질 않았다. 그녀도 복숭아 통조림을 먹지 않는다. 알레르기가 있기 때문이다. 어쩌면 고상욱이 아닌 그가 자신의 아빠일지도 모른다는 생각에 심란해졌다.

솔직히 사인회에 앉아 있기 싫기도 했다. 처음에 라비다 행성에 왔을 때, 재이니는 자신의 인기가 믿기지 않아서 마냥 신나기만 했었다. 하지만 시간이 지날수록 자신의 일거수일투족에 열광하며 애정을 표시하는 라비다 행성인들이 부담스러워졌다. 인기 없던 지구에서의 생활이 그리웠다.

행성감기에 걸릴지도 모른다는 우려에도 불구하고 극성팬들은 여전히 재이니를 원했다. 서로 앞다퉈 자신의 집으로 그녀를 초대하고 싶어 했다. 하지만 재이니는 혹시라도 팬들이 행성감기에 걸릴까 봐 그들의 집으로 갈 수가 없었다. 초대를 거절하는 게 미안한 재이니는 극성팬들을 피해서 외진 곳을 찾아 헤맸다.

그러다가 재이니는 (소군)들이 줄지어서 어딘가로 가는 것을 보게 되었고, 어디로 가는지 궁금해서 따라갔다. 순수 에너지의 흔적을 쫓아서 구멍까지 온 (소군)들을 따라 재이니가 도착한 곳에는 작은 구멍이 하나 있었다. 일이 그렇게 된 것이다.

일이 그렇게 되었을 때, 순수 에너지가 빨려 들어간 라비다 행성에 뚫린 구멍을 (소군)들과 재이니가 들여다보고 있을 때, 무엇인가 라비다의 만만해진 대기권 안으로 기척도 없이 진입하고 있었다. 무엇인가는 정확하게는 (소군)들을 목표로 하고 있었는데, 라비다인도 아니고 지구인, 그것도 베델스크 행성계가 사랑하는 재이니가 있어서 당혹감을 금치 못했다. 무엇인가 안에서는 다음에 다시 라비다 행성에 오자고 하는 파와 이왕 일이 이렇게 된 김에 (소군)들과 재이니도 같이 데리고 가자고 하는 파로 나뉘어서 긴급 회의가 소집되었고, 절대 다수결에 의해서 데려갈 수 있는 건 일단 모두 데려가는 게 이득이라는 결론이 내려졌다.

무엇인가는 결론을 내리고 나서는 신속하게 깔때기 모양의 관을 아래로 내렸고, (소군)들과 재이니를 눈 깜짝할 사이에 우주선으로 빨아들였다. 놀람은 있었지만, 고통은 없었다고 나중에 재이니는 회고했다.

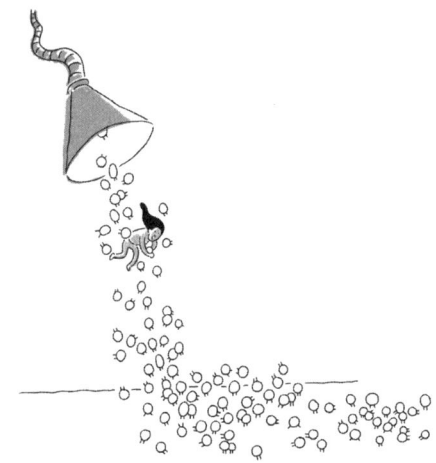

38

그때 무엇인가가 결론을 내리고 나서 (소군)들과 재이니를 우주선 안으로 빨아들이고 있을 때, 투명 깔때기관 안으로 (소군)들과 재이니가 빨아올려지고 있는 것을 호서가 발견했다. 그는 큰 소리로 조세열과 띵을 불렀다.

그렇게 셋은 납치의 순간을 목격했지만, 그 상태로는 아무것도 할 수가 없었다.

"우리 잠시 힘을 합쳐야 하지 않아?"

조세열이 말했다.

띵은 조세열을 외면하고, 호서는 조세열을 원망했고, 조세열은 원래 둘 다 별로였지만, 그래도 지금 상황에서는 (소군)들과 재이니를 구해 내는 것이 먼저였다. 구하려는 마음은 모두 같았다. 조세열은 재이니가 우주 해적 같은 것들에게 잡혀가서 죽기라도 하면 재이니의 엄마이자, 자신의 첫사랑이자, 미국에 오래 살아서 한국어 발음이 좀 부끄러워진 그녀가 연예 생중계 같은 데 출연해서 예의 그 부끄러운 발음으로 과거 찌질했던 연애 역사와 아이를 가진 그녀를 미국에 버렸다는 말도 안 되는 거짓말을 할 것이라는 것을 알고 있었다. 무슨 일이 있어도 재이니를 무사히 지구로 데려가야만 했다.

띵은 금속 천으로 만들어서 휴대가 간편한 우주선을 긴급 공수했다.

통신 쇼핑 서비스를 이용해서 주문하자, 드론이 0.01채스트 만에 휴대용 우주선을 가지고 와서 조세열의 머리를 정확히 맞추었다. 띵은 꼬깃꼬깃하게 접힌 천 우주선을 편다고 폈지만, 우주선은 쪼글쪼글한 원 비슷한 모양이 되었을 뿐이었다. 그래도 우주선은 우주선이니, 셋은 〈소군〉들과 재이니를 납치한 우주선을 따라가기 위해 서둘러 탑승했다. 우주선의 안도 반짝이는 금속 천으로 만들어졌는데, 바닥에 깔린 천은 우주선의 열기를 못 견뎌서 쭈글쭈글해져 있었다. 구김이 가지 않고, 고온에 강한 비싼 천은 휴대용 싸구려 금속 천 우주선에는 사치였다. 조세열은 바스락대는 천에 발이 걸려 넘어졌다.

"힘드시면 여기 라비다에 계세요. 저랑 띵만 다녀와도 충분할 것 같아요."

호서는 넘어진 조세열을 일으켜 세우며 말했다.

"내 자식 일이면 안 힘들어."

조세열은 대답했다.
"에? 방금 뭐라고?"
"내 자식이면 안 힘든데, 내 자식이 아니라서 힘들단 소리야. 한마디로 힘들다고. 힘들어 죽을 지경이라고. 당장 쓰러질 듯이 힘들다고. 미치겠단 말이야. 그래도 내가 〈농사의 전설〉 대표 배우님이신데, 내가 책임져야지 아니면 누가 책임지겠어? 김미가? 추미옥이? 고상욱이? 헛. 웃기지 말라고 그래. 나밖에 없어. 띵. 빨리 출발해."

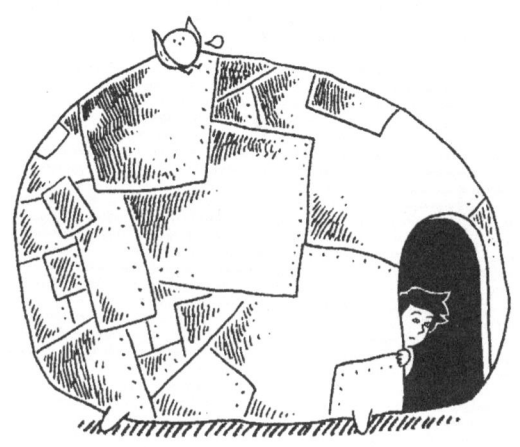

chapter 3.
데리다 행성

39

 우주선이 도착한 곳은 데리다 행성이었다.

 데리다 행성에는 고슴도치에 돋아난 가시처럼 잎이 뾰족뾰족하고 울창한 침엽수림이 지나가는 모든 우주선을 찌르고 싶어 하는 것처럼 곧고 길게 하늘로 뻗어 있었다. 띵은 뻗은 가지에 우주선이 걸리지 않게 조심해서 우주선을 착륙시켰다.

 "이런. 데리다 행성."

 띵은 조세열이 그를 만난 후 처음으로 얼굴을 찌푸리면서 말했다. 띵은 조세열이 뉴스에 출연해서 〈소군〉 농사가 망했다고 전라비다 행성에 대놓고 떠들었을 때도, 그래서 더는 조세열을 친구로 생각하지 않는다고 말했을 때도 이처럼 얼굴을 찌푸리진 않았었다.

 "그 정도야? 끔찍한 곳인가?"

 조세열이 물었다.

 "끔찍하다는 말로는 부족합니다."

데리다 행성인들은, 라비다인들은 팔이 세 개이고 그들은 팔이 한 개인 이유는 우주신이 똑같이 생긴 두 개의 행성인을 만들려고 반죽해 놓고 둘로 나눌 때 실수로 잘못 찢었기 때문이며, 우주신 하아다부다는 언제나 그렇게 라비다인들만 사랑한다고 생각하고 있었다.

데리다와 라비다는 원래 쌍둥이별이어서 맞물려 있었는데, 서로 지렛대로 형제의 인연을 들어 올려 멀리로 던져 버려서 이제는 더 이상 왕래하지 않고 있었다. 고온 건조한 라비다와 다르게 한랭 습윤한 기후의 데리다 행성인들은 (소군)을 먹었다. 사실 라비다와 사이가 안 좋아진 것도 바로 이 때문이었다. 데리다인들은 (소군)을 납치해서 껍질도 안 벗기고 동물인 채로 끓여 먹었다. 끔찍하고 차마 눈 뜨고는 볼 수 없는 참혹한 현장이었다. (소군)들은 끓는 물속에서 비명을 질렀다고 했다.

"그 비명 소리가 우리 라비다인들 뇌리에 박혀 지금까지도 사라지지 않고 있습니다."

말을 마친 띵은 그때의 비명 소리를 재연해 보았다. 누군가 무엇인가를 조를 때, 이러한 소리를 낸다면 당장이라도 들어줄 수밖에 없을 정도로 애절하고 구슬퍼서 아름답기까지 한 소리였다.

"마치 노랫소리처럼 들리네요."

호서는 감동해서 말했다.

"노래라면 노래라고 할 수 있겠죠. 그것도 아주 아주 슬프디 슬픈 노래입니다."

땅은 풀과 진흙이 어우러져서 족히 몇 십 년은 썩힌 듯이 고약한 냄새가 나는 기분 나쁘게 푹신한 진흙탕 위를 조심스럽게 걸으면서 대답했다.

숲 바깥쪽 들판에서 데리다인들이 (소군)들과 재이니를 들고 우주선에서 내려오는 것을 보고 그들은 나무 뒤로 황급히 몸을 숨겼다. 가엾은 (소군)들은 재이니에게 달라붙어서 떨어지지 않으려고 했는데, 데리다인들은 강제로 이들을 떼어 냈다.

데리다인들은 무뚝뚝하고 험상궂게 생겼다. 그들은 대체로 키가 크고 팔과 다리도 길었는데, 팔은 오른팔 혹은 왼팔 하나만 있다. 얼굴은 계란형으로 갸름했다. 눈이 작고 쌍꺼풀이 없으며 코는 뾰족했다. 남자와 여자 모두 머리를 길게 길러서 묶고 다녔다. 그들은 삭막한 자연의 풍경 탓인지 화려한 무늬와 색이 들어간 형태의 옷을 즐겨 입었는데, 경비대는 검은색 모직 점프 슈트에 흰색 비단실로 꽃무늬가 수놓아진 제복을 입고 있었다.

경비대가 (소군)들을 데리고 밖으로 나오자 추운 날씨 탓인지 (소군)들은 회색으로 변하면서 딱딱해졌다. 그러면서 씨를 뱉어 내었는데, 그들은 그 씨를 정성스럽게 주워서 바지 안에 있는 주머니를 꺼내서 담았다. 그리고 (소군)들과 재이니를 데리고 어딘가로 끌고 가 버렸다. 이러한 일련의 행동들은 빠르고 역동적이었고, 동작에 군더더기 하나 없이 이루어졌다.

조세열들은 그들을 놓칠까 봐 서둘러서 그러나 살금살금 따라갔다.

"무작정 따라가기만 하면 되는 거야? 저자들은 무기를 가지고 있는 것 같은데. 우리도 총 같은 거 가지고 가야 되는 거 아니야?"

그는 라비다인들보다 머리 하나쯤 키가 큰 데리다인들이 하나밖에 없는 어깨에 쇠로 만든 무식하지만 무시무시한 총 같은 걸 메고 있는 걸 보았다.

"무기? 어깨에 멘 피리를 말하는 겁니까? 저건 저들이 자신들의 기분을 멀리까지 알리는 데 쓰는 피리입니다. 데리다인들이 즐거울 때 피리를 불어 대는 소리는 거의 고문 무기에 가깝긴 합니다. 듣는 이들의 고막을 인정사정없이 공격하니까요."

땅이 말을 마치자마자 경비대 무리의 선두에 선 자가 피리를 불기 시작했다.

조세열과 호서는 귀를 틀어막았다. 소리는 고막을 통해서 전달되는 목적이 아닌 몸 전체를 통해서 전달되는 목적을 가진 듯이 마구잡이로 이들의 몸을 공격했다. 만약 관절염이 있는 사람이 이 소리를 듣는다면 당장 관절염이 나을 것처럼 근육과 힘줄 구석구석을 빠짐없이 쿡쿡 찔러 대는 소리였다.

"이 소리는······"

띵은 귀를 막고, 간신히 입을 열었다.

그때 누군가가 띵을 한 손으로 들어 올렸다. 경비대원이었다.

"경비대원이 침입자를 발견했고, 잡았다는 것을 다른 경비대원에게 알리는 소리입니다."

띵은 마저 말을 잇고 나서 끌려가 버렸고, 조세열과 호서도 그 뒤를 이어서 경비원들의 한 팔에 대롱대롱 매달린 채로 끌려갔다.

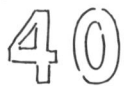

 경비대원들은 이들을 끌고 건물로 들어갔다. 무채색을 좋아하는 라비다인들과는 달리 알록달록한 색을 좋아하는 데리다인들은 어느 것이 문이고, 어느 것이 벽인지 분간할 수 없게 모든 벽과 문에 그림을 그려 놓았다.

 경비대원들은 데리다의 경비대장 쇼차에게 이들을 데리고 갔다.

 쇼차는 땅바닥에 끌리는 긴 사파이어색 치마바지를 입고, 루비색 윗도리를 입고 있었다. 그 위에 데리다에 존재하는 모든 색을 이용해서 그린 복잡한 기하학적인 무늬가 있는 경비대 재킷을 걸치고 있었다. 긴 생머리를 하나로 높게 올려 묶은 그는 누가 봐도 딱 쇼차[1]처럼 생겼다. 누구라도 얼굴을 보자마자 쇼차라는 것을 단박에 알아챌 수 있을 정도였다.

 쇼차 코, 쇼차 눈, 쇼차 귀, 쇼차 얼굴형을 각각 가진 데리다 행성인들은 많았지만, 눈과 귀와 코와 입, 얼굴형, 모든 것이 완벽한 쇼차 형태를 가지고 태어난 것은 경비대장이 처음이어서 태어나자마자 쇼차의 부모는 이름 짓는 고민을 하지 않았고 '쇼차'라고 부르기로 했다.

경비대원들이 앞다퉈 경비대장 쇼차에게 이들을 어디서 어떻게 발견했는지에 대해서 이야기하기 시작했다. 다시 조세열과 호서, 띵은 귀를 막을 수밖에 없었다. 데리다인의 말에서는 음악 비슷한 것이 넘쳐흘렀다. 음치인 사람이 부르는 노래 같은, 박자와 리듬이 뒤죽박죽 엉키면서 시작해서 리듬과 박자가 엉키면서 끝이 나는 노래들 말이다. 데리다인들은 빠르고 리듬감 있게 쉬지 않고 이야기하면서 다른 행성인의 말을 중간에 끊는 것을 결코 주저하지 않았다. 다른 경비대원들의 말을 중간에 자르고, 경비대장 쇼차가 방울새가 노래하듯이 경쾌하고 밝은 목소리로 말했다.

"허락 없이 데리다 행성으로 들어온 라비다인이라. 그래도 변명은 하겠지? 물론 난 네 변명을 들어줄 생각은 없지만 말이야. 우주법에 의하면 착륙을 허가받지 않은 우주선과 그 안에 든 부속물들은 각 행성에서 파기할 수 있어. 여기서 부속물들은 라비

---

11 쇼차는 우주신 하아다부다의 12309번째 아들로 알려져 있고, 데리다 행성인으로 알려져 있다. 하아다부다가 잠시잠깐 데리다 행성에 머물렀을 때, 데리다 여인을 만났다. 그때 생긴 아이가 쇼차이다. 데리다인들은 쇼차를 자랑스러워해서 집마다 쇼차의 사진이 붙여져 있는데, 완벽하게 모든 것이 쇼차를 닮은 아이 '쇼차'가 태어났을 때는 어떤 일인지 모두 시큰둥해했다.

다인 한 명과 그리고 지구인 둘을 말하는 거야. 맙소사. 지구인이라니. 우주에서 제일 고상하고 우아한 척하는 라비다인인 너는, 넌 대체 무슨 생각으로 지구인을 두 명이나 노예로 데리고 다니는 거야? 혹시 애완동물인가?"

"(소군)을 납치해 간 것도 우주법에 어긋난 행동입니다. (소군)만 돌려주면 이대로 얌전히 돌아갈 것입니다. 왔던 흔적도 남기지 않고 조용히 말입니다."

띵은 말했다.

"(소군)을 진정으로 사랑하는 건 너희 라비다인이 아닌 우리 데리다인이야. 너희들이 (소군)을 제대로 돌보지 못해서 (소군)들이 정상적으로 자라지 못하게 된 거 아닌가? 이제부터 우리 데리다인이 차근차근 (소군)들을 모두 여기로 데리고 와서 잘 키워 줄 거야."

경비대장 쇼차는 말했다.

"이렇게 추운 곳에서는 (소군)은 다 얼어 죽고 말 것입니다. 회색으로 변해서 몸이 딱딱하게 굳어 버리는 걸 보지 않았습니까? 라비다의 (소군)이 정상적으로 자라지 않는 것은 행성감기 때문입니다. 그리고 라비다가 행성감기에 걸린 것은 바로 여기 있는 지구인들 때문입니다."

띵은 지구인들을 바로 쳐다보지 못하고 시선을 돌리며 말했다. 사실 띵은 지구인들과 가까이 지내면서 진작부터 검은 콧물을 훌

쩍였다. 하지만 다른 라비다인들에게 들키지 않게 조심했었다. 그건 조세열의 뉴스가 방송되기 전부터였다. 그래서 띵은 지구인들이 행성감기를 옮긴 주범이고, 라비다가 행성감기에 걸린 것은 지구 TV 전파 탓이라고 생각하고 있었다. 하지만 차마 그 말을 입 밖으로 낼 수가 없었다. 그래도 이젠 사실을 알려야 했다. 라비다 행성인들이 주식인 (소군)조차 제대로 돌보지 못한다는 오명을 쓰게 할 수는 없었기 때문이었다.

띵이 이렇게 말하자 조세열과 호서는 배신감을 느꼈다. 누구보다 더 다정하게 지구인들을 대해 주었던 띵이었는데, 마음속으로 저런 생각을 하고 있었다니.

"우린 빼 줘. (소군)을 누가 가져가서 키우든 말든 우리 지구인들은 상관없어. 우리가 여기 온 건 지구인 여자애를 찾기 위해서야. 그 애만 데리고 돌아가게 해 줘. 지구인 여자애를 납치한 건 우주법인가 뭔가에 어긋나는 거 아닌가?"

조세열은 말했다.

"라비다인. 너는 너의 노예에게 말할 권리를 준 거야? 이렇게 건방진 노예는 우주선 기름만 축낼 뿐이지. 힘이 세 보이지도 않는데 왜 데리고 다니는 거지?"

경비대장 쇼차는 띵을 보며 말했다.

"우린 노예가 아니에요."

호서가 말했다.

"그럼 애완동물? 보기에는 하나도 귀엽지 않은데 신기한 재롱을 피우나 보군. 그렇다면 나도 한번 보고 싶은데. 이봐 애완동물. 어떤 재롱을 피울 수 있지? 말을 할 수 있는 재롱쯤은 애완동물이라면 당연히 가지고 있어야 하는데. 겨우 그것뿐이야?"

쇼챠는 조세열과 호서를 번갈아 보며 재롱을 초조하게 기대했다.

어째서 귀여운 건 전부 다 라비다인들 차지가 되는 건지, 쇼챠는 우주신 하아다부다가 원망스러웠다. (소군)도, 지구인들도 전부 다 라비다인들만 한 개도 아니고 몇 개씩 가지고 다니다니 너무 불공평하다고 생각했다. 쇼챠는 계속 기다렸지만, 조세열과 호서가 자신을 노려보는 것 말고는 별다른 귀여운 행동을 하지 않는 것을 보고는 또 그렇게까지 우주신 하아다부다가 불공평한 신은 아니구나 싶어서 안심했다.

"지구인들은 애완동물도, 노예도 아닙니다. 이들은 제가 라비다 행성으로 초대한 손님들입니다. 어떤 행성인도 다른 행성인들을 강제로 잡아 둘 권리는 없습니다. 우린 (소군)들과 재이니 양을 데리고 돌아가겠습니다."

띵이 침착하게 말했다.

"그렇다면 잡아 가두진 않을 테니 너희들이 타고 온 그 우주선으로 라비다 행성에 갈 수 있으면 어디 한번 가 봐."

경비대장이 코웃음 쳤다.

"무슨 일을 저지른 겁니까? 내 우주선에게 나쁜 짓을 했습니까?"

띵은 황급히 물었다.

"네 지구 애완동물 아니 친구들한테 어떻게 된 일인지 물어봐. 그들이 알 테니. 빨리 라비다로 잘 돌아가. 여기 아무도 너희를 잡아 두려는 데리다인은 없어. 자. 봐. 우린 이제 간다. 그럼 안녕히."

경비대장 쇼차는 말끔한 얼굴과 상쾌한 목소리로 이렇게 마지막 인사를 하고 띵과 조세열, 호서를 두고 가 버렸다. 어안이 벙벙한 띵은 조세열과 호서를 쳐다보았지만, 둘 다 딴청을 피웠다. 띵은 우주선을 찾으려고 주머니를 뒤졌다. 분명히 행성에 착륙한 후에 잘 접어서 주머니에 넣어 두었는데 없었다.

"네가 나를 싫어하니 혹시라도 데리다 행성에 버리고 갈까 봐 잘 숨겨 두려고 했는데, 실수로 찢어져 버렸어."

띵이 주머니를 구멍 낼 듯이 뒤지자, 조세열은 그제야 쭈뼛거리면서 고백을 했다.

"당신들을 만난 이후로 골치 아픈 일들만 벌어지고 있습니다. 환경 사령관 우쿠부지의 말대로 애초에 지구인들을 라비다 행성으로 데리고 오지 말았어야 했나 봅니다."

금속 천 우주선 값을 물어내려면, 띵은 몇 년분의 월급을 우주선 대여 센터에 줘야 했다.

"그게 얼만데? 어떻게 해서든지 내가 반드시 갚아 줄 테니 쫀쫀하게 굴지 마."

조세열은 미안했다. 그래서 더 뻔뻔해지기로 했다.

"말다툼은 나중에 해도 늦지 않으니, 먼저 재이니와 〈소군〉을 찾아보는 게 낫지 않을까요?"

호서가 중재를 하고 나섰다.

"어디가 나가는 문인지도 모르겠는데, 이런 곳에서 재이니를 어떻게 찾지?"

조세열은 말하면서 벽에 기대었다. 그리고 뒤로 넘어졌다. 벽인 줄 알고 기대어 서 있던 곳은 벽이 아니라 문이었고, 문이 열리면서 키가 크고 호리호리한 여인이 들어왔기 때문이다.

데리다 최고의 〈소군〉 전문가 닐라보보였다.

그녀는 밑단과 소매가 아래로 넓게 펼쳐지는 주황색 줄무늬 원피스를 입고 있었는데, 머리가 긴 다른 데리다인들과 다르게 쇼트커트 헤어에 넓은 노란색 밴드를 하고 있었다. 닐라보보의 분홍빛 반점은 주근깨처럼 두 뺨에 나 있다. 데리다인들은 분홍빛 반점이 얼굴이나 팔과 다리, 몸에 있었는데, 반점의 크기와 개수는 각기 행성인마다 달랐다.

"저는 당신들을 알고 있어요. 당신은 라비다의 농업 사령관 띵이시죠. 여기 이분들은 지구에서 온 (소군) 농사 전문가들이시구요. 저는 (소군)에 대한 것이라면 모르는 게 없답니다. (소군)은 제가 살아가는 의미이자, 삶의 등불이고 희망이며, 그리고 귀엽죠. 제 이름은 닐라보보예요."

그녀는 넘어져 있는 조세열을 일으켜 세워 주고, 옷을 털어 주었다. 그리고 우아하게 띵에게 손을 내밀어 악수를 청했다. 띵은 악수를 하지 않았다. 악수를 거절당한 닐라보보는 대신 띵을 안았다. 띵은 재빨리 몸을 피했다.

"평소 당신의 업적을 익히 들어 알고 있어요. 당신은 라비다 최초로 무오나무에서 (소군)들이 떨어질 때 다치지 않도록 나무 아래 푹신한 잔디를 깔아 주신 분이시죠. (소군)들은 당신을 좋아하더군요."

닐라보보는 소곤거리는 목소리로 차분하게 말을 했다. 말 한마디 한마디가 입에서 나올 때마다 그처럼 감미로울 수가 없다고 조세열은 생각했다.

"(소군)이 저를 좋아한다고요? 그렇게 말했다고요?"

띵이 반문했다.

"농담도 잘 하시네요. (소군)이 어떻게 말을 해요? 하지만 정말고 작은 것들이 말을 하면 얼마나 좋을까요? 얼마나 앙증맞은 목소리로 앙증맞은 말만 골라서 할까요? 상상만 해도 머리끝이 뾰족하게 솟아오르네요. (소군)이 어떤 생각을 하는지 저는 알 수 있어요. 느껴져요. 저와 (소군)은 그렇게 특별한 사이거든요."

닐라보보는 뾰족하게 솟아오른 머리카락을 쓰다듬어서 단정하게 하면서 말했다.

"네. 그러실 테죠."

띵은 나직하게 한숨을 쉬며 대답했다. (소군)과 마음이 통한다니 대체 이 데리다 여인은 제정신인가 하는 생각이 들었지만, 워낙에 띵은 예의 바른 라비다인이었기 때문에 그런 생각까지는 하지 않으려고 애썼다. 아무리 데리다인 앞이라지만 예의는 지켜야 한다. 그래야 라비다인이다.

"제 부탁을 들어주신다면, 지구 소녀와 (소군)들을 모두 데리고 이곳을 떠날 수 있게 도와드릴게요. (소군)들은 (소군) 동산 안에서 잘 지내지만, 그래도 밖에 나가서 햇볕도 쬐고 마음대로 돌아다니고 싶어 해요. 그게 너무 불쌍하고 안쓰러워서 못 보겠어요. (소군)들을 라비다 행성으로 데리고 가서 자유롭게 지내게 해 주고 싶어요."

닐라보보는 간절하게 부탁했다.

"무조건 좋아요."

"좋습니다."

조세열과 호서는 흔쾌히 승낙했다.

"유감스럽지만, (소군)을 납치하는 데리다인의 부탁 같은 건 들어줄 수 없습니다. 또 무슨 함정이 있을지도 모를 일입니다."

띵은 거절했다.

"데리다인에 대한 커다란 오해가 있는 것 같아요. 일단 저를 따라오세요. 제가 (소군)과 지구 소녀가 있는 (소군) 동산으로 안내해 드릴게요. (소군) 동산을 보시면 데리다인들이 얼마나 (소군)을 사랑하는지 아실 수 있을 거예요."

닐라보보는 띵의 거절에도 전혀 상처받지 않고 소리도 나지 않게 사뿐사뿐 앞장서서 걸었다.

그녀는 원래 감정을 잘 드러내지 않았다. 하지만 (소군)들 앞에서는 좋아하는 감정을 숨길 수가 없었다. (소군)을 좋아해서 전문가가 되었지만, 불행히도 (소군)은 라비다에서만 자랐다. 추운 데리다 행성에 온 (소군)들은 몸이 회색으로 변하며 딱딱하게 굳어지면서 씨앗을 뱉어 냈다. 그래서 닐라보보는 따뜻한 (소군) 동산을 설계했다.

41

 (소군) 동산에 도착하자, 데리다 행성 어디에도 존재하지 않는 풍경이 눈앞에 펼쳐졌다.

 물론 그 색다른 풍경에는 (소군)들과 재이니도 포함되었다. 노란 꽃이 만발하고 붉은 잔디가 깔린 바닥과 천장에 촘촘하게 설치된 열선으로부터 뜨거운 열이 나오고 있었고, (소군)들은 열선 위에 일렬로 나란히 누워서 뜨끈하게 몸을 지졌다.

 그런데 (소군) 동산에는 가장 중요한 게 빠져 있었다. 그것은 바로 무오나무였다. 데리다인들은 진짜 무오나무 대신에 무오나무 벽화를 그렸다. 벽화 속의 나무들은 실제 라비다 행성에서 자라는 나무들보다 더 거대하고 더 울창해 보였다.

 재이니는 (소군)들과 뛰어노느라고 조세열과 띵, 호서가 들어오는 것을 미처 보지 못했다.

 "(소군)은 뛰지 않는다면서? 여기선 잘만 뛰어다니는데?"

 조세열은 띵에게 말했다.

띵은 동산에서 (소군)들이 뛰어노는 모습을 보고 닐라보보가 보고 있지만 않으면 세 번째 손을 배 속으로 집어넣어서 위 근육을 진정시키고 싶을 정도로 놀랐다.

닐라보보는 뛰어다니는 (소군)을 한 마리 잡아서 쓰다듬으면서 말했다.

"행성감기의 원인은 라비다 내부에 있어요. 빛이 있어야 어둠도 있고, 어둠이 있어야 빛도 있듯이. 라비다와 데리다도 서로에게 그러한 존재였죠. 그런데 라비다 행성의 결벽증으로 두 행성이 멀어지게 되고, 균형이 깨지면서 행성 면역을 높여 주는 순수 에너지가 줄어들어서 행성감기에 걸린 것이죠." 닐라보보가 말했다.

"여긴 (소군) 동산이 아니라 (소군) 농장이라고 말해야 맞습니다. 데리다인은 (소군)을 키워서 잡아먹으려고 (소군)을 납치해 온 것이니까요. (소군)을 먹는 데리다인의 말은 하나도 믿을 수가 없습니다. 재이니 양도 (소군)처럼 삶아 먹을 계획인 거 아닙니까? 여기 (소군)과 함께 가둬 둔 걸 보면 말입니다."

띵은 지금 자신이 보고 있는 모든 것은 데리다인이 꾸며 낸 허상이라고 생각했다.

이런 눈에 보이는 것에 속아서는 안 된다.

"라비다에서는 (소군)이 음식이지만, 우리 데리다에서 (소군)은 음식이 아니죠. 여기선 (소군)을 먹지 않아요. 우린 아야쯔를 먹어요. 당신은 아야쯔를 먹어 봤나요?"

데리다인들은 땅속 깊숙이에서 캐낸 아야쯔를 먹는데, 아야쯔는 신맛과 단맛의 절묘한 균형을 이루었다. 땅속에 자라는 나무의 뿌리는 하늘을 향해 자랐고, 줄기는 땅을 향해 자랐다. 땅속으로 뻗어 나가는 줄기에 크고 울퉁불퉁한 구형의 검정색 열매가 자랐다. 열매의 울퉁불퉁한 껍질에는 살짝 스치기만 해도 피가 날 정도로 날카로운 침이 빼곡하게 있는데, 이걸 조심해서 껍질을 벗겨 내면 안에 흰색 섬유질 속살 사이로 노란색 알맹이가 들어 있다. 이 알맹이를 꺼내서 먹었다.

"라비다 행성인들은 동물 (소군)은 먹지 않습니다. 식물 소군만을 먹습니다."

띵은 말했다.

"(소군)을 잔인하게 죽이는 것은 라비다인들 아닌가요? (소군) 껍질을 벗기는 것은 동물을 식물로 만드는 것이 아니라 그냥 (소군)을 죽이는 행위일 뿐이라고요. 움직이지 않는 건 생명이 사라져서 그런 거지. 당신네들 주장대로 식물이 된 건 아니에요."

닐라보보는 (소군)을 바닥에 내려놓았다. (소군)은 기다렸다는 듯이 재이니에게 달라붙었다.

"소군은 동물이 아닙니다. 소군은 반식물이고, 반동물입니다. 왜냐하면 식물이었고, 동물이며, 결국엔 식물이 될 것이기 때문입니다. 정확히는 삼분의 이는 식물이고, 삼분의 일은 동물입니다. 그렇다면 (소군)은 식물에 가깝다고 말할 수 있습니다."

땡은 무오나무 수액으로 (소군)들을 불러 모았다. 하지만 열선에 매료된 (소군)은 수액 냄새를 맡아도 오지 않았다.

"물론 미래형과 과거형이 식물이죠. 하지만 현재가 중요하잖아요. 현재형은 동물이에요. 움직이고 달리고 안기고 잠도 잔다고요."

닐라보보는 말했다.

"현재는 과거가 되어 버린다고 하지 않습니까? 그러니까 동물 (소군)이 식물 소군이 됩니다. 라비다인들은 살생을 저지르는 그런 행성인들이 아닙니다."

"오해하지 마세요. 저와 데리다 행성인들은 라비다 행성인들의 식습관을 존중하고 (소군)을 먹는 것에 대해서 비난을 할 생각은 추호도 없어요. 그게 바로 우리 데리다인들과 당신네 라비다인들과의 커다란 차이점이죠."

닐라보보는 한 줄기의 사나운 감정도 섞지 않고 차분하게 말했다.

이 말을 들은 땡에게는 분노와 혼란이 동시에 일기 시작했고, 혼자만의 시간이 지금 당장 필요했다. 그래서 땡은 아무에게도 양해도 구하지 않고 - 절대로 땡답지 않은 행동이었다. - 당장 생각에 잠겨 버렸다. 그리고 땡은 생각했다. 닐라보보의 논리대로라면 (소군)을 잡아먹는 행성인은 데리다인이 아닌 라비다인이 되는 것이다. 하지만. 하지만. 라비다인들이 먹는 건 동물 (소군)이 아니고 식물 소군이다. 하지만 동물 (소군)이 식물 소군이 되려면.......... 하지만 이쯤에서 띵은 자신이 지금 사악한 데리다인에게 농락당하고 있는 것이라고 생각하기로 결론 내리고 생각을 멈췄다. 그리고 닐라보보의 도움 없이 라비다로 돌아가기 위해서 찢겨진 우주선을 이리저리 살피면서 고치기 시작했다.

"데리다인들의 도움을 받을 생각이 없습니다. 우주선을 고쳐서 라비다 행성으로 돌아가면 됩니다. 데리다인들이 옳은 일을 한다는 게 가능하기나 한 건지 모르겠습니다."

닐라보보는 이런 띵의 반응을 보고 띵에게 자신의 부탁을 말해 봤자 거절당할 것이 분명하다고 판단했다. 닐라보보는 또 그렇게 판단이 빨랐다. 그래서 이제 어떻게 해야 하나 하고 지구인들을 천천히 차분히 살펴보았다.

한편 조세열은 세련된 느낌은 없지만 수수한 아름다움을 지닌 닐라보보를 처음 본 순간 낯선 끌림을 느꼈다. 지금까지 한 번도 만나 보지 못한 스타일이었다. 닐라보보는 빠르고 또 경쾌하고 상큼하게 말하고 조세열은 그 모습을 보는 것이 좋았다. 조세열은 아야쯔가 뭔지 몰라도 그녀와 함께 먹는다면, 평생 그것만 먹어도 좋다고 생각해 버리게 되었고, 그렇게 생각한 자신에게 깜짝 놀랐다. 자신을 깜짝 놀라게 만든 이 데리다 여인에 대해서 더 알고 싶어졌다.

조세열은 닐라보보에게 호감을 표시하기 위해서 계속 눈을 마주치려고 노력했다. 마침내 눈이 마주치자 조세열은 윙크를 두 번 날렸다. 사람들은 윙크가 조세열의 치명적인 매력 포인트라고 말하곤 했었다.

무슨 말을 하든 곧이곧대로 알아듣고, 농담을 이해하지 못하는 데리다인의 특성상 닐라보보는 조세열의 윙크를 '당신의 부탁을 내가 몰래 들어줄 것이다.'라는 뜻으로 알아듣고는 지구인의 마음이 변하기 전에 재빨리 그의 팔을 잡고 구석으로 데리고 갔다.

닐라보보는 그동안 (소군)들이 뱉어 낸 씨앗의 싹을 틔우려고 노력해 보았지만, 매번 실패하기만 했었다. 그래서 따뜻한 라비다에 가면 (소군) 씨앗에서 싹이 나오지 않을까 생각해 왔었다.

그녀는 어쩌면 이 씨앗에서 라비다의 식량 문제를 해결할 실마리가 나오지 않을까 해서 땅에게 그런 사실을 말해 주고 싶었다. 하지만 역시나 지금의 반응을 보니 땅은 데리다인인 자신의 말을 믿지 않을 것이 분명했다. 그렇다면 차라리 이 지구인에게 몰래 라비다 행성으로 씨앗을 가져가 달라고 부탁하는 게 나을 것이다.

이것이 닐라보보가 말한 그 아야쯔인가 하고 한입에 삼키려던 조세열에게 그녀는 알아듣기 쉽고 빠르게 설명해 주었다.

조세열은 그녀의 설명을 듣고 나서 지구로 돌아갈 가능성이 점점 희박해지고 있는 현재 상황에서 이것이 좋은 돌파구가 되어 줄지도 모른다고 생각했다. 그래서 씨앗들을 최대한 많이 바지와 점퍼 주머니에 쑤셔 넣었다. 씨앗이 싹을 틔워서 라비다의 식량 문제를 해결해 준다면 다시 라비다인들의 신뢰를 얻어서 지구로 돌아갈 수 있을지도 모른다.

띵은 우주선 천의 찢어진 부분을 묶어 보았다. 하지만 금방 다시 풀어져 버렸다. 우주선용 바늘과 실이 없다면, 수리가 불가능해 보였다.

"(소군)들이 추위에 떠는 모습이 안쓰러우니까 제가 직접 라비다 행성으로 데려다줄 계획인데, 마침 우주선에 자리가 남네요. 원하신다면 남는 자리에 태워 줄 수도 있어요. 그리고 아까 부탁하려고 했던 그 부탁은 이제 들어줄 필요가 없어졌으니 부담 갖지 않으셔도 되어요."

닐라보보는 띵에게 말했다. 띵은 쑥스럽고 미안해서 그녀의 제안에 무표정을 어색하게 지어 보일 수밖에 없었다.

42

 땅과 재이니, 호서, 세열 그리고 (소군)들은 닐라보보의 개인 우주선에 올라탔다.

 닐라보보의 우주선은 아는 척, 친한 척하기를 좋아했다. 이 우주선이 왜 이렇게 오지랖이 넓은 성질을 형성하게 되었는지 소유자인 닐라보보도 알 수 없었다. 원래 우주선의 소유자는 닐라보보의 이모 할머니 야이보보였다. 전해 듣기로는 그녀도 이 우주선처럼 남의 일에 참견하기 좋아했고, 박식한 척하기를 좋아했으며 뽐내는 것을 최고의 기쁨으로 알았다고 했다.

 아는 척, 친한 척하기 좋아하는 우주선은 낯선 행성인들이 탑승하자 그만 들떠 버렸다.

 "라비다 행성인이네. (소군)하고 데리다에 놀러 왔었니? 어디어디 갔었어? 재미있었어? 데리다에는 아야쯔 말고는 먹을 게 없으니까 맛있는 거 뭐 먹었냐고는 안 물어보는 게 좋겠지? 그리고 난 단박에 알아맞힐 수 있어. 너. 라비다인. 너 아야쯔 먹었지?"

띵이 탑승하자 우주선은 조잘거렸다.

뒤를 이어 호서가 탑승하자 우주선은 난리법석을 떨었다.

"지구인? 지구인? 지구인? 지구인인가? 지구는..."

"입 좀 다물어. 자꾸 그러면 다음 행성인은 안 태울 거야."

닐라보보는 우주선에게 으름장을 놓았다. 그러자 우주선은 잠잠해졌다. 그래서 조세열이 타도 아무 말도 하지 않았다. 그저 신음 소리만 냈다.

다음으로 재이니가 탑승하자, 우주선은 더는 참을 수가 없었다.

"지구인 아버지와 지구인 딸이네. 닮았네. 너네 어디 가면 몸속 세포들이 판박이라는 말 많이 듣지?"

우주선의 갑작스러운 폭로에 호서는 너무 놀랐고, 띵은 더 놀랐다. 둘은 재이니가 걱정되어서 그녀의 눈치를 살폈다.

"이미 알고 있었어요. 어서 출발이나 해요."

하지만 정작 당사자인 재이니는 시큰둥한 눈치였다.

"알고 있었다고? 언제부터? 선배님. 선배님도 알고 계셨어요?"

호서는 우주선 안을 이리저리 호들갑 떨며 뛰어다녔다. 띵은 청년회장이 재이니 양을 낳았다는 사실을 믿기 어려웠다. 그는 세 번째 손으로 위를 만지작거리며, 첫 번째 손의 손톱을 물어뜯으며 충격에 휩싸인 자신을 달랬다.

"몰랐어? 아. 뭐야. 이런. 이런. 내가 말해 줘서 안 거야? 내 우주선 안에서 감격적인 부녀 상봉인 거야. 뭐야. 이런. 이거 이렇게 되면 내가 은인인 거야? 지구 늙은 남자. 울 거야? 지금 눈물 흘릴 거냐고. 맙소사."

우주선은 뿌듯했다. 우주선은 동료들에게 자랑하고 싶어졌다. 이를테면 끼얏호 같은 소리를 지르고 싶었다. 닐라보보는 이번엔 우주선을 말리지 않고, 상황을 흥미롭게 지켜봤다.

"재이니. 너 지금 우는 게 아니고 짜증을 내는 거니? 대체 왜 나처럼 대단한 배우가 아빠라는 것이 화가 날 일인지 이해할 수가 없네. 실망한 걸로 치자면 내가 너보다 더하면 더했지. 절대 부족하지 않아. 수많은 카메라 플래시를 받으며 지구 대배우와 우주 아이돌 부녀의 극적이고 아름다운 상봉을 하려고 했었는데, 이렇게 시시하고 맥 빠지게 밝혀지다니 말이야. 게다가 항상 가지고 다니던 카메라도 오늘따라 안 가지고 나온 이 마당에."

조세열은 재이니가 자신이 아빠라는 사실에 감격하며 눈물이라도 흘릴 줄 알았다. 그는 그녀의 이런 무심한 반응에 큰 충격을 받았다.

"지구에서 인기 없을 때는 아는 척도 안 하더니, 인기가 많아지니까 이제 와서 딸이라고 하시는 거잖아요? 왜 제가 감격해 주기를 바라시는 거죠? 왜 항상 모든 사람들이 본인 마음대로 움직이길 바라는 거죠? 자꾸 이렇게 저에게 뭐라고 한다면, 저는 따로 가겠어요."

재이니는 우주선에서 내리려고 했다. 그러자 (소군)들도 재이니를 우르르 따라갔다.

"경비대가 오기 전에 빨리 이곳을 빠져나가야 해요. 지구인 아버지도 좀 진정하시고."

닐라보보는 재이니를 달래서 다시 타게 했다.

이상하게 (소군)들은 오늘따라 다른 지구인들한테는 안 가고, 재이니만 졸졸 쫓아다니고, 온몸에 붙어서 떨어지지 않았다. 조세열은 그게 이상했다. 그래서 재이니가 혹시 열이 나는 것이 아닌가 하고 생각했다.

"재이니. 너 혹시."

"지금은 말하고 싶지 않다고 전해 주세요. 자꾸 말 걸면, 다시 내릴 거예요."

재이니는 싸늘하게 말했다.

"선배님. 재이니가 선배님하—"

호서는 말을 전하려고 했다.

"됐어. 나도 옆에서 다 들었어. 재이니. 너는 내가 아니라 네 엄마를 쏙 빼닮았구나. 네 엄마도 너처럼 그랬어. 항상 일의 사실을 보지 않고, 감정만 보는 성향이 있었지. 그게 항상 일을 망치곤 했어. 그런 타고난 성정은 고칠 수가 없어. 암 고치기 어렵고말고."

chapter 4.
고노게나오 농사

43

 닐라보보의 우주선에서 내려 숙소로 돌아간 조세열은 씨앗을 움켜쥔 손바닥이 간지러워서 손바닥을 폈다. 우주선에서 그는 씨앗을 쥐고 있다는 사실조차 인식하지 못할 정도로 당황한 상태였다. 날벼락처럼 '조세열 같은 아빠'가 생겨서 기분이 좋지 않은 재이니를 띵과 호서가 위로해 주는 동안, '조세열 같은 아빠' 본인인 조세열은 정신과 몸을 둘 곳을 몰라서 선 채로 그 광경을 고스란히 지켜봐야 했기 때문이다.

 손의 체온 덕분인지 그사이 (소군)의 씨앗은 보라색 새싹으로 발아되어 있었다.

 조세열은 보라색 새싹들을 소중하게 두 손에 담아서 농업 사령관 띵을 찾아갔다.

 두 손은 새싹을 쥐고 있기 때문에 어떻게 문을 두드려야 할지 잠시 망설이고 있을 때, 띵이 문을 열고 밖으로 나왔다. 그 바람에 새싹들이 띵의 머리 위로 떨어졌다.

"좋은 소식이야."

조세열이 상기된 얼굴로 말했다.

띵이 머리를 털자, 보라색 새싹이 후드득 바닥으로 떨어졌다.

"어때? 진짜 좋은 소식이지? 〈소군〉의 씨앗에서 나온 풀이잖아? 닐라보보는 이 씨앗이 라비다인들의 식량 문제를 해결해 줄지도 모른다고 했어. 그래서 내가 가지고 온 거야. 어때. 나를 라비다로 데리고 온 게 영 헛짓은 아니었지? 내가 아니면 누가 이 씨앗을 라비다로 가지고 올 수 있었겠어? 다 닐라보보가 나를 믿고 의지해서 준 거잖아? 너는 무조건 싫다고만 했을 게 뻔해. 안 그래? 그래서 기회를 놓쳤겠지?"

조세열은 띵의 기쁜 미소 그리고 과한 칭송을 기다렸다. 하지만 그가 계속 묵묵부답이자 세열은 초조해졌다. 띵이 고개를 숙이고 있어서 띵보다 머리 하나 더 큰 조세열은 그의 표정을 볼 수 없었다. 아마도 띵이 새싹을 보면서 감동의 눈물을 흘리고 있는 것이 아닐까 하고 생각했다. '띵은 원래 작은 일에도 큰 감동을 하는 행성인이니까.' 이런 생각을 이어 나가고 있는 중에도 띵은 고개를 들지 않았다. 고개를 드는 대신 띵은 보라색 새싹을 밟아 버렸다.

"미쳤어?"

조세열은 띵이 다 밟기 직전, 몇 개의 새싹들을 겨우 살릴 수 있었다.

"그러니까 데리다인과 힘을 합쳐서 저를 속이신 겁니까? 씨앗을 운반해 주는 대가로 데리다인이 우리를 라비다 행성으로 돌려보내 준 것입니까? 이런 풀 따위 필요 없습니다."

띵은 조세열이 양손에 가지고 있던 새싹을 손으로 쳐서 날려 버렸다. 그리고 황당해하는 조세열을 두고 가 버렸다.

띵의 뒤에서 이 모든 걸 다 보고 있던 도로마디슈는 아무 말도 하지 못했다.

띵과 도로마디슈는 데리다 행성에 지구인들이 다녀온 걸 비밀에 붙이기로 합의하고 방을 나서던 참이었다. 데리다에서 보고 들은 불경한 일들은 모두 띵의 가슴속에만 묻어 두기로 했었다.

한편 날아간 새싹들은 띵도, 조세열도, 도로마디슈도 모르게 무오나무 아래로 가서 무사히 안착했다.

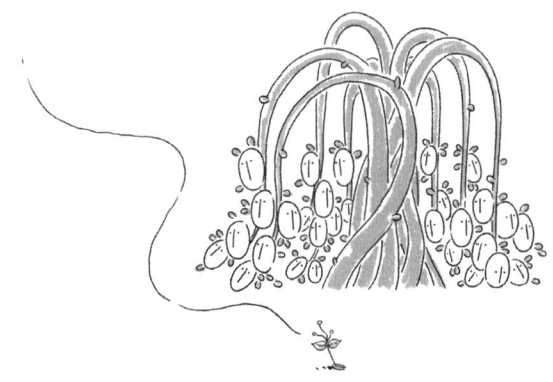

이튿날 도로마디슈는 농장을 산책하다가 달콤하고 구수한 냄새를 맡게 되었다.

그녀는 냄새의 근원을 찾아서 헤매다가 무오나무 밑의 새싹을 발견하게 되었다.

도로마디슈는 새싹의 존재를 띵과 다른 보좌관들에게 알리지 않고 몰래 키우기 시작했다. 보라색 새싹은 금방 자라서 길쭉한 곡식이 열리는 '고노게나오풀'이 되었다.

'고노게나오풀'이라는 이름은 도로마디슈가 고민도 없이 붙인 것이다. 풀을 보자마자 처음으로 이 말이 입속에서 튀어 올라왔기 때문이다. 이건 라비다 행성에서는 좋은 징조로 통한다. 태어나자마자 이름이 탁 튀어 오른 것 말이다. 그렇지 못하고 태어난 지 몇 년이 지나도, 심지어 어떤 불행한 이는 몇 백 년이 지나도, 입안에서 맴돌기만 하고 튀어나오지 못하는 이름들도 아주 많았다.

그녀는 풀을 조세열에게만 살짝 보여 주었다. 이를 본 세열은 도로마디슈에게 주머니에 가득 가져온 씨앗들을 건네주었고, 둘은 같이 무오나무 밑에 씨앗을 심었다. 그들은 그날을 고노게나오풀 농사의 첫 번째 날이라고 부르기로 했다.

조세열은 다른 지구인들에게도 고노게나오풀의 존재를 알렸다. 그리고 이 풀이 지구로 돌아갈 수 있는 마지막 희망이라고 말했다. 지구인들은 지금까지와는 다르게 정신 똑바로 차리고 농사에 임하자고 서로가 서로에게 약속했다.

고노게나오풀 농사에서 제일 곤란한 점은 비밀 유지였다. 특히 다른 보좌관들에게 숨기는 일이 제일 힘들었다. 마리얀코타키가 육체를 사용할 때는 연구실에서 좀처럼 나오지 않았기 때문에 별로 신경 쓰지 않아도 되었다. 하지만 문제는 사미라지였다.

한번은 도로마디슈와 지구인들의 움직임이 뭔가 심상치 않다고 생각한 사미라지가 도로마디슈인 척한 적도 있었다.

"저. 도로마디슈네요. 방금 육체에 들어왔네요. 몸이 뇌대로 움직이질 않네요. 사미라지인 것처럼 보이지만 도로마디슈 맞네요."

사미라지는 평소 도로마디슈가 잘 쓰는 상냥한 '-네요'체를 써서 조세열을 속이려고 했지만, 그는 단박에 눈치챌 수 있었다. 도로마디슈는 자신이 도로마디슈라고 스스로 말하고 다니지 않았기 때문이다. 이후부터 도로마디슈는 자신이 육체에 들어가 있을 때, 지구인들을 만나면 세 번째 손으로 등 뒤에서 브이를 해서 자신임을 알렸다.

김미와 추미옥도 고노게나오풀 농사를 누가 시키지 않아도 열심히 했다.
둘은 붉은색 잡초와 우주 해충 제거를 맡았다. 우주 해충은 고노게나오풀이 아주 작은 풀일 때, 풀밭 위에 배를 대고 쓰윽 미끄러지면서 새싹을 흡입해 버렸다.
"걔가 조세열 딸이니? 그럼 조재이니인 거야? 아니 이게 뭐가 어떻게 된 스토리야?"
추미옥이 고노게나오풀이 다리에 자꾸 엉키는 걸 풀어내면서 물었다.
고노게나오풀은 (소군)처럼 따뜻한 것을 좋아해서 인간에게 휘감겼다. (소군)과 다른 점이 있다면, 새침한 성격이라서 관심 없는 척하면서 휘감긴다는 점이다. 풀들이 발을 건다고 오해할 정도로 그렇게 휘감겨서 때로는 지구인들을 넘어뜨리기도 했다.
"놀랍지도 않아. 난 지구 어디선가 세열 오빠의 자식들이 자라고 있을 줄 알았어. 아마 재이니 말고도 대여섯은 더 있을 거야. 틀림없어. 근데 미옥아. 세열이 성형했니? 왜 딸하고 하나도 안 닮았지?"

김미는 추미옥이 뽑아낸 잡초들이 다시는 이곳에 뿌리를 내리지 못하도록 농장 밖으로 쫓아내 버렸다.

"아닐걸. 그런데 왜 갑자기 미옥이? 뭐 잘못 먹었어? 고노게나 오풀이라도 주워 먹었어?"

추미옥은 잠시 허리를 쭉 펴서 스트레칭을 했다.

"여기서는 한 살 차이는 나이 차이도 아니잖아. 친구해."

김미도 미옥을 따라서 허리를 폈다.

"친구 좋아하시네."

"에이. 친구하자. 친구해야 나도 우리 아들 이야기도 하고 그러지."

"별걸 다 질투하는 년. 세열이가 딸 있다니까 넌 없는 아들도 만들고 싶냐? 너. 남 샘내는 거 그거. 그것도 배냇병이야. 아주 그냥 중병이야."

"아직 애기야. 열여섯 살. 내가 뭐 나 하나 천국 가자고 하나님 아버지 찾고 그랬겠니. 우리 아들 자리 하나 마련해 달라고 그런 거지. 미옥아. 못 믿겠니?"

"한 대 맞지 말고. 언니라고 불러. 그래야 네 아들 이야기도 들어줄 거야."

미옥은 놀란 티를 내지 않고 다시 아무렇지도 않은 척 대화를 이어 나갔다.

"그래. 그러자. 언니야. 그런데 우주신 하아다부다의 천국이 더 좋아 뵈지 않아? 나 이번 기회에 종교 바꿀까 봐."

"그래. 바야흐로 종교 통합을 이룰 때가 되었지. 우리 둘이 외계인하고 농사도 다 지어 보고 이놈의 우주 해충도 보고. 난 이제 예수님이 사실은 부처님이었다고 해도 믿을 수 있을 것 같아. 그리고 말이 나온 김에 나도 고백할 게 있어. 나도 딸이 하나 있어."

추미옥은 단숨에 쭉 말해 버렸다.

"하하하하하하. 내가 이래서 언니를 미워할 수가 없다. 깜박 속을 뻔했네."

"진짜야. 이것아. 죽을 때까지 책임져야 하는 딸이 있어. 그것도 나보다 늙은 딸. 우리 불쌍한 엄마 말이야."

"아..."

김미는 추미옥이 결혼을 하지 않은 이유가 19세에 데뷔했을 때부터 지금까지 쭉 가족의 생계를 책임져 오고 있었기 때문이라는 것을 잘 알고 있었다.

"아. 구질구질하다. 아무 말도 하지 마. 얼른 풀이나 뽑자. 이 빌어먹을 농사를 성공시켜야 너는 아들 만나러 가고, 나는 우리 늙은 딸 만나러 가지."

추미옥은 다시 쪼그리고 앉아서 고노게나오 풀잎을 닦았다. 그러다 자리에 주저앉아 버렸다.

마침 농장에 온 도로마디슈는 그녀가 주저앉아서 크게 한숨을 몰아쉬는 걸 보고 다가왔다.

"실례지만 몇 번째 갱년기인가요?"

"첫 번째. 갱년기도 몇 번째가 있나?"

"저런. 첫 번째 갱년기가 제일 힘들어요. 저는 네 번째[12]지만 그래도 때로는 견디기가 힘들답니다. 첫 번째라면 자주 우울해지고 자꾸 한숨이 나오지요?"

다정한 도로마디슈는 678세로 4차 갱년기 증세를 겪고 있었다. 자꾸 얼굴이 빨개지고 쉽게 숨이 가빠지곤 했으며 작은 일에도 쉽게 예민해지곤 했다.

"젊어서 고생을 많이 해서 그래. 젊어서 고생은 사서도 한다는데, 난 너무 많이 샀지 뭐야."

추미옥은 갑자기 자신의 고충을 알아주는 그녀에게 친근함을 느꼈다.

"고생이요? 그걸 왜 사요?"

"참. 너희는 그런 건 평생 안 사고 사는 것 같더라. 항상 행복하고. 그런데 왜 갑자기 나한테 친절한 거야? 얘. 나 너 안 믿어. 지구에는 세상에 믿을 년 하나 없다는 전설이 있거든."

미옥은 도로마디슈에게 의심의 눈초리를 보냈다.

---

[12] 라비다인들은 600살에서 700살 사이에 총 네 번의 갱년기를 겪는다. 네 번의 갱년기가 찾아오는 간격은 행성인마다 다르다. 첫 번째 갱년기는 깊은 우울과 잦은 한숨이 찾아오고, 두 번째 갱년기는 몸무게가 늘고, 키가 줄어든다. 세 번째 갱년기에는 열병 같은 부질없는 사랑을 하게 된다. 그리고 마지막 네 번째 갱년기는 홍조와 숨참과 극도의 예민함이 그 특징이다.

"그래요. 믿지 마세요."

도로마디슈는 온화하게 웃으면서 추미옥이 숨을 편하게 쉴 수 있게 등을 쓰다듬어 주었다. 미옥은 갑자기 온몸의 긴장이 풀어지는 것을 느꼈다.

"지구에서는 어린이는 똑똑해야 TV에 나오고 어른은 멍청해야 TV에 나와. 그래야 사람들이 좋아해. 내가 TV에 나오잖아. 그래서 난 멍청하게 굴기로 작정했지. 그런데 이게 시간이 지나다 보니 내가 멍청하게 구는 것이 아니라 진짜 멍청한 것 아닐까 하는 생각이 들더란 말이야."

추미옥은 흘러내리는 눈물을 감추려고 먼 산을 보는 척했다. 옆에서 가만히 잡초를 뽑고 있던 김미의 눈시울이 붉어졌다.

45

 고노게나오풀은 빠르게 자라났다. 금빛 풀들은 벌써 띵의 허리만치 키가 컸다. 아침에 무오나무 농장에 나온 띵은 이 광경을 보고 놀랐다. 그동안 그는 도로마디슈에게 농장 관리를 맡겨 놓았었다. 다른 일들로 바빴기 때문이다. 그 다른 일들이라는 건 주로 지구인들과 관련된 소문들을 수습하는 일들이었다.

 "잠깐만요. 사령관님. 제가 다 설명할 수 있어요. 설명하게 해 주세요."
 뒤늦게 띵이 농장에 나타난 것을 알게 된 도로마디슈는 헐레벌떡 뛰어왔다.
 "이게 다 무슨 일입니까? 도로마디슈? 도로마디슈는 맞습니까?"
 "확실히 도로마디슈예요. 잠시 제가 보여 드릴 게 있어요."
 그녀는 농장 안의 주방으로 들어가서 죽이 든 그릇을 가지고 나왔다.

고노게나오죽이었다. 고노게나오풀에서 자란 둥글넙적한 곡물의 마른 껍질을 손으로 비벼서 날려 버린 후, 무오나무즙을 넣어 푹 끓이면 고소한 맛이 나는 걸쭉한 죽이 만들어졌다.

"저는 이 죽을 먹고 행성감기에서 회복했어요. 정말이에요. 검은 콧물은 물론이고 열도 싹 사라졌어요. 감기 걸리기 전보다 훨씬 더 몸이 건강해졌죠. 그리고 중요한 건, 죽은 (소군)을 말린 것보다 맛이 몇 배는 더 좋아요. 한번 드셔 보세요. 입에 아주 착 착 달라붙어서 한 그릇 먹고 나면, 한 그릇 더 달라고 하실 거예요."

도로마디슈는 억지로 띵의 입에 죽 한 숟가락을 밀어 넣으려고 했다.

"도로마디슈까지 데리다의 여인처럼 죽은 (소군)이라는 불경한 표현을 쓰다니. 놀랐습니다."

띵은 죽을 먹지 않으려고 입을 꽉 다물었다. 하지만 입술에 적셔진 죽은 그 맛의 여운만으로도 띵이 입맛을 다시게 만들었다. 이 맛은 난생 처음 맛보는 맛이었지만, 아주 익숙하기도 한 맛이었다. 도로마디슈의 말이 맞았다. (소군) 말린 것보다 부드럽고 감칠맛이 더했다.

"하지만…"

띵은 입술에 묻은 죽을 그녀에게 들키지 않게 핥으며 말했다.

"더 실험을 해 봐야 할 문제입니다. 다른 사령관들이 안다면 큰

사달이 나는 건 당연하구요. 호들갑 떨 일이 아닙니다. 그리고 도로마디슈는 아직도 모르겠습니까? 지구인들의 말만 믿고 행동해서 지금까지 결과가 좋았던 적이 한 번이라도 있었습니까? 저는 그들을 믿지 않습니다. 일단 제가 이 사실을 알게 되었단 걸, 지구인들에게는 말하지 말아 주세요. 좀 더 지켜보겠습니다. 그들이 어떤 일을 꾸미는지 우리는 반드시 알아야만 합니다. 그리고 다시는 죽은 (소군)이라는 말은 하지 마세요. 식물 소군입니다."

띵은 단호했다.

"이건 아직 확실하지 않아서 말 안 하려고 했는데."

도로마디슈는 회색 리넨 셔츠의 소매를 둘둘 말아 올려서 팔을 띵에게 보여 주었다.

"설마. 설마요."

띵은 그녀의 팔을 붙잡고 이리저리 돌려 보았다. 희미하긴 했지만, 분홍빛 반점이 맞았다.

작은 점들을 흩뿌려 놓은 것처럼 팔 전체에 분홍빛 반점이 있었다.

"네. 맞아요. 며칠 동안 죽을 먹고 나니, 이게 다시 돌아왔어요." 도로마디슈는 말했다.

라비다인들도 원래 데리다인들처럼 몸에 분홍빛 반점이 있었다. 하지만 장기간의 영양 부족으로 분홍빛 반점이 다 사라져 버렸다. 그녀에게 분홍빛 반점이 돌아오기 시작했다는 것은 고노게나오풀이 식량적인 가치가 있음을 의미했다.

"지구인들이 발아시킬 때, 저도 발아를 시도해 봤지만 실패했어요. 그리고 추운 냉동고에 (소군)을 넣어 보았지만, 씨앗은 뱉지 않고 그대로 동사해 버렸죠. 그러니 우리 라비다 행성의 식량 문제 해결을 위해선 지구인도, 데리다인도 모두 필요해요."

도로마디슈는 진심을 다해 띵에게 말했다.

이후로 띵은 다시 지구인들을 유심히 지켜보기 시작했다.

그러면서 띵은 예전에 자신이 좋아했던 〈농사의 전설〉의 청년 회장 모습을 조세열에게서 보게 되었다. 그는 누구보다 더 열심히 고노게나오풀을 길렀고, 힘들어하는 동료들을 특유의 농담으로 위로해 주기도 했다. 그리고 자신을 쳐다보려고도 하지 않는 재이니를 뒤에서 묵묵히 돌봐 주었다. 하지만 재이니는 여전히 그에게 냉담했다.

하루는 고노게나오풀을 위한 비료를 만들기 위해 다 같이 나뭇가지를 주우러 가기로 한 날이었다. 띵은 지구인들을 위해 자전거를 준비해 왔었다.

"저는 자전거 못 타요." 재이니가 말했다.

"아빠가 없으면, 가르쳐 줄 사람이 없으니 자전거를 못 배웠단 말을 하고 싶은 거지? 나를 원망하고 싶은 거야? 죄책감 느끼게 하고 싶은 거지? 그래, 마음껏 나를 원망해. 대신 원망이 끝나면,

내 자전거 뒤에 타고 가."

　조세열은 미안한 마음이 들었다.

"저런 가엾은 부녀네. 재이니야. 아빠를 너무 미워하지 말아 줘. 불쌍하잖아. 아빠도 어린 너에게 자전거를 가르쳐 주고 싶었을 거야."

　고상욱은 조세열의 편을 들어 줬다.

"그런 게 아니에요. 외할아버지와 엄마의 남자 친구에게 자전거를 배웠지만, 운동 신경이 없어서인지 끝끝내 배울 수가 없었어요. 대신 운전은 잘해요."

　재이니는 띵이 집 앞에 세워 둔 고속 자동차를 타고 먼저 출발했다.

힘내! 청년회장 조세열.

위기에 빠진 라비다인에게 '힘내'라고 활기차고도 우렁찬 목소리로만 위로를 건넨다는 것은 라비다인의 고막만 아프게 할 뿐이다. 위기에 빠진 불쌍한 라비다인을 더 불쌍하게 만드는 것이란 뜻이다. '힘'은 '내는 것'이 아니라 '주는 것'이다. 힘이 없어서 힘이 없는데, 없는 힘을 어디서 어떻게 마련하란 말인가. 라비다인들이 상대방에게 힘을 주는 방법은 다음과 같다...........중간 생략.................
하여간에 '힘을 내'가 아니라 '여기 내 힘을 줄게'라고 말을 해야 옳다.
그러니 나에게 어서 너의 힘을 줘.

- 신원 미상인의 《지구인들을 위한 우주 에티켓》[13] -

~~~~~~~~~~

13 지구 언어에 익숙해진 신원 미상의 라비다인은 한때 지구인들과 라비다인의 교류의 장을 마련하기 위해서 지구인들에게 우주 에티켓을 가르치는 교육서를 출판했었다. 딱 한 권 출판했으며, 작가 겸 편집자 겸 출판자 겸 인쇄자를 겸비한 신원 미상의 행성인만 읽을 수 있었다.

고노게나오풀은 (소군)이 뱉은 씨앗에서 나오고, 씨앗은 지구인의 체온에서만 발아한다.

　　조세열은 이 사실이 '미래의 무엇'을 약속하는지 잘 알고 있다.

　　이 사실은 재이니와 함께 '지구로 돌아갈 수 있는 우주선'을 약속해 준다. 더 나아가서 자신이 라비다 행성의 영웅이 되어 모든 라비다인들의 열렬한 환호와 칭송을 들으며 위풍당당하게 우주선의 앞문으로 - 우주선은 앞문, 뒷문이 따로 없어서 문이 하나밖에 없는 것을 조세열은 모르고 있었다. 그는 매번 좁고 낮은 문으로 불편하게 우주선을 탔고, 이것이 앞문이 아니라 뒷문이기 때문에 그런 것이라고 여기고 자존심이 상하곤 했다. 지구에서 그는 항상 큰 문으로 다녔었다. - 우주선을 타고 지구로 돌아가는 것을 약속해 준다. 그리고 하나 더, 이건 거의 사소한 거라 딱히 열렬히 바라지는 않는 건데, 농업 사령관 띵이 다시 전처럼 조세열의 열성적이고 충성스러운 팬이 되는 것을 약속한다.

　　하지만 식량 문제를 완벽하게 해결하기 위해서는 씨앗이 안정적으로 데리다에서 라비다로 공급되어야 했다. 그러기 위해서는 제일 먼저 두 행성이 화해해야 했다.

　　"평화를 좋아하는 라비다인들은 왜 데리다인들과 화해를 하지 않는 거지?"

　　조세열은 띵에게 물었다.

　　"라비다 일에 지나치게 간섭하지 마십시오."

땅은 목소리가 확연하게 달라지면서 말했다.

"식량 문제를 해결하려면 별로 내키지 않아도 화해를 해야 해. 화해하는 척이라도 해야 한다는 뜻이야. 자존심만 가지고 식량 문제가 해결되지 않잖아."

조세열이 충고하자, 땅은 대꾸도 없이 다른 곳으로 가 버렸다.

"땅이 저렇게 과민 반응 보이는 것을 이해해 주세요. 데리다인들이 (소군)을 삶아 먹은 끔찍한 일은 땅뿐만이 아니라, 그 어느 라비다인들이라도 영원히 용서할 수 없는 일이에요."

도로마디슈가 미안해하며 말했다.

"또 그 옛날이야기를 꺼내는 거야? 그거라면 아주 귀에 딱지가 앉을 정도로 많이 들었어. 삶아 먹은 이야기만 들으면 신물이 나고 그렇다고. 데리다인이 차라리 (소군)을 구워 먹었으면 좋았을 뻔했어. 난 뜨거운 물에 들어간 고기를 안 먹거든. 삼계탕도, 곰탕도 다 싫어해. 물에 삶아진 (소군) 같은 건 생각하기만 해도 아침에 먹은 통조림이 다시 넘어올 것처럼 속이 울렁거린단 말이야."

조세열은 그 이야기는 제발 그만하라고 말했지만, 도로마디슈는 알아듣지 못했다. 알아들었어도 이미 슬픔이 목 끝까지 차올라서 그 안에서 허우적대느라 상관 안 했을 것이다. 그녀는 그때를 생각하니 다시 또 슬퍼져서 (소군)들이 뜨거운 물에 삶아지면서 불렀다는 노래를 부르기 시작했다.

"라비다인들은 혼자서 화음도 넣을 수 있는 건가?"

조세열이 중얼거렸다.

"화음?"

도로마디슈는 노래를 멈추었다. 그런데도 여전히 노랫소리가 멈추지 않았다. 소리는 옆방에서 들려왔다. 그들은 누가 먼저랄 것도 없이 옆방으로 달려갔다. 특히 도로마디슈는 지구인 중 누군가 (소군)을 삶고 있다고 생각해서인지 제일 빨리 달렸다.

옆방에 가 보니 최희지가 ((소군))을 따뜻한 물에 목욕시키고 있는 중이었다. 따뜻한 물에 몸을 담가서 노곤 노곤해지고 기분이 좋아진 ((소군))이 노래를 부르고 있었다.

사실 그때도 딱 이랬다.

(소군)이 말할 수만 있다면, 이렇게 말했을 것이다. '그때도 딱 이랬어.'라고.

데리다인들은 진홍빛 흙으로 더럽혀진 (소군)의 몸을 깨끗하게 해 주고, 피로를 풀어 주려고 따뜻한 물로 (소군)들을 목욕시켜 주고 있었다. 그런데 그걸 본 어느 라비다인 – 이 라비다인이 누구인지는 아직 밝혀지지 않았다. 그는 뉴스에 제보만 하고 사라졌다. – 이 데리다인이 (소군)들을 삶아 먹는 것이라고 오해했던 것이었다.

이러한 사실을 까맣게 모르는 농업 사령관 띵은 이러한 사실까지는 몰라도 안 그래도 충분히 복잡했다. 이렇게까지 복잡해도 되나 싶을 정도였다. 띵은 닥친 혼란들을 어떻게 수습할 수 있을지 생각해 내야만 했다. 닥친 혼란들 중 한 개 정도, 어쩌면 두 개는 띵에게 책임이 있었다. 행성감기를 해결해서 식량 위기에서 라비다 행성을 구해야 하고, 지구인들을 당장 없애 버리고 싶어 하는 우쿠부지를 진정시켜야 하며, 지구인들을 지구로 다시 보낼지 말지 보낸다면 우주선 비용은 누가 지불해야 하는지 결정해야 했다. (소군)의 씨앗을 얻기 위해서 라비다 행성과 데리다 행성도 화해시켜야 했다. 라비다 행성과 데리다 행성의 화해를 원하는 것은 지구인 몇 명과 도로마디슈밖에 없다. 어쩌면 (소군)들도 원할지 모른다. 하지만 원하지 않는 이들은 위에 언급한 이들 빼고 전부일 것이다.

모든 일이 무사히 잘 끝나게 되면 띵은 어딘가 아무도 살지 않는 행성에 가서 순수 에너지를 정화할 것이다. 만약 해결되는 그 날이 온다면 말이다.

47

 조세열은 지구인들이 모두 모인 저녁 식사 자리에서 데리다와 라비다의 불화가 모두 오해에서 비롯된 것이라는 사실을 말해 주었다.
 "말도 안 되는 불화 때문에, 우리가 여기 와서 이러한 끝 모를 유배 생활을 하고 있는 것이란 말이지? 기가 막히지 않아?"
 김미가 흥분해서 말했다.
 "카메라만 잃어버리지 않았다면, 모든 것을 기록해 둘 수 있었을 텐데. 그럼 라비다인들에게 (소군) 목욕 장면을 보여 줘서 오해를 풀어 줄 수 있었을 거야."
 조세열은 아쉬워했다. 재이니를 찾아서 데리다 행성으로 가는 도중, 어딘가에서 카메라를 떨어뜨린 것 같았다.
 "모든 것이 두 행성의 오해에서 시작된 거라면, 우리가 그 오해를 풀어 주면 되잖아요."
 재이니가 말했다.

"저도 제가 할 수 있는 최선을 다해 보겠습니다."

철희도 말했다.

"본래 오해는 제3자가 개입해서 풀어 주는 것이 뒤탈도 없고 보기도 좋지요."

고상욱은 당연히 찬성이었다.

"두 행성이 화해를 해야 ((소군))들도 더 이상 괴롭힘당하지 않고 행복해지지 않겠어요?"

희지는 자꾸 미끄러져 떨어지는 ((소군))을 무릎에 앉혀 놓으려고 애쓰면서 말했다.

"제가 지금 막 생각한 건데요. 이런 방법을 쓰면 어떨까요? 우리들이 잘하는 것이 연기니까, 드라마로 두 행성 사이에 오해가 생겼던 상황을 재연해 보는 것이 괜찮지 않을까요? TV쇼 같은 거 말이에요. 그럼 이해도 쉽고, 화해도 쉬울 것 같은데."

호서가 제안했다.

"뭐 TV쇼? 난 반대야. 왜 다들 그렇게 갑자기 착한 척이야. 쓸데없이 남의 싸움에 끼어들 필요 없어. 만약 우쿠부지에게 들키기라도 하면 어떻게 해? 그러면 우린 영원히 지구에 돌아갈 수 없을 거야. 언니. 왜 가만히 있어. 뭐라고 말 좀 해 봐."

김미는 반대했다.

"가만히 있으면 반은 간다고 그랬어. 그러니까 가만히 있으면 이미 지구에 반은 간 거나 마찬가지란 소리야. 왜 눈에 띄는 그런 드라마 같은 걸 하려는 거야? 빨리 죽고 싶어서들 그래? 난 싫어. 세열이 너도 뭐라고 말 좀 해 봐."

추미옥은 조세열을 보며 말했다.

"지금으로서는 두 행성이 화해해서 식량 문제를 해결하는 것만이 우리가 무사히 지구로 돌아갈 수 있는 유일한 방법일 것 같아. 호서 말대로 드라마로 재연하는 거 괜찮은 거 같은데."

조세열은 머뭇거리면서 말했다.

"세열 오빠. 너까지 그렇게 생각한다면 어쩔 수 없지. 내가 뭐 힘이 있나. 뭐. 그럼 뭐를 어떻게 하면 되는데? 대신 남은 스팸은 내가 다 먹을 거야. 내 조건은 그것뿐이야."

김미는 호서가 먹고 있는 스팸 통조림을 자신의 연어 통조림과 바꾸면서 말했다.

"저게 또 시작이네. 지친다. 지쳐."

추미옥은 짜증을 내고, 다른 사람들은 김미가 선배라서 차마 뭐라고 말은 못 하고, 그저 그녀를 노려보기만 했다.

"진촤 왜 크래? 왜케 다ㅌ들 햄 통쪼림만 머크려고 그러는 커야? 그케 마시써?"

조세열은 말하고 나서, 재이니를 슬쩍 쳐다보았다. 재이니는 그의 말엔 신경도 안 쓰는 눈치였다. 그녀는 고개를 푹 숙이고, 옥수수 알갱이를 집어먹는 데만 열중하고 있었다.

"너야말로 진촤 왜 크래? 혓바닥이 안에서 꼬인 거야? 뭐 잘못 먹었어?" 추미옥은 핀잔을 주었다.

"응. 잘못 먹었어. 호서가 제안한 TV쇼에 대해서는 각자 고민 좀 해 보고, 내일 다시 회의해 보자."

조세열은 식당을 나가 버렸다.

그가 나가고 나서야, 재이니는 고개도 들지 않은 채 키득거리면서 웃었다.

다음 날 회의 시간에 TV쇼의 내용이 정해졌고, 쇼의 이름은 〈농사쇼〉라고 부르기로 했다. 농사쇼는 오해가 생긴 사건을 재연한 드라마와 (소군)이 부르는 목욕 노래 무대, 그리고 고노게나오풀과 고노게나오죽에 대한 효능을 알리는 순서로 구성하기로 했다. 그리고 각자 역할을 나누어 가졌다.

"감동이 있어야 해."

김미가 말했다.

"사랑도요."

호서가 덧붙였다.

"사랑까지는 필요 없을 것 같은데."

고상욱은 그건 아니라고 생각했다.

"사랑까지는 필요 없다, 네요."

호서는 시무룩해졌다.

"저 죄송한데요. 저는 연기에 자신이 없어서 대사가 없는 역할을 주시면 안 될까요? 대신 연기 말고 다른 소품 준비나 무대 준비는 열심히 할게요."

철희가 손을 들고 말했다.

"철희. 네가 진정한 얼굴 사기꾼이네. 조세열이 아니고."

추미옥은 그를 팔꿈치로 찌르며 웃었다.

"앗. 제가요? 얼굴 사기꾼? 고맙습니다. 제 얼굴이 사실 그렇게 잘생긴 건 아닌데... 귀엽다는 소리는 종종 듣지만 말이에요."

철희가 겸연쩍어하면서 말했다.

"뭐라니. 너처럼 생기면 연기는 잘하겠다고 사람들이 기대하잖아. 그런데 연기를 못 해여. 그렇게 생겨 가지고는 연기를 못 하니. 그게 바로 얼굴 사기꾼이지 뭐니."

추미옥이 말하자. 김미는 눈치 없는 소리 좀 그만하라고 옆구리를 찔렀다.

"얘는 왜 옆구리는 찌르고 그래. 이제 내 입 가지고 말도 못 하니?"

"라비다인들과 지구인들은 보는 눈이 다른가 보네요. 철희 씨가 지구인들 중에서 가장 외형적으로 우수하다고 마리얀코타키가 일지에 적어 놓았던데."

도로마디슈가 웃으면서 말했다.

그녀의 이야기를 듣고 나서 철희는 마리얀코타키를 위해서라도 두 행성을 꼭 화해시키고 싶어졌다. 철희는 이상하게 그녀에게 정이 가고 잘해 주고 싶고 그랬다. 마리얀코타키의 엉뚱한 행동과 말들에 반해 버린 철희는 아직 마리얀코타키가 육체만 여자이지, 실제는 남자인 줄 몰랐다.

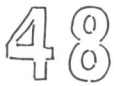

이봐. 나는 이런 초조함을 감당하지 못해.

띵은 우연히 재이니 얼굴에 주근깨처럼 작은 분홍색 반점이 생긴 걸 발견했다. 얼마 전에 도로마디슈의 팔에서 본 반점과 비슷했다.

"예쁘시네요. 설마 라비다인이 되신 건가요?"

띵이 말했다.

"그것도 나쁘지 않을 것 같네요."

재이니는 웃었다.

조세열은 멀리서 조금 숨은 것처럼 보이지만, 절대로 숨은 것은 아니라고 말할 수 있는 어중간한 위치에서 이 둘을 지켜보고 있었다. 그는 농업 사령관이 지나치게 재이니에게 관심을 가지는 것이 늘 마음에 걸렸다.

"아니요. 라비다인의 것과는 달라요. 바이러스 검사 결과가 나왔어요."

갑자기 등 뒤에서 목소리가 날아들어서 세열은 놀랬다. 보좌관이 서 있었다. 바이러스 이야기를 하는 것을 보니 마리얀코타키였다.

"저건 열꽃이에요. 다들 검사에서 아무 이상 없었는데, 재이니 양만 이상한 바이러스가 검출되었어요. 베델스크 행성계에는 존재하지 않는 바이러스죠. 하지만 제 소견으로는 지구의 감기인 것 같은데, 혹시 재이니 양이 열이 나고, 목이 아프다고 하지 않았었나요?"

마리얀코타키가 물었다.

"그걸 내가 어떻게 알아? 그런데 감기라면 심각한 건가?"

조세열은 대답했다.

"재이니 아빠라고 들었는데. 아빠라면 이미 딸이 아픈 걸 알고 있을 것이라고 생각했어요. 심각한 감기는 아니고. 평범한 감기예요. 아직 저렇게 멀쩡하게 걷고 말할 수 있는 것을 보면."

"가벼운 감기라면, 지구에서는 약만 먹으면 나아. 여기도 감기약은 있을 거 아니야?"

"지구감기와 행성감기는 다르고, 감기의 종류는 헤아릴 수 없을 만큼 많아요. 그리고 아시다시피. 라비다의 감기는 지구와는 달리 지독하죠. 약이 없어요."

"그럼 그냥 감기가 낫길 기다리는 수밖에 없지. 지구에서는 보통 그렇게 하니까."

"그게 또 그렇게 간단한 게 아니에요. 재이니 양을 하루라도 빨리 지구로 보내야 해요. 재이니 양이 라비다에 도착했을 때, 우주 해충에게 에너지를 빼앗긴 적이 있죠? 그것 때문에 앞으로 더 감기가 심해질 거예요. 그녀는 우주 해충의 침 성분에 알레르기 반응을 보였는데, 알레르기 반응과 지구감기 바이러스가 상승 효과를 일으키고 있어요."

"복숭아 알레르기 같은 건가?"

조세열은 혼잣말을 했다.

"지구는 아주 정교하게 잘 짜인 생태계죠. 거기서 하나라도 어긋나게 되면, 지구의 생명체는 생존이 불가능해요. 그래서 지구인은 외부 행성에 머무를 수 있는 기간이 짧아요. 라비다 행성이 지구와 환경이 비슷하긴 하지만, 재이니 양처럼 병에 걸린 상태에서는 아마 오래 버티지 못할 거예요."

마리얀코타키는 말했다.

"오래 버티지 못한다는 게 무슨 소리야? 설마 죽을 수도 있다는 건가?"

"갑자기 상황이 악화된다면, 그럴 가능성도 배제할 수 없어요. 농업 사령관님께는 제가 이 사실을 보고할 거예요. 재이니 아빠는 재이니 양을 잘 지켜보고 있다가 감기 증세가 지금보다 더 심해지는 것 같아 보이면 저에게 반드시 알려 주세요."

조세열은 재이니에게 이 사실을 알릴 수가 없었다. 스트레스를 받으면 급격하게 악화될 수도 있을 것이라고 마리얀코타키가 말했기 때문이다. 그가 재이니를 위해 할 수 있는 일은 고노게나오 풀 농사를 성공시켜서 하루빨리 재이니를 데리고 지구로 돌아가는 일뿐이었다.

49

"(소군)은 데리다 행성에서만 씨앗을 뱉고, 그 씨앗은 라비다 행성에서만 자랍니다. 고노게나오풀의 효능을 증명해 보이려면 더 많은 씨앗이 있어야 합니다. 그러려면 데리다 행성의 협조가 필요합니다. 이에 저는 데리다 행성과의 일시적인 화해 협정을 요청하는 바입니다."

띵은 사령관 총회에서 고노게나오풀이 대체 식량과 행성감기 치료제로서의 가능성이 있을 수도 있다고 발표했다. 발표가 끝나자 사령관들은 술렁거렸다.

"데리다와 화해 교섭을 하는 것은 수치스러운 일입니다. 그리고 아직 고노게나오풀이라는 것이 식량의 가능성이 있는지 없는지 확신도 없는 상태라고 말씀하지 않으셨습니까?"

문헌 사령관은 말했다.

"네. 확신은 아직 없습니다. 하지만 조금 더 실험을 해 본-."

"저요. 저한테 더 좋은 계획이 있어요. 지구 정복을 위해 준비한 군대를 데리다 행성으로 보내는 거예요. 그래서 행성을 정복해서 그 행성을 씨앗을 얻는 용도로 쓰면 되잖아요? 지구는 몰라도 데리다 행성이라면 지금 당장이라도 쳐들어갈 수 있어요. 멀어서 이동비도, 시간도 많이 드는 지구에 갈 생각만 하고, 정작 가까운 데리다 행성을 정복할 생각을 그동안 왜 못 했는지 모르겠네요. 농업 사령관님이 아이디어를 주신 덕분에 예정보다 더 빨리 식량 문제를 해결할 수 있게 되었네요."

우쿠부지는 신이 나서 말했다. 다른 사령관들도 우쿠부지의 의견에 긍정적인 반응을 보였다.

"하지만 데리다와 전쟁을 시작하기 전에 대통령 고두바타의 입장도 들어 봐야 합니다. 대통령이 에너지 정화를 마치고 돌아오면, 그때 결정해도 늦지 않습니다."

자신 때문에 데리다 행성이 전쟁 위기에 처하게 된 것에 크게 당황한 띵이 말했다.

"대통령님이 올 때까지 기다리면 너무 늦어요. 자, 빨리 데리다와의 전쟁을 준비하기 위해서 소멸무기를 거대무기로 개발하는 것을 승인해 주세요."

우쿠부지는 소리쳤다.

"그런데 자네는 그것을 누구에게 실험해 볼 생각인가? 개발을 하려면 누군가가 소멸되는 것 아닌가?"

재정 사령관은 의문을 제기했다.

"우주 해충을 몇 마리 구해 놓았어요. 어린 행성인들의 에너지를 빨아먹다가 걸린 놈들로만 말입니다."

우쿠부지는 자신 있게 대답했다.

"그런 고약한 해충들이라면 몇 마리 정도 소멸되어도 상관없을 성 싶네."

재정 사령관이 이처럼 긍정적인 반응을 보이자, 띵을 제외한 다른 사령관들은 우쿠부지가 무기를 거대화하는 것을 당장 승인해 주었다.

50

 회의 결과 때문에 띵은 죄책감에 빠져 있었다. 그런 그를 조세열이 집무실 앞에서 기다리고 있었다.
 "안녕. 오랜만이지? 할 말이 있어서 왔어. 고노게나오풀 씨앗이 다 떨어졌거든. 그래서 말인데, 내가 데리다 행성에 가서 씨앗을 가져오면 어떨까? 지난번 금속 천 우주선을 찢은 것에 대한 빚을 갚고 싶어. 라비다인이라면 데리다 행성에 가는 게 문제가 되겠지만, 난 지구인이니까 상관없을 거야. 그래서 말인데, 금속 천 우주선의 수리가 다 끝났으면 좀 빌려줄 수 있을까? 너도 알지? 난 우주선이 없잖아."
 조세열은 말했다. 금속 천 우주선은 조종사가 없어도 자동 운항이 가능하기 때문에 조세열 혼자서도 충분히 데리다 행성에 다녀올 수 있다고 도로마디슈가 말해 주었다.
 "설마 닐라보보를 믿는 겁니까? 혹시 그녀를 좋아하는 겁니까?"

띵은 조세열에게 물었다.

"아직은 좋아하는 것까지는 아니지만, 앞으로 그렇게 될 수도 있지. 하지만 절대로 닐라보보를 만나려고 우주선을 빌리는 건 아니야. 씨앗을 구해 오기 위해서지."

조세열은 볼이 달아오름을 느끼면서 얼버무렸다.

"다른 사령관들. 특히 우쿠부지가 당신이 데리다 행성에 〈소군〉들을 데리고 갔다는 사실을 알면 큰일 날 겁니다. 하지만 도로마디슈의 간곡한 부탁도 있고 하니, 우주선은 빌려드리겠습니다."

띵은 무뚝뚝하게 말하고, 서랍에서 금속 천 우주선을 꺼내서 주었다. 우주선 수리 센터에서는 수선을 마친 후 우주선을 세탁해서 곱게 다린 후 투명 진공 봉투에 넣어 주었다.

"말끔하게 고쳤군. 고마워. 잘 쓰고 얌전히 가져다줄게. 그런데 저기 말이야."

조세열은 뭔가 말을 더 하려는 듯이 주춤했다.

"혹시 제 충고가 필요하십니까? 닐라보보의 친절에 속지 마십시오. 데리다인은 당신을 통째로 쪄 먹을 것입니다. 의식을 잃을 기회도 주지 않을지도 모릅니다. 그들은 산 채로 뜨거운 물에 당신을 집어넣을 것입니다."

띵은 그가 데리다인에 대한 경계심을 좀 더 가져야 한다고 생각해서 단호하게 말했다.

"그래. 명심할게."

조세열은 집무실을 나왔다. 사실 그는 (소군) 목욕에 대한 진실을 띵에게 말해 줄지 말지를 잠시 고민했었다. 하지만 띵답지 않게 거칠게 분노의 말을 쏟아 내는 것을 보자, 어쩌면 진실이 상황을 더 악화시키는 게 될 수도 있다는 생각이 들었다. 자신이 데리다인에게 단단히 세뇌를 당했다고 생각해서 우주선을 도로 빼앗아 갈지도 몰랐다.

띵은 조세열이 방을 나간 후, 우주선 수선 후 시험 운행은 해 보았는지의 여부가 갑자기 궁금해졌다. 그래서 우주선 수리 센터에 전화를 걸었다.

"별로 중요한 부품은 아니지만, 검정색 플라스틱 실 한 가닥의 재고가 없어서 임시로 흰색 실로 꿰매 버렸어요. 그 사실을 보좌관에게 다 설명했는데 못 들으셨나요?"

수리 센터 직원은 오히려 띵에게 반문했다.

"어느 보좌관입니까? 아니, 지금 그건 중요한 게 아닙니다. 그 실이 없으면 운행을 할 수 없습니까?"

띵은 물었다.

"글쎄요. 어디를 가느냐에 달렸습니다. 어느 행성으로 가십니까?"

"저. 그게."

띵은 차마 데리다 행성에 간다고 말할 수가 없었다.

"가까운 곳입니까? 먼 곳입니까?"

직원은 물었다.

"굉장히 가까운 곳입니다."

"그럼 괜찮을 것 같습니다. 그래도 혹시 모르니, 운항 중에 우주선의 상태를 계속 체크해 보세요."

띵은 조세열의 방을 찾아갔다. 우주선 경험이 없는 그에게 우주선의 상태를 체크하는 방법을 알려 주기 위해서였다. 그런데 문 앞에서 노크하려다가 하지 못했다. 안에서 조세열이 누군가와 대화하는 소리가 들렸기 때문이다.

"띵은 무서워서 데리다 행성에 가지 못하는 것이 분명해. 그러면 누가 가야겠어? 처음부터 데리다인이 씨앗을 믿고 맡긴 사람은 나니까 내가 가서 닐라보보에게 받아 오는 게 맞지? 하지만 너희 둘도 알다시피 라비다인들은 데리다인들을 싫어하잖아? 그래서 차마 나한테 다녀오라고 직접 말할 수도 없는 거야. 그러니 뭐 어쩌겠어. 내가 부탁하는 것처럼 해서 우주선을 빌려 와서 데리다에 다녀오는 수밖에 더 있겠어?"

띵은 안에 들어가지 않고 그대로 돌아섰다. 수리 센터 직원도 별로 중요한 부품이 아니라고 했으니 굳이 그 말을 전해서 역시 띵은 괜히 겁이 많다는 소리를 듣고 싶지 않았다. 그는 조세열이 데리다 행성에 다녀오면, 우주선 수리 센터에 다시 수선을 맡겨야겠다고 생각했다.

51

 다음 날 조세열은 데리다 행성에 가서 닐라보보의 도움으로 씨앗을 받아 가지고 왔다.
 조세열은 출발하면서 천이 유난히 펄럭거린다고 느꼈지만, 이러한 펄럭거림을 오히려 좋은 신호라고 여겼다. 그리고 우주선을 혼자 이륙시키고, 혼자 착륙시키는 일들을 자신이 척척 잘 해내고 있다고 생각했다. 데리다 행성에서 라비다 행성으로 돌아오기 위해서 우주선을 이륙시킬 때, 출발 때보다 천의 펄럭거림이 더 심해졌다고 느꼈지만, 우주선이 무사히 이륙했기 때문에 이것이 이륙 시에 발생하는 당연한 펄럭거림이라고 생각했다.
 만일 우주선을 한 번이라도 운전해 본 적이 있는 행성인이었다면, 당장 비행 행위를 중지시키고 가장 가까운 곳에 있는 우주선 수리 센터에 상황을 알렸을 것이다. 하지만 조세열에게는 모든 일이 너무나도 자연스럽다고만 생각되었다. 그리고 조세열은 사실 계속 끊임없이 재이니를 생각하고 있었기 때문에 눈과 귀가 제 역할을 못 했고, 두뇌의 판단력을 맡고 있는 뇌세포도 제 역할을 해내지 못하고 있었다.

데리다 행성에 오기 전 세열은 호서를 시켜서 재이니에게 혹시 어디 아프지 않냐고 물어보았다. '열이 좀 나는 것 빼고는 괜찮아요. 제 걱정은 안 하셔도 될 것 같다고 전해 주세요.'라고 재이니는 싸늘하게 대답했다. 그에게는 재이니가 여전히 싸늘하게 군다는 게 중요한 게 아니라, 재이니가 열이 계속 나고 있다는 것이 중요했다. 갑자기 감기가 악화된 것은 아닌지 걱정이 되었다.

걱정에 잠긴 조세열은 우주선 뒤 꽁지에서 천 한 장이 달랑거리는 것을 눈치채지 못했다. 이 천으로 말할 것 같으면, 라비다 행성으로 들어오는 출입증을 담당했다.

조세열은 3채스트 후에 라비다 행성 상공에 도착했다. 이제 라비다 행성의 느슨한 방어막을 가볍게 무시하고 들어가면 되었다. 방어막은 자신들과 같은 지역 출신인 금속 천 우주선의 뒤 꽁지에 달린 천을 확인하고 난 후 경계를 풀어 우주선이 들어오는 길을 열어 준다. 그런데 데리다 행성을 출발할 때부터 불안정하게 달랑거렸던 뒤 꽁지의 천 한 장은 우주 공간 어디쯤에서 영영 날아가 버리고 이미 없었다.

그래서 방어막은 계속 경계를 풀지 않으려 하고 우주선은 계속 안으로 들어가려고 – 왜냐하면 우주선의 목적지는 방어막의 안이지 밖이 아니고, 목적지를 일단 선택했다면 무조건 목적지로 가는 것이 우주선의 숙명이자 자존심이기 때문이다. - 해서 방어막과 우주선 사이에 실랑이가 벌어졌다. 우주선 안에서 일이 어떻게 진행되어 가는 건지 영문도 모른 채 있던 조세열은 착륙이 지체되자, 비상 착륙 버튼을 눌러서 아래로 힘을 가하는 엔진을 가동시켰다. 그 힘을 견뎌 내지 못한 방어막은 우주선을 퉤하고 땅에 뱉어 버렸다. 그래서 우주선은 불시착하게 되었다.

 속보로 금속 천 우주선 불시착 뉴스가 나오자 띵은 부리나케 달려갔다.
 화면에 비친 금속 천 우주선은 갈기갈기 찢어져 있었다.
 띵이 사고 현장에 도착하자, 우주선 안에 있던 지구인은 병원으로 옮겨졌다고 리포터가 말했다. 그는 현장에서 다른 행성인들이 미처 보지 못한 (소군) 씨앗들을 발견했다. 띵은 씨앗들을 보이지 않는 곳으로 발로 살살 밀어서 모은 다음, 주머니에 쑤셔 넣었다.
 그러고 나서 조세열이 옮겨졌다는 병원으로 달려갔다.

 "정말 혼자서 데리다 행성에 다녀오신 건가요? 혼자서 우주선을 몰고요?"
 호서가 병원에 도착한 띵에게 물었다. 띵은 고개를 끄덕였다.
 "의식이 아직 안 돌아왔대요."

눈에 눈물이 그렁그렁 맺힌 재이니가 말했다. 뺨에만 있던 붉은 반점이 재이니의 목까지 번져 있었다. 띵은 마리얀코타키가 해 준 말을 기억했다. 재이니가 감기에 걸린 건 당분간 띵과 마리얀코타키만의 비밀로 하자고 말했었다. 감기라는 말만 나와도 소름 끼쳐 하는 다른 사령관들이 이 사실을 알게 되면, 재이니를 어딘가 외딴곳에 버리라고 할지도 몰랐기 때문이다. 띵이 회의에 참석해서 무리하게 데리다와의 화해를 주장한 것도 재이니를 하루빨리 지구로 돌려보내기 위해서였다.

"우주선은 대체 어디서 난 걸까요?" 고상욱이 물었다.

"제가 빌려드렸습니다. 리모컨으로 자동 이륙과 착륙이 가능한 우주선입니다."

"그런데 왜 우주선이 착륙에 실패했을까요?"

호서가 말했다.

"그건.... 아직 수리가 끝났지 않았기 때문입니다."

띵은 참담한 심정이었다.

"수리가 끝나지 않은 우주선을 빌려준 거야?"

뒤늦게 달려온 김미가 띵에게 따졌다.

"정말이지 뭐라고 할 말이 없습니다."

띵은 정말이지 할 말이 없었다. 그래서 아무 할 말이 없어서 슬퍼졌다.

한편 우쿠부지는 조세열이 몰래 데리다 행성에 다녀온 것을 알고, 그는 데리다의 스파이가 분명하니 뇌를 뽑아서 버리라고 명령했다. 하지만 그의 명령으로 뇌를 뽑으러 간 의사들은 조세열의 육체는 뇌가 없는 빈 육체라고 말했다.

"데리다인이 자신들의 악행이 드러날까 봐 몰래 스파이의 뇌를 빼 간 것일지도 몰라요"

사미라지가 말했다.

"데리다인이 가져갔든 말든 상관없어. 우린 그놈의 뇌가 필요 없으니까. 우리한테 필요한 건 육체야. 그 육체는 나중에 (소군) 씨앗 발아에 써야 하니까. 냉동고에 잘 저장해 둬."

우쿠부지는 말했다. 그렇게 조세열의 육체는 사미라지에 의해서 냉동고에 갇히게 되었다.

아빠가 혼수상태에 빠진 것도 충격적인데, 뇌까지 사라졌다는 사실까지 알게 된 재이니는 커다란 슬픔에 빠졌다.

"제가 너무 냉정하게 굴었던 것이 후회되네요. 매몰찬 말만 했었어요."

재이니는 울면서 말했다.

"당신의 작은 위 안에 얼마나 큰 슬픔이 들어 있는 **건가요?**"

도로마디슈가 물었다.

"슬픔은 위가 아니고 마음에 있어요."

재이니는 나직이 말했다.

"슬픔이 왜 거기 있어요? 마음은 먹는 겁니다."

도로마디슈는 이상하다고 생각했다. 그리고 조세열의 사고 이후로, 자신을 따라다니는 허공에 떠 있는 슬픈 마음들을 몇 개 잡아서 꿀꺽 하고 삼켰다. 슬픈 마음 구슬은 크고 투명했다. 큰 슬픔은 삼키기가 어려워서 목구멍에 걸려 버렸다. 자신이 조세열에게 데리다 행성에 다녀오라고 하지만 않았어도 이런 일은 생기지 않았을 것이다.

"슬픈 마음을 안 먹으면 되잖아요. 그리고 아빠의 사고는 절대로 도로마디슈 잘못이 아니에요."

재이니는 아직도 많이 남아 있는 슬픈 마음들을 손으로 쳐서 멀리 보냈다. 하지만 다시 되돌아왔다.

"지구인들이 흔히 말하듯, 슬프면 안 슬퍼하면 된다는 말과 뭐가 다르죠? 우리 이러지 말고, 청년회장님을 위해서 우주신 하아다부다에게 기도하는 게 어떨까요?"

"우주신 하아다부다?" 재이니는 마음 안에 우주신 하아다부다를 추가했다. 그리고 그녀는 도로마디슈과 함께 초점 없는 눈으로 허공을 보면서 조세열의 뇌를 찾아 달라고 간절하게 기도했다.

52

"그를 위해서라도 농사쇼를 계속 준비해야 해요."

고상욱은 말했다. 조세열의 육체가 냉동고에 들어간 후, 지구인들은 모든 의욕을 상실하고 쇼 준비도 하지 않고 있었다.

"쇼를 성공적으로 해서 진실을 알려 라비다인들을 설득시킬 수 있다면, 그들은 우리를 지구로 돌려보내 줄 거예요. 그렇게 되면 냉동고에 보관된 조 선배의 육체도 같이 지구로 돌아갈 수 있을 거예요."

고상욱은 사람들에게 희망과 용기를 불어넣어 주고 싶었다.

"육체만 돌려주면 어떻게 해. 뇌도 넣어서 데려가야죠."

최희지가 말했다.

"당연히 뇌도 찾아서 넣어 주지 않겠어요?"

호서가 말했다. 그런데 그의 말이 끝나자마자, 숙소의 문을 누군가 요란스럽게 두드려 대는 소리가 들렸다. 기댜 할머니가 문을 열어 주자, 밖에는 군인들이 서 있었다.

지구인들이 서로를 위로하고 격려하면서 새롭게 각오를 다지고 있던 그때, 광장의 스크린에서는 충격적인 영상이 공개되었다. 철희가 동물 (소군)을 가지고 맛있는 요리를 만들 수 있다고 말하고 있는 장면이 담긴 영상이었다. 이전에 철희가 희지와 고상욱과 (소군) 요리의 가능성에 대해 대화하고 있을 때, 누군가 이 장면을 촬영해 두었다. 그 누군가는 바로 사미라지였다.

철희는 "(소군)에서 닭고기 맛과 소라 맛이 날 것 같다."라고만 말했는데, 뒷부분의 '날 것 같다.'라고 말하는 시점에서부터 영상이 끊겨져 있었다. 왜냐하면 사미라지가 (소군)을 먹는다고 한 것에 충격을 받아 카메라를 놓쳐 버렸기 때문이다. 그래서 라비다인들은 끊긴 영상만을 보고, 실제로 그가 동물 (소군)을 요리해서 닭고기 맛과 소라 맛을 음미하면서 아주 맛있게 먹었다고 오해하게 되었다.

영상이 끝나자마자, 지구인들은 우쿠부지의 군인들에게 긴급 체포되었다.

라비다에서 '체포'가 이루어진 것은 라비다 행성이 생기고 나서 처음 있는 일이었다.

지구인을 체포해 오라는 명령을 받았지만, 체포가 뭔지 잘 몰랐던 군인들은 처음엔 우왕좌왕했다. 그래서 지구인 숙소에 찾아갔을 때, 얼떨결에 기야 할머니가 내준 무오나무 수액을 한 잔씩 시원하게 마시기까지 했다. 하지만 이내 정신을 차리고 체포 임무를 완수했다. 지구인 한 명당 두 명의 군인들이 양옆에 붙어서 손을 잡고, 사령관 회의가 열리는 13구역의 공터로 그들을 데리고 갔다.

"그래서 (소군)은 맛있었나요?"

"몇 마리나 먹은 거야?"

"지구 남자가 (소군)을 끓여 먹을 동안 농업 사령관 띵은 뭘 하고 있었던 거죠?"

"닭고기와 소라 맛이 도대체 무슨 맛인가요? 그 부분부터 짚고 넘어가도록 합시다."

철희를 보자, 사령관들은 흥분해서 질문을 마구 퍼부어 댔다. 농업 사령관 띵은 지구인들의 얼굴을 쳐다보지도 않았다.

"절대로 먹지 않았어요. 식량이 부족하다니까 (소군)을 요리해서 먹으면 되지 않을까 하고 생각만 해 본 거예요."

철희는 말했다.

"(소군)을 어떻게 요리한다는 거죠?"

문헌 사령관이 물었다.

"굽고, 튀기고, 삶고, 조리고."

철희가 대답하자, 사령관들은 경악을 금치 못하며 야만적인 지구인들이라고 비난하기 시작했다.

"상황이 긴박하니 빨리 데리다 행성에 대한 공습을 승인해 주세요." 우쿠부지는 한가하게 질문이나 하고 있는 사령관들이 답답했다.

"지금 데리다 공습이랑 이게 무슨 상관입니까? 공습은 그렇게 쉽게 결정할 사안이 아닙니다." 외교 사령관이 말했다. 다른 사령관들 입장도 마찬가지였다.

"우쿠부지 군. 소멸무기를 거대화하는 것까지는 괜찮지만, 전쟁은 대통령 고두바타가 돌아온 후에 결정하는 것이 좋겠습니다. 일단 지구인들은 감옥에 가두세요. 그리고 농업 사령관은 현재 지구인들과 함께 진행하고 있는 고노게나오풀 농사를 모두 중단시키고요."

재정 사령관은 이렇게 결론을 내리고, 긴급 사령관 회의를 마쳤다.

군인들이 지구인들을 잡아서 감옥에 가두었다는 소문이 퍼지자, 우쿠부지의 집 앞으로 재이니 팬들이 재이니 석방을 요구하는 집회를 하기 위해 몰려왔다. 그들은 모두 재이니의 얼굴이 그려진 마스크를 쓰고 있었다.

"라비다 행성인들이 지구인 여자애 하나를 두고 저렇게 열광하고, 난리법석을 피우다니 정말이지 격 떨어지는 일이 아닐 수 없네요."

사미라지는 창피함에 차라리 눈을 감아 버리고 싶은 심정이었다. 지구인들이 자기들끼리 하는 말처럼 - '안 본 눈을 삽니다.' - 저 광경을 보지 않은 눈을 사고 싶을 정도였다.

"그러게 말이야. 그 여자애가 뭐라고. 뭐가 그렇게 대단하다고. 기껏해야 겨우 얼굴에선 감출 수 없는 품위와 겸손함이 넘쳐흐르고, 눈빛이 맑고 영롱하며, 몸가짐은 그 누구보다도 얌전하고, 이마에서 빛이 날 뿐이잖아? 그게 대체 뭐라고 난리야."

우쿠부지는 손사래를 치며 말했다. 사미라지는 의아한 표정으로 그를 쳐다보았다. 우쿠부지는 그제야 자신이 한 말을 부랴부랴 수습했다.

"아니. 내가 그렇게 느낀다는 것이 아니고, 쟤네들이 그렇게 말하고 다니더란 말이야. 그런 말을 들을 때마다 나는 온몸에 부끄러움이 돋아났다고. 여기 내 팔 좀 봐 봐. 부끄러움이 잔뜩 돋아났지?"

53

지구는 신이 좋아하는 스타일의 행성은 아닌 듯하다.
진짜 지구의 신은 모든 것을 아시고, 모든 자를 아시고, 모든 일을 아시는가?
존재하고 존재하지 않는 모든 것들을 아는지는 몰라도,
지구를 그다지 좋아하지는 않는 듯하다.
정말 신은 인간의 아버지일까? 인간을 신이 낳았을까?
정말이라면 이쯤에서 다음과 같은 질문을 하지 않을 수 없다.
무슨 아빠가 그래? 무슨 자식들이 이래?
- 신원 미상인의 〈지구 보고서 초안〉 109태장 1가갸절-

"지구는 신이 좋아하는 스타일의 행성은 아닌 것 같습니다."

띵이 우쿠부지의 턱 밑에서 말했다. 환경 사령관 우쿠부지는 재이니 마스크를 쓴 몇 십 명의 행성인들을 보느라 미처 띵이 오는 걸 보지 못했다. 평소 주변을 경계하는 일에 꽤나 열심인 그는 자신이 이 정도로 주의가 산만해졌다는 것이 걱정되기 시작했다.

"그게 난데없이 무슨. 아. 아. 알겠어요. 지구인들은 운이 없는 행성인들이라는 말이군요. 우주신 하아다부다 – 그 권세는 가히 끝이 없어라. – 께서 지구인들의 뒤꽁무니에 불운을 붙여 졸졸 따라다니게 만드셨다는 말이군요. 그리고 불운을 그대로 가지고 우리 라비다 행성에 왔죠. 물론 그 책임은 전적으로 당신에게 있어요."

우쿠부지는 내려다보지도 않고 퉁명스럽게 대꾸했다. 자신의 주의가 산만해진 것도 전부 다 띵이 불운한 지구인들을 라비다 행성에 데리고 온 탓인 것만 같았다.

"네. 모든 책임은 제게 있습니다. 그들은 라비다에 오지 말았어야 했습니다."

띵은 사뿐사뿐 말했다. 그는 한 단어, 한 단어를 가볍지도 무겁지도 않게 말했다. 평소 말을 빠르고 과격하게 내뱉는다고 혼이 나곤 하는 우쿠부지는 바로 이러한 띵의 모습들을 존경했었다.

데라비다인 우쿠부지[14]는 순수 라비다인인 띵을 존경하면서도 질투했다. 띵의 코는 들창코였고, 콧대는 존재 여부가 불확실했으며, 자신의 존재를 찾기 위해서인지 지나치게 허공을 향해 벌름거렸다. 왼쪽 눈과 오른쪽 눈 사이는 지나치게 멀어서 서로가

---

[14] 라비다 인구는 총 4,483,800명이고, 인구 비율은 라비다인 83.7%, 데라비다인 16.3%이다. 데라비다인은 모계 혹은 부계 중 하나가 데리다인인 자를 뜻하는데, 과거 데리다 행성과 라비다 행성이 붙어 있었을 때 라비다인과 데리다인이 결혼하는 이러한 재앙 같은 일들이 벌어졌었다. (2018년 1월 1일 우리 은하 통계청 자료 참조)

서로를 잊을 정도였고, 이마는 광활했고, 얼굴형은 넓적하고 몸과 균형이 맞지 않게 컸다. 우쿠부지는 띵의 이런 잘생긴 외모가 부러웠다.

"잘 알고 계시네요. 난 농업 사령관님이 지구인들을 라비다인들보다 사랑하는 줄 알고 있었는데, 그렇게 올바른 판단을 하다니 좀 놀랐어요. 하지만 일을 이 지경으로 만들어 놓은 것에 대한 책임은 가벼운 반성만으로 끝나진 않을 거예요."

우쿠부지는 찬찬히 띵을 훑어보았다.

"바로 그 일 때문에 상의할 것이 있어서 찾아왔습니다."

띵은 잠시 말을 멈추고 우쿠부지를 올려다보았다.

"그 일을 상의? 아. 아. 알겠어요. 이제 농업 사령관님도 지구인들이라면 신물이 난다는 거죠? 그들은 가는 곳마다 일을 엉망으로 만들어 놓는데, 사령관님이 매번 그들을 쫓아다니며 뒤치다꺼리하는 것도 이제 지긋지긋하니까 저를 찾아오신 거로군요."

우쿠부지는 띵이 말하기도 전에 그에게 듣고 싶은 말을 자기가 미리 다 해 버렸다.

"일전에 회의에서 말씀하신 것 말입니다."

띵은 말했다.

"회의? 아. 아. 그러니까 지구를 정복하는 것밖에 다른 방법이 없다면, 그렇게 하는 것도 지구인들을 위해서 이로운 일이 아닐까 하는 생각을 하시는 건가요? 지구 정복이 우주신에게 미운털이 박힌 지독하게 불행한 지구인들을 도우는 길이 될 수도 있지 않을까 하고 말이죠. 우리 라비다인들이 미개한 지구인들에게 우주 예절과 하아다부다의 사상을 엄격하게 가르쳐야 한다고 생각하시는 거잖아요?"

우쿠부지는 들떠 버렸다.

"네. 바로 당신의 훌륭하신 군대 말입니다."

"내가 아니 제가 바로 그래서 군대를 만들고 소멸무기를 거대화시켜야 한다고 진작부터 말했던 거잖아요. 군대가 있어야 지구인들을 제대로 가르치기 전에, 제대로 혼낼 수 있지 않겠어요?"

우쿠부지는 콧등이 괜스레 시큰거렸다. 혼자 외롭고 의로운 길을 걷고 있다고 생각했었는데, 이제야 험난한 길을 함께 걸어갈 진정한 동료를 만난 기분이 들었다.

"하지만 사령관 위원회에서 이런 제 기특한 마음도 몰라주고, 군대도 정식 승인을 해 주지 않고 있잖아요. 지난번 회의 때 다 보셨잖아요. 농업 사령관님도 군대에 반대하셨잖아요. 제가 그때 얼마나. 마음이 얼마나 찢어질 것 같이. 얼마나."

우쿠부지는 한 방울의 눈물을 바닥에 톡하고 떨어뜨렸고, 자신의 눈물이 떨어지는 장면을 끝까지 인상 깊게 지켜보았다.

"우리 함께 다른 사령관들을 설득해 봅시다."

"나의 군대가 강하고 믿을 만하다는 걸 증명해 보이란 말이죠? 지금 사령관들은 내가 친구 몇 명 데리고 전쟁놀이를 한다고 생각하고 있어요. 나의 군대가 결코 장난이 아니란 걸. 바로 나, 우쿠부지가 라비다 행성의 군대를 최초로 조직했고, 그 군대가 라비다 행성을 지킬 수 있을 만큼 강인한 조직이라는 것을 보여 주잔 말이죠?"

우쿠부지는 말했고, 띵은 그저 옆에서 가만히 고개를 끄덕이기만 하면 되었다.

"하지만 그걸 어떻게 증명할 수 있어요? 허가 없이 전쟁이라도 일으키라는 뜻인가요?"

옆에서 잠자코 듣고만 있던 사미라지가 물었다.

"그건 아닙니다. 그건 아니고. 군사 훈련 모습을 뉴스를 통해서 전 라비다 행성에 방송하면 됩니다."

띵은 침착하게 말했다.

"소멸무기를 행성인들에게 공개해서 소멸무기의 무시무시한 성능을 알려 주잔 말이시군요."

사미라지가 덧붙였다.

"네. 만약 소멸무기가 정말로 무시무시한 성능을 가지고 있다면 말입니다." 띵은 말했다.

"없는 걸 있다고 하진 않아요. 우리 라비다인의 명예를 걸고. 우리는 지구인들과 달라요. 농업 사령관님은 지구인들과 함께 오래 지내셔서 의심하는 습관이 생기셨나 봅니다."

사미라지가 발끈했다.

"사미라지. 무슨 말을 그렇게 버릇없이 하는 거야? 농업 사령관님 제안이 저는 마음에 들어요. 사미라지의 말은 마음에 담아 두지 마세요."

우쿠부지는 띵의 이야기가 아주 마음에 쏙 들었다. 무자비한 발언을 하는 지구인들에게서 이제야 겨우 빠져나와서 정신 차리고 자신에게 도움을 요청하다니. 감격스러웠다.

"그런데 소멸무기 시연을 지구인들의 육체에 하는 것에 대해선 어떻게 생각하세요?"

우쿠부지는 띵을 떠봤다. 사실 그는 지구인들과 띵이 정이 많이 들었다고 생각했기 때문에 띵을 완벽하게 믿어도 되는지 살짝 의심이 들었다.

"지구인들의 육체는 고노게나오 새싹을 발아시키기 위해서 필요하니 내버려 두고, 소멸무기로 그들의 뇌를 없앨 것을 제안합니다."

띵은 단호한 목소리로 말했다.

"지구인들, 특히 라비다의 아이돌인 재이니까지 소멸시키는 것은 잔인하지 않나요? 라비다 행성인들의 정서에 맞지 않는 일이에요."

사미라지는 지나치게 과격한 계획이 걱정되기 시작했다.

"아닙니다. 라비다인들에게 행성감기의 원인이 바로 지구인들이라는 점을 강조한 뒤, 바이러스를 박멸하는 것이라고 거짓말을 한다면 괜찮을 것입니다."

"맞아요. 그렇게 말하면 라비다 행성인들이 나 우쿠부지를 우리의 영웅이라고 부르게 될 거야. 농업 사령관님이 미개한 지구인들에게서 벗어나 진정한 라비다 행성인으로 돌아온 게 맞네요. 잠시나마 의심했던 저를 용서하세요. 그런데 사미라지의 말도 귀담아들어 볼 필요가 있어요. 재이니의 뇌는 소멸무기 시연에서 빼 주자고요. 저 밖에 있는 그녀의 팬들이 가만있지 않을 테니까요." 우쿠부지는 말했다.

"거짓말까지 하는 건 절대로 라비다인답지 않아요. 지구인들이 행성감기 원인이라는 것에 대한 확실한 증거도 없지 않나요?"

사미라지는 우쿠부지를 말렸지만, 우쿠부지는 띵의 말대로 하기로 했다. 게다가 지구인들의 뇌를 없애는 방송을 띵이 주도해서 준비해 달라고 부탁하기까지 했다.

54

뉴스를 방송하는 날은 라비다의 대통령 고두바타가 정화를 마치고 라비다 행성으로 복귀하는 날이었고, 우쿠부지와 띵도 이 사실을 알고 일부러 이날을 군대 공개의 날로 잡았다.

순수 에너지 정화를 막 마치고 돌아온 고두바타의 동그랗고 쌍꺼풀이 진한 눈에서는 영롱한 빛이 저절로 흘러나왔다. 발끝까지 치렁거리는 회색 마 원피스를 입고, 슬리퍼를 신은 그는 갓 태어난 라비다인처럼 소박하고 죄 없는 모습으로 라비다 행성으로 돌아왔다.

그리고 내리자마자 우주 정거장이 평소보다 한산한 것에 놀랐다.

라비다인들이 단체로 다른 행성에 소풍이라도 간 것일까?

무엇인가가 휩쓸고 간 것처럼 텅 비어 있었다.

고두바타는 자신이 복귀하는 날을 행성인들에게 공개하지 말라고 부탁했었다.

행성인들이 환영한다고 마중 나올 것 같아서였다. 부담 주고 싶지 않았다. 하지만 이렇게까지 이럴 필요가 있을까 싶을 정도로 (소군) 한 마리도 얼씬대지 않는 것에 자신의 부탁을 이토록 철저하게 지킬 필요는 없었는데 하고 생각했다.

그때, 우쿠부지가 저 멀리서 흥분해서 달려오는 모습이 보였다.

사실 우쿠부지가 흥분한 모습을 보이는 것은 별로 특별한 일은 아니었다. 비일비재했다. 그런데 지금의 우쿠부지는 초초초초 흥분 상태여서 고두바타는 당황할 수밖에 없었다.

"대통령님. 지금 급하니까 본론만 말할게요. 라비다가 행성감기로 인한 식량 부족으로 위기에 처해 있고, 육체공유법을 시행했으며, 농업 사령관 띵이 지구라는 변두리 행성에서 농사짓는 기술을 배우기 위해서 지구인들을 데리고 왔는데, 바로 이들이 행성인들까지 행성감기에 걸리게 만들었는데, 그러니 바로 이들이 행성감기의 원인이었어요."

고두바타는 놀랐다. 그동안 전혀 라비다 행성의 소식을 듣지 못했었기 때문이다.

"대통령님 없을 때, 제가 모든 준비를 완벽하게 해 놓았어요. 농업 사령관 띵도 도왔어요. 물론 제가 중요한 역할을 하고, 그는 보조를 했고요. 빨리 광장으로 가요. 보여 드리고 싶은 것이 있어요."

드디어 자신의 군대를 공개할 수 있다는 생각에 우쿠부지는 기쁨을 감출 수가 없었다. 그는 고두바타의 손을 잡고 광장으로 뛰었다.

광장은 아직까지는 평소와 다름없었다. 아직까지는 아무 일도 일어나지 않은 상태였다.

행성인들은 풀밭에 자연스럽게 앉거나 누워서 담소를 즐기거나 햇볕을 쬐고 있었다.

스크린에는 라비다의 자연환경을 담은 풍경이 펼쳐지고 있었다. 방해되지 않을 만큼의 잔잔하고 은은한 음악이 흘러나오고 있었다. 당장 광장 한가운데 무지개가 뜨고, 요정이 나타난다고 해도 하나도 놀랍지 않은 광경이었다.

우쿠부지가 고두바타의 손을 잡고 광장에 나타나자, 행성인들은 따뜻한 함박웃음으로 그 둘을 맞이했다. 세 번째 손을 흔들어서 친근감을 표시했다. 오랜만에 보는 대통령을 보고 반가워했다. 아이들은 세 개의 손을 모두 살랑살랑 흔들어 대어서 손으로 노래 부르는 것처럼 보였다. 고두바타도 세 개의 손을 모두 흔들면서 양옆으로 몸을 흔들어 화답했다.

그리고 바로 그때였다.

치치지직 하는 소리와 함께 음악이 끊겼다. 화면도 검은색으로 변했다.

라비다인들은 동요하면서 스크린을 쳐다보았다. 몸을 일으켜서 스크린 쪽으로 다가가는 행성인들도 있었다.

"이제 나오나 봐요. 고두바타. 스크린에게 눈을 떼지 말아야 해요. 꼭이요."

우쿠부지는 기대에 찬 목소리로 말했다.

고두바타도 스크린에서 무엇인가 튀어나오기를 기대했다. 우쿠부지가 라비다 행성의 식량 위기를 위해서 준비한 것이 무엇인지 궁금했다. 화면은 여전히 까만색이었지만, 소리는 들렸다. 심장박동 소리 같은 것이 멀리서 들리다가 점점 가까워져 왔다.

그러더니 화면이 갑자기 환해져서 행성인들은 잠시 눈을 뜰 수가 없었다. 빛에 겨우 익숙해져서 앞을 볼 수 있게 되자, 검정색 옷을 차려입은 라비다의 젊은 행성인들이 보였다. 일렬로 서 있는 그들은 우쿠부지의 친구들이자, 우쿠부지의 군인들이기도 했다. 행성인들이 아는 얼굴들이었지만, 모르는 얼굴들처럼 보였다. 심지어는 라비다인 같지도 않아 보여서 어린아이들은 다른 행성에서 라비다 행성으로 쳐들어온 것이라고 생각해서 울음을 터트렸다. 어른들은 간신히 울음을 참아 냈다.

"왜 저들은 웃지 않나요? 저들은 왜 나란히 서 있죠?"

고두바타는 경악에 차서 우쿠부지에게 물었다.

"군인이 웃으면 되나요? 근엄하게 있어야죠. 그래야 무섭죠.

나란히 서 있어야 훈련을 잘 받은 것처럼 보이지 않나요?"

우쿠부지는 고두바타와 행성인들이 무서워하는 것을 보자 뿌듯한 기분이 들어서 저절로 입꼬리가 위로 올라갔지만, 다시 무표정하려고 노력했다. 띵은 군인들이 웃어서는 안 되며, 특히나 우쿠부지는 절대로 실없이 웃어서는 안 된다고 신신당부했었다. '두렵게 만들어야 합니다. 라비다인들이 무서워하도록 만들어야 합니다. 그래야 라비다인들이 라비다 군대의 강인함을 인정해 줄 것입니다.'

라비다인들이 마치 얼어붙은 것처럼 광장에서 머리카락 하나 꼼짝도 없이 서 있는 것을 보고 우쿠부지는 띵의 말대로 하기를 잘 했다고 다시 한 번 생각했다.

"그만. 라비다인들의 저런 모습은 그만 보고 싶네요. 이제 그만."

고두바타는 절규하며 눈을 감아 버렸다.

"잠시만요. 소멸무기를 한번 보셔야 해요. 재정 사령관님은 소멸무기가 장난감이라고 말씀하셨지만 아니에요. 소멸무기를 사용해서 데리다를 정복할 수 있을 거예요. 겁만 줘도 될 거예요. 그러면 데리다 행성을 이용해서 라비다인들이 식량 걱정 없이 잘 살아갈 수 있을 거예요. 현재 식량 문제가 얼마나 심각한지 대통령님이 잘 모르셔서 그래요. 우린 모두 육체까지 공유해 가면서 어렵게 살아가고 있다고요."

우쿠부지는 다급히 말했다.

"육체를 공유하고 있다고요? 그래서 이렇게 거리가 한산했던 거군요."

고두바타는 반성과 충격에 휩싸였다. 순수 에너지를 다시 정화하러 가야 할 정도로 순식간에 에너지가 오염되었다. 고두바타는 그런 존재였다. 그렇게나 상처 입기 쉽고, 그렇게나 라비다 행성인들을 사랑했다.

스크린에서는 소멸무기 실험이 시작되었다.

소멸무기의 형태는 종전과 달랐다. 솜뭉치에 적셔서 바르는 방식은 너무 비능률적이라는 땅의 지적대로 액체를 애들 물총에 담아서 쏘는 형식으로 바꾸었다.

소멸무기 실험은 순식간에 끝났다. 라비다인들은 숨을 쉬는 것도 잊어버릴 정도로 놀랐다.

라비다 행성인들은 잔디밭에 누워서 - 자다가 물벼락처럼 - 이 광경을 고스란히 맑고 순수한 두 눈으로 보았다. 지구인들의 뇌를 차례로 소멸시키는 광경을 보고 그 잔혹함과 사악함에 몸서리 쳤다. 토하는 것은 너무나도 당연했다. 풀밭 여기저기서 분수처럼 토를 해 대는 라비다인들이

넘쳐 났다.

    라비다 행성인들은 지구인들이 행성감기를 옮기는 바이러스라고 생각했었다. 그래서 그들이 무섭기도 하고 두렵기도 해서 외면하고 싶었다. 하지만 그들의 뇌가 사라지는 것을 원한 적은 없었다. 라비다인들은 데리다 행성으로 가서 사는 것이 데리다인들을 저렇게 잔인하고 끔찍하고 무자비하고 역겨운 무기를 이용해서 소멸시켜 버리는 것이라는 것은 – 우주신, 맙소사. – 전혀 몰랐다. 그들은 우주신 하아다부다의 이름을 걸고 맹세하건대, 악랄한 우쿠부지의 군인들을 가련한 데리다 행성으로 결단코 보내지 않을 것이라고 결심했다.

    라비다인들은 가족들과 피크닉 매트를 챙겨서 서둘러서 집으로 돌아가서 문을 꼭 꼭 잠가 버렸다. 오염된 순수 에너지 정화를 위해 소금물을 몇 잔이고 벌컥 벌컥 들이킨 후에 제일 좋아하는 전자파 막대를 골라서 아주 오랫동안 정성껏 뉴런 청소를 하기 위해서였다.

    그런데 사실 이 뉴스는 가짜였다. 농업 사령관 띵이 우쿠부지의 잔인함을 라비다 행성인들에게 알려 줄 목적으로 극적인 효과를 위해서 조작한 영상이었다. 실제로 소멸무기는 뇌는 물론이고, 상자도 소멸시키지 않았다.

    소멸무기 시연을 하기 전, 띵은 박스를 열어서 분홍색의 작고 팔딱거리는 뇌(지구인의 뇌가 아니라 뇌 보관소에서 몰래 빼내 온 라비다 행성인의 뇌)가 들어 있는 것을 카메라 앞에서 확인시켜 주었다. 그리고 소멸무기를 쏜 후, 뇌가 들어 있던 상자가 사라져 버린 것도 카메라 앞에서 보여 주었다. 그것은 동시에 이루어진 것처럼 보였다. 하지만 지구 방송에는 편집이라는 것이 있었다. 중간에 상자를 치우는 띵의 모습을 편집했던 것이다.

55

"속은 거야? 정말 농업 사령관 띵이 나를 속인 거야? 대통령도 그렇고, 다들 내가 잔인하고 무자비하다고 난리야. 사미라지. 너는 알고 있잖아? 사실 우리 군인들은 평소 무섭게 무표정으로 있지 않잖아. 소멸무기를 살아 있는 생명한테 막 쏘아 대고 그러지 않잖아. 그런데 띵이 그렇게 있으라고 시켰잖아. 그래야 행성인들이 우리를 정식 군대로 인정해 줄 거라고 했었잖아? 응? 사미라지 뭐라고 말 좀 해 봐."

대통령 고두바타와 행성인들의 반응을 본 우쿠부지는 띵이 자신을 속였다는 것을 깨달았다.

그는 사미라지에게 억울함을 호소했다. 사미라지는 자신의 육체를 되찾아서 사용하고 있었다. 그는 애잔할 정도로 얼굴이 갸름하고 눈썹이 진했으며, 약간 까무잡잡한 피부색이 그의 눈빛의 맑음을 더욱 영롱하게 만들었다.

사미라지가 육체를 되찾아 온 것은 환경 사령관 우쿠부지의 권

한이었다. 이제 사미라지는 띵의 보좌관이 아니라, 우쿠부지의 보좌관이 되었기 때문에 가능한 일이었다.

"그러게 제가 경고했지 않았나요? 그리고 이거 먼저 보세요."

사미라지는 뉴스에서 방영되었던 영상의 편집되지 않은 원본을 보여 주었다.

띵이 상자를 넣었다가 빼는 장면이 들어 있는 그대로 말이다.

영상을 확인한 우쿠부지는 우쿠부지스럽게 분노했다.

"나를 속인 띵을 잡아 와. 감옥에 가둔 지구인들의 뇌도 다 뽑아 버려. 데리다에서 온 사악한 고노게나오풀도 다 불태워 버려. 띵이 지금까지 한 말은 모두 거짓말이야. 고노게나오풀로 라비다의 식량 문제를 해결한다는 것도 다 거짓말일 거야."

56

아. 아. 아. 그렇구나. 무릎만 안 쳤을 뿐이네.

군대 공개 뉴스가 끝나자마자, 띵은 아무도 모르게 광장을 빠져나가서 고노게나오 농장으로 향했다. 북부 지대에서도 외진 곳에 위치한 농장에는 닐라보보가 미리 와서 숨어 있었다. 닐라보보의 아는 척, 친한 척하는 우주선에 올라타자, 우주선은 아는 척을 하면서 친한 척을 했다.

"라비다의 농업 사령관 띵과 초우주 아이돌 재이니 양의 아빠 잖아. 어떻게 함께 있는 거야? 이봐. 친구들 말 좀 해 봐. 왜 라비다인과 지구인이 한 몸에 같이 있는 거야? 초우주 아이돌 재이니 양도 이 사실을 알고 있는 거야? 자기 아빠가 라비다인이라는 걸 알고 있어? 가만. 너희 둘이 결혼이라도 한 거야? 우주신 맙소사. 닐라보보 어떻게 좀 해 봐. 지구인과 라비다인이 결혼한 건 이번이 처음은 아니지만, 남성과 남자와는 처음이야. 지구인과 라비다인 부부. 나는 전에 그걸 본 적이 있어. 내가 무정한 닐라보보의 소유가 아닌 다정하고 상냥하며 나보다 말이 많고 아는 척 친한 척하기 좋아하는 야이보보의 소유였을 때 목격한 일이었어. 야이보보와 나는 지구인과 라비다인의 아이는 팔이 두 개일까, 아니면 세 개일까 내기를 했었어. 그런데 그때 둘은 도망 다니고 있었고, 우리가 그들을 숨-."

우주선은 숨을 쉴 필요가 없으니까 숨도 안 쉬고 말했다.

"조용히 해. 시키지 않은 말은 하지 말라고 내가 경고했었을 텐데."

닐라보보는 이미 둘이 육체를 공유한 사실을 알고 있었다. 그래서 조세열과 띵에게는 느긋하고 차분했고, 우주선에게는 단호했다. 아는 척, 친한 척하기 좋아하는 우주선은 닐라보보가 진기한 일 - 가령 라비다인과 지구인이 한 몸 안에 있는 - 을 구경하는 곳에 다신 안 데려갈까 봐 얼른 입을 꾹 다물었다.

"여기 부탁한 것 가지고 왔어요."

닐라보보는 목에 맨 스카프 속에 숨겨 두었던 것을 조심스럽게 꺼냈다.

띵은 그것을 보고 놀라서 뒤로 자빠질 뻔했지만, 조세열 덕분에 간신히 넘어지지는 않았다. 닐라보보가 건넨 것은 바로 뉴가바로무치가 잃어버렸다고 했던, 세상에 하나밖에 없는 무오풀이었다.

"경비대장 쇼차가 가장 심하게 반대했죠. 화도 많이 냈어요. 하지만 데리다 사령관 회의에서 결정한 사안이니까 쇼차도 이제 더는 뭘 어쩌지 못할 거예요. 사령관들은 쇼차가 라비다 행성의 무오풀을 훔쳐 온 것을 항상 마음에 걸려 했었죠. 사실 무오풀은 데리다 행성에선 무용지물이에요. 이걸 심는다고 해서 무오나무가 자라는 것도 아니니까요."

닐라보보는 말했다.

띵은 무오풀을 훔쳐 간 행성인이 쇼차였고, 조세열이 닐라보보에게 가서 훔쳐 간 무오풀을 돌려달라고 부탁했었다는 사실에 크게 당황해서 아무 말도 할 수가 없었다.

「대체 무오풀이 데리다 행성에 있다는 걸 어떻게 알아내신 겁니까?」

띵은 물었다.

「다 아는 수가 있지.」

조세열은 우쭐한 마음이 들었다.

"저에 대한 고마움을 표현하기 위한 거창한 문장이라도 준비하느라고 그렇게 멍하니 서 있는 건가요? 전 고맙다는 말은 필요 없어요. 그러니까 어서 이 무오풀을 농사쇼에 가지고 가세요."

띵(조세열)이 멍하니 서 있는 듯이 보이자, 닐라보보가 웃으면서 말했다.

"쟤들 속으로 얘기 나누고 있는 거야. 한 육체에 두 개의 뇌가 들어가면 속으로 말해도 서로 알아들을 수 있대. 그런데 희한하게도 한 몸에 있어도 서로의 생각은 알 수가 없다나 봐. 그리고 저기 아까 아까부터 내가 꼭 하고 싶은 말이 있었는데 말이야."

우주선은 닐라보보에게 말했다.

그때, 닐라보보가 머플러를 보관해 두는 천장 선반의 문이 열리더니 발 하나가 툭 하고 밑으로 떨어졌다. 그리고 발은 제발 아무도 자신을 보지 못했길 바라며 다시 선반 안으로 슬며시 올라갔다.

"내가 말하려고 했던 게 바로 저거야. 쇼차가 우리와 함께 라비다 행성에 왔어. 내가 편한 자리에 앉아서 가라고 수차례 권했지만, 쇼차는 선반 안이 편하다고 짜증을 내면서 거절했었어. 그러니 그가 위험하게 안전벨트도 매지 않은 채 여기까지 온 건 절대로 내 잘못이 아니란 걸 꼭 말해 주고 싶어. 난 우주선 안전 규칙을 준수하려고 노력했단 말이야. 어쩌면 쇼차는 머플러가 가지고 싶었는지도 몰라. 화려하고 독특한 무늬가 있는 아름다운 머플러들을 닐라보보는 아주 많이 가지고 있으니까 말이야."

참견하기 좋아하는 우주선은 변명했다.

"불청객이 우주선에 탔다는 사실은 출발하기 전에 미리 말해 주었으면 좋았지 않아?"

닐라보보는 말했다.

"너는 언제나 내가 입을 열기 시작하면 귀를 막아 버리잖아. 나는 몇 번이고 말하려고 했다고. 쇼차가 네 머플러를 가지고 갈까 봐 얼마나 조바심이 났는지 몰라."

우주선은 잘못한 게 하나도 없어서 억울했다.

"됐어. 그 이야기는 나중에 다시 천천히 하도록 하고. 먼저 쇼차님 여기 아래로 내려와 보시겠어요?"

닐라보보는 낮은 목소리로 부드럽게 말했다.

그녀의 말이 끝나기가 무섭게 머리카락이 헝클어지고 옷이 찢겨진 쇼차가 선반에서 폴짝 뛰어 내렸다. 띵(조세열)과 닐라보보는 팔짱을 끼고 말없이 쇼차를 지켜보았다.

"라. 라비다인이여. 애완동물하고 한 몸을 쓰다니 비위가 좋군 그래. 배짱이 두둑하고 말이야. 애완동물이 네 육체를 갉아먹으면 어쩌려고 그런 짓을 저지른 거지?"

쇼차는 괜히 큰소리쳤다.

"왜 사령관 회의의 결정을 무시하고 멋대로 행동하는 거지?"

닐라보보는 말했다.

"너는 내 마음을 몰라. 혹시 알아? 조금만 더 기다리면 무오풀이 데리다 행성에서 무오나무로 자라 줄지도 모르잖아. 내가 몰래 무오풀을 빌려 오느라고 얼마나 힘들었는지 알아? 그리고 우리 데리다에서 (소군)들이 뱉은 씨앗이 여기선 무슨 풀이 되었다면서? 그 씨앗들은 모두 데리다 행성 소유야. 이 기회에 〈소군〉들도 한 마리도 빠짐없이 모두 다 데려가야겠어. 씨앗을 많이 뱉게 만들 거야. 씨앗을 많이 뿌려 두면, 언젠가는 데리다 행성에서도 풀이 자랄 거야."

쇼차는 억울한 표정으로 말했다.

"그렇다면 전쟁이다."

문 쪽에서 누군가 큰 소리로 외쳤다.

"전쟁이라면 나도 좋아해."

쇼차가 누군가에게 소리쳤다.

"그렇다면 전쟁밖에 방법이 없네."

모두들 소리가 나는 방향을 쳐다보았다. 우쿠부지였다. 그는 띵의 뒤를 쫓다가 우주선까지 따라왔다.

"〈소군〉을 데리고 갈 수 있으면 데리고 가 봐."

우쿠부지는 자신만만했다.

"그리고 농업 사령관. 데리다 행성으로 쳐들어가야 하니까 무오풀도 일단 저 흉악한 자가 가지고 가게 내버려 둬."

우쿠부지는 닐라보보에게서 무오풀을 빼앗으려 했다.

띵(조세열)은 우쿠부지를 막아서며 말했다.

"잠깐만. 내 말 좀 들어 봐. 전쟁을 일으키려고 이런 짓을 저지른다면 나중에 사령관 회의에서 널 가만두지 않을 거야. 그리고 내가 가서 모든 진실을 폭로하겠어. 이 전쟁은 우쿠부지 네가 먼저 시작했다고 말이야."

"그래? 마음대로 해 봐. 그런데. 가만. 넌 띵이 아니잖아? 띵은 이런 식으로 말하지 않아. 넌 대체 뭐야?"

우쿠부지는 소리쳤다.

"농업 사령관 띵이 맞단다. 지구 남자도 같이 있어서 우리 아가가 헷갈리는 거 아닐까? 우리 아가가 내 우주선에 타 주었어. 이건 정말 몇 백 년 만이야."

우주선은 우쿠부지를 아직 그가 아기였을 때, 본 적이 있었다. 그래서 닐라보보의 동의도 없이 우주선 문을 활짝 열어 주었다.

"우주선 주제에 누굴 보고 아가라는 거야. 꺼져. 닥쳐. 닥치라고. 나의 띵이 지구인이 되다니. 띵이 누군가와 육체를 공유한다면, 그건 내가 되었어야 한단 말이야."

우쿠부지는 두 발을 구르면서 우주선 바닥을 탕탕 쳤다.

"아이고 저런 사춘기로구나."

우주선은 이렇게 말하고 나서 입을 다물어 버렸다. 자고로 사춘기 행성인들과는 말을 섞지 않는 게 현명하다고 야이보보가 말했었다.

"난 찬성이야. 건방진 녀석. 너 말이야. 우리 힘을 합쳐서 전쟁을 일으키자. 난 라비다 행성 같은 건 눈 깜짝할 사이에 없애 버릴 수 있어."

쇼차가 우쿠부지에게 말했다.

"나에겐 소멸무기가 있어. 넌 날 못 이겨."

그는 소멸무기를 허리춤에서 꺼내 쇼차에게 겨누었다.

"나에겐 피리가 있지. 주로 의사소통을 하는 데 쓰이지만, 고막이나 근육을 공격하거나 급할 때 몽둥이로도 쓸 수 있지."

쇼차는 어깨에 메고 있던 피리를 빼서 불 준비를 했다.

"보아하니 넌 혼자로군. 밖에 나가면 나의 군인들이 쫙 깔려 있어. 어때? 두렵지? 표정 보니 굉장히 무서워하는 것 같은데."

우쿠부지가 그를 비웃었다.

"전투를 자주 하는 종족은 얼굴에 감정을 드러내지 않는 법이지. 어때 내 표정 봐 봐. 무표정하지? 넌 내가 지금 무슨 생각을 하는지 도저히 알아낼 수 없을 거야."

쇼차는 허세를 부렸다. 이렇게 둘이 서로 자기가 더 잘 싸운다며 실랑이를 벌이고 있을 때, 닐라보보는 이들이 눈치 못 채게 무오풀을 띵(조세열)에게 주었다. 둘은 무오풀을 들고 우주선 밖으로 도망쳤다.

"잡아. 도망 못 가게 막으라고."

쇼차가 우쿠부지에게 소리쳤다.

"네가 잡아. 농업 사령관은 라비다인이니까 데리다인이 잡아야지. 내가 잡으면 이상해지잖아. 내가 데리다인 편을 드는 게 되는 거잖아. 그러면 데리다 편인 내가 어떻게 데리다와 전쟁을 시작하겠어? 안 그래?"

우쿠부지는 고개를 저으며 말했다.

"네 말이 맞아. 하지만 난 라비다 행성의 지리를 잘 모른단 말이야. 네가 티 안 나게 몰래 좀 도와줘야 해."

쇼차가 라비다인처럼 바닥에 이마를 대고 우쿠부지에게 부탁했다.

"좋아. 우리 힘을 합치자. 대신 저들을 잡고 나면 그땐 진짜 전쟁 시작이야. 안 봐준다."

우쿠부지도 바닥에 이마를 대고 말했다.

"전쟁을 하는 것도 좋고 서로 힘을 합치는 것도 좋은데요. 너희 둘 다 내 우주선에서는 좀 나가 줘야겠어."

닐라보보는 둘의 뒷덜미를 잡고 우주선 밖으로 내쫓아 버렸다.

57

우리 둘 사이의 대화는 모두 「　」

사실 조세열의 뇌를 감춘 행성인은 띵이었다.

띵은 자신의 잘못으로 혼수상태에 빠진 조세열이 뇌까지 뺏길 상황이 되자, 우쿠부지가 보낸 의사보다 먼저 가서 뇌를 빼서 자신의 육체 안에 숨겨 버렸다.

「그때 (소군) 씨앗만을 구하기 위해서 데리다 행성에 간 것은 아니었어. 닐라보보에게 데리다와 라비다의 화해를 위해서 농사쇼를 할 때, 무오풀을 가지고 와 달라고 부탁했었지. 닐라보보는 누구보다 더 이 화해를 기대하고 있었기 때문에 적극 찬성하고 긍정적으로 검토하겠다고 말했었지.」

우주선을 나온 조세열은 말했다.

「데리다 행성에 무오풀이 있다는 건 언제 아셨습니까?」

띵은 물었다.

「(소군) 농장에 갔을 때, 구석에 무오풀이 있는 걸 봤어. 하지만 그때 만약 내가 무오풀이 저기 있다고 말했다면, 아마도 쇼차는 우리를 라비다 행성으로 가게 내버려 두지 않았을 거야. 무오풀을 훔친 사실을 숨기고 싶었을 테니까.」

「그럼 라비다 행성에 돌아왔을 때, 말해 줄 수도 있지 않았습니까?」

띵이 말했다.

「그러게. 내가 왜 말 안 했을까? 너는 또 왜 그랬을까? 우주선이 박살 날 수도 있다는 사실을 왜 미리 알려 주지 않았을까? 그리고 난 두 번째로 데리다 행성에 다녀와선 그 사실을 말하려고 했었어. 하지만 너도 알다시피 그럴 수가 없었지.」

「추락했던 날 말입니까?」

띵은 미안함에 어쩔 줄 몰라 했다. 몸을 작게 웅크리고 숨고 싶었지만, 이 몸은 자신만의 몸이 아니었기 때문에 그건 불가능했다.

「맞아. 네가 나를 죽게 만들었던 바로 그날 말이야. 몸이 갈기갈기 뜯겨 나가는 것 같았어. 라비다의 대기권이 나를 씹다 버린 껌처럼 아무렇게나 뱉어 버렸잖아? 기억나? 아. 맞다. 넌 추락하는 우주선에 타 본 적이 없겠구나. 난 아직도 이렇게 생생히 기억나. 그때의 그 고막이 터지는 것 같은 통증, 그때의 그 두려움.」

「죽이려고 했던 건 아니었습니다.」

땅은 고개를 들 수가 없었다. 사실 조세열은 아직 모르고 있지만, 실제로 추락의 충격으로 조세열의 고막은 터졌다. 그리고 별로 대수롭지는 않았지만 살점도, 약간이라고 말할 수 없을 만큼, 뜯겨져 나갔다. 하지만 땅은 차마 그 사실을 조세열에 전할 수가 없었다. 땅은 조세열의 원망과 비아냥거림을 들으면서 그가 냉동고에 보관된 육체를 찾으러 가기 전에 빨리 고막과 타박상을 치료해 놓아야겠다고 다짐했다.

육체를 동시 공유하게 된 두 사람은 초반에는 티격태격하고 손발이 맞지 않았다.

다른 육체공유자들처럼 시간을 정해서 번갈아 가며 육체를 사용할까 고민도 했었지만, 인간인 조세열의 뇌는 라비다인의 육체를 완벽히 통제하는 것이 불가능했고, 또 땅은 자신이 없는 틈에 조세열이 육체에 무슨 짓을 할까 걱정이 되기도 했다. 그래서 약간의 육체 과부화를 감수하고 둘이 동시에 육체를 공유하게 되었다.

「내 마음은 지금 굉장히 불안해. 내 성숙한 마음으로 감싸고 있는 거야. 이 불안한 마음을.」

조세열은 땅에게 말하곤 했었다.

조세열은 라비다인의 몸 모든 것이 낯설었지만, 특히 세 번째 팔의 존재가 낯설었다. 특히 볼일을 볼 때마다 불쑥 몸속으로 들어와서 장을 만지작거리는 것이 제일 낯설었다.

「이 손 좀 저리로 치워 주겠나?」

조세열은 매번 깜짝 놀랐다.

「장 마사지를 안 하면 제대로 볼일을 볼 수가 없습니다.」

띵은 말했다. 조세열도 띵의 말에 반박할 수가 없었다. 왜냐하면 태어난 순간부터 지금까지 살아오면서 요즘처럼 만족스럽고 시원한 기분으로 화장실을 나선 적은 없었기 때문이다.

화장실에 앉아 있을 때마다, 띵은 곧잘 회상에 잠기곤 했다.

「무오나무 발생지. 그곳에 갔을 때, 그날의 기운은 말입니다. 금방이라도 맑고 영롱한 이슬이 한 방울, 그리고 두 방울, 세 방울 톡 떨어질 것 같은 날이었습니다. 제 마음은 황홀했죠. 현존하는 물질로는 표현 불가능한 황홀함이었습니다. 그토록 원하고 또 바랐던 바로 그런 청년회장이 나와 함께 신성한 무오나무 발생지에 함께 서 있다니…」

「이봐. 다 틀렸어. 어디서부터 틀렸다고 말해야 할지 모를 만큼 다 틀렸어. 그날 날씨 어두침침했어. 우울할 정도로 흐린 날씨였지. 그리고 자꾸 그런 기억 좀 꺼내서 보지 마. 미사여구도 붙이지 말고.」

조세열은 쑥스럽기도 하고 민망하기도 해서 발끝과 손끝이 찌릿해졌다.

「제 기억을 기억하는 건 제 마음입니다.」

띵과 조세열은 또 그렇게 서로 티격태격했다.

58

 라비다 행성의 감옥은 둥근 유리 비커 안에 따뜻한 물을 채운 기구 형태 즉 1인용 온천처럼 보였다. 그래서인지 지구인들은 감옥에서 그 어느 때보다 더 평온하게 지내고 있었다. 라비다의 감옥이 이처럼 지구의 온천과 비슷한 이유는 라비다인들은 몸이 젖는 것을 싫어했기 때문이었다. 지구인들을 제외하고는 아무 라비다인들도 감옥에 없었는데, 그들은 딱히 감옥에 들어갈 일을 하지 않았기 때문이다. 라비다의 법은 라비다인들의 본성에 어긋나는 일들을 금지하고 있었는데, 라비다인들이 그래도 조금 약간 본성에 어긋난 일을 할 때는 사춘기이거나 갱년기일 때뿐이었다.

 1인용 감옥에 갇혀 있어 서로 얼굴을 볼 수는 없었지만 대화는 주고받을 수 있었다. 그래서 지구인들은 나름대로 감옥에서 재미있게 지내고 있었다.

 "그리다 마는 그림인데, 그래도 아름답게 그려야 하는 것은?"

 김미가 질문을 시작했다.

"인생."

고상욱이 대답했다.

"영원 다음은?"

이번엔 추미옥이 질문을 시작했다.

"토록."

김미가 대답했다.

"영혼은 어떻게?"

김미의 질문 차례였다.

"누가 좀 나한테 이게 무슨 게임인지 설명해 줄 수 없는 거야?"

최희지가 항의했다.

"가득."

철희가 대답했다.

"대체 뭔데? 나만 모르는 암호예요?"

최희지는 답답해했다.

"그것도 몰라? 영원토록 여기가 좋고, 영혼 가득 여기가 너무 좋다고."

온천욕을 좋아하는 추미옥은 행복해하며 말했다.

"너무 좋아. 여기서 평생 살고 싶다. 철희야. 너도 여기서 살고 싶지 않니?"

김미가 물었다.

"네? 아. 저도 여기 너무 좋아요."

눈을 감고 몸을 지지고 있던 철희가 노곤한 목소리로 대답했다.
"그렇죠? 저도 그 마음 잘 알아요. 암요. 암요. 뜨끈뜨끈하네요." 호서는 나른하게 기지개를 피면서 말했다.

띵(조세열)이 쇼차와 우쿠부지를 피해서 어렵게 몸을 숨기고, 구르고, 달려서 감옥에 도착했을 때의 상황은 대략 이런 식이었다.
그래서 아무도 띵을 보고 자신들을 구하러 왔다고 반겨 주지 않았다.
"늦게 구하러 와서 죄송합니다. 다행히도 밖에선 우쿠부지의 군대 때문에 혼란스러운 상태라서 경비가 소홀합니다. 지금 나가면 됩니다."
띵은 비커 감방들의 스위치를 전부 올려서 문을 열어 주었다.
하지만 다들 고마워하지도 않고 미적거리면서 나왔다. "조금만 더 늦게 왔으면 좋았을 텐데요."라고 철희가 입을 달싹거리면서 작게 투덜대는 것도 똑똑히 들을 수 있었다.
"다들 정신이 없는 지금. 당신들이 준비한 농사쇼를 해야 합니다. 그래야 지구로 돌아갈 수 있습니다. 지구에 가기 싫으신 겁니까?"
띵(조세열)은 당황해서 말을 잇지 못했다.
"인생은 즐겁다 즐거워서 잠들고 싶지 않고 더 알고 싶고 더 놀고 싶고 더 더 더. 젊은 시절에는 그러한 것을 즐길 여유가 없고 세상이 용납해 주지 않는다. 그게 뭐든지 즐길 줄 아는 사람이 누리지 못하는 것이 인생. 나는 이제야 나의 자리를 찾-."

김미는 모든 것을 달관한 사람처럼 연꽃 자세를 하고 앉아 눈을 감고 말했다.

"지구로 가서 혀가 데일 정도로 뜨거운 라떼 안 마실 겁니까?"

띵이 말하자, 김미는 얼른 자리를 털고 벌떡 일어났다.

"가자. 빨리. 이 방향으로 나가면 되니?"

우쿠부지는 특별히 재이니에게는 대형의 비커 감옥을 제공해 주었다. 대형 감옥은 다른 지구인들의 감옥과 좀 떨어진 곳에 홀로 자리하고 있었다. 감옥 안은 뿌얀 이산화탄소로 가득 차서 재이니가 잘 보이지 않았다. 조세열이 문을 열자, 안에 갇혀 있던 이산화탄소가 기다렸다는 듯이 밖으로 빠져나와서 그의 얼굴을 감쌌다. 이산화탄소가 어느 정도 걷히고 나서야 구석에서 쪼그리고 앉아 울고 있는 재이니가 보였다.

"재이니 양!"

띵이 부르자, 그녀는 눈물에 젖은 얼굴로 멍하니 띵을 쳐다보았다. 얼굴의 핑크빛 반점이 진한 붉은색으로 변해 있었다. 그런 그녀를 보니 조세열은 마음이 저려 왔다.

"사실 저는 아빠를 만나려고, 걸 그룹 오디션을 본 거예요. 단지 그 이유뿐이었어요. 하지만 제가 사람들 앞에서 노래하고 춤추는 데 그렇게까지 소질이 없는 줄은 미처 몰랐던 거죠. 걸 그룹

이 되면, 아빠가 대기실로 찾아와 주실 줄로만 알았는데... 전 그냥 제가 뭘 해야 할지 몰라서 기다리기만 했어요. 기다리는 건 자신 있으니까요. 지금도 아빠가 누워만 계신데, 저는 여기 앉아서 기다리는 것밖에 할 수 없네요."

재이니는 다시 울기 시작했다.

"채이니. 크만 울어. 크만. 크만."

조세열은 말했다.

그러자 재이니는 띵(조세열)을 놀란 눈으로 올려다보았다.

띵은 고개를 끄덕거리며 자신의 머리를 가리킨다.

그제야 재이니는 띵 안에 조세열이 있음을 알게 되었다. 그녀는 기뻐서 띵과 조세열을 동시에 껴안았다. 띵(조세열)은 각기 다른 이유로 가슴이 벅차올랐다.

「당신은 재이니 양을 아주 많이 사랑하고 있었습니다. 나쁜 아빠가 아니었습니다. 본인이 나쁜 아빠가 아니라는 것을 알고 있었습니까?」

띵이 조세열의 부성애를 뇌 속 깊이 느끼면서 속으로 말했다.

「조용히 해. 절대 재이니한테 이야기하지 마.」 조세열도 속으로 대답했다.

"밖에 호서 군이 기다리고 있습니다. 따라가시면 됩니다. 저는 아니 우리는 군인들을 따돌리고 바로 쫓아가도록 하겠습니다."

59

 한편 띵(조세열)을 쫓아온 우쿠부지와 쇼차는 벌써 지구인들이 감옥에서 다 도망친 것을 알고 흩어져서 찾아보기로 했다.
 "어. 띵이다."
 건물 밖을 내다보던 쇼차는 띵의 둥근 머리를 발견했다.
 "네가 띵 얼굴을 아니까 어서 쫓아가서 잡아. 난 탈옥한 지구인들을 잡아 올게."
 우쿠부지가 말했다.
 이에 쇼차가 요란스럽게 띵을 부르면서 달려갔다.
 "띵. 어이. 이봐. 나 쇼차야. 띵. 잠깐만."
 쇼차는 피리를 꺼내 들고 불어서 고막을 공격하기 시작했다. 피리 소리는 고막은 물론이고, 근육과 힘줄 구석구석을 쿡쿡 찔러 대고 찌릿찌릿하게 만들었다.
 「내 육체가 아니어도 고통은 느껴지는 거였네.」
 조세열은 괴로워했다.

「저자를 따돌리고 가는 게 좋을 것 같습니다.」

띵이 말했다.

「어떻게? 네가 앞장서. 내가 뒷장설게.」

"여기 보십시오. 농업 사령관 띵이 여기 있습니다."

띵은 큰 소리를 내었다. 쇼차는 그 소리에 즉각 반응을 보이고 요란하게 띵(조세열) 쪽으로 뛰어갔다. 띵(조세열)도 뛰었다.

「뛰는 거 말고 다른 대책도 있는 거지?」

「당연합니다.」

띵은 복도 옆의 작은 문으로 미끄러져 들어갔다. 문 안은 복잡한 미로 같은 곳으로, (소군) 농장에서 (소군)들을 여기저기로 보내는 용도로 이용하는 (소군) 통로였다. 통로는 라비다 행성의 여러 곳에 위치해 있었는데, 뇌 공유 센터와 감옥, 병원. 육체보관소가 몰려 있는 이곳 공공건물에도 세 개가 있었다.

(소군)만 지나다니도록 만든 통로여서 비좁고 답답했다. 미끄럼틀 타듯이 미끄러져 내려가야 했는데, (소군)과 달리 몸무게가 많이 나가 마찰력이 커서인지 엉덩이를 질질 끌며 겨우 겨우 힘겹게

앞으로 나가야만 했다. 그나마 다행인 것은 띵이 모든 (소군) 통로의 구조를 당장이라도 그릴 수 있을 만큼 잘 알고 있다는 점이었다. 땀이 흐르고, 숨이 갑갑해졌다. 하지만 조세열은 자신이 그렇게 느낀다면, 띵도 똑같이 느끼리라는 것을 알고 있었기에 불평은 잠시 접어 두기로 했다. 그때 몸이 흠칫하며 부르르 떨어서 조세열은 깜짝 놀랐다.

「왜 그래?」

「앞에 뭔가 아른거리지 않습니까?」

조세열 눈에는 아무것도 보이지 않았다.

「아니 아무것도.」

「바닥이 좀 밑으로 내려간 것 같지 않습니까?」

「아니 전혀. 똑같아. 도대체 왜 그러는 거야?」

「생겼다 나타났다. 생겼다 나타났다 하지 않습니까?」

주도해서 통로를 기어가던 띵이 갑자기 억지로 몸을 멈추게 하고 말했다.

「뭐?」

「아. 사라졌다 없어졌다. 사라졌다 없어졌다요오오.」

이렇게 말하고 나자마자 하나의 뉴런이 꺼졌다. 그리고 그다음 뉴런이 꺼졌다. 그렇게 도미노처럼 연쇄 작용을 일으키며 띵의 뉴런들은 스르르 꺼져 버렸다.

「어? 뭐야?」

조세열은 띵의 기척이 갑자기 사라져서 놀랬다. 띵을 흔들어 깨우고 싶었지만 흔들 수가 없었다. 급한 대로 자신의 머리를 자신의 손으로 붙잡고 흔들어 보기도 하고, 또 – 이건 정말 하기 싫었지만 – 뺨을 세게 두 번 때리기도 했지만, 정신이 번쩍 드는 건 조세열 자기 자신뿐인 듯했다.

띵이 이러한 상황이 생길 수도 있다는 것에 대해 경고했던 것이 기억났다.

육체 과부화라고 했던가 아니면 정신 과부화라고 했던가.

육체가 정신을 견디지 못했던가? 정신이 육체를 견디지 못했던가? 암튼 과부화가 되면 정신이 나락으로 떨어진다고 했었다. 대체 나락이 어디란 말인가? 나락에 빠지면 어떻게 다시 데리고 오지? 조세열은 그때 띵이 말할 때 설명을 제대로 들어 두지 않은 걸 후회했다. 갇힌 공간 안의 공기가 점점 희박해지기 시작했다. 숨이 막히는 건 기분 탓이라는 걸 조세열도 알고 있었다. 하지만 곧 기분 탓만은 아닌 실제 상황이 될 것이라는 것도 잘 알고 있었다.

조세열은 언뜻 스치는 기억 하나를 잡았다. 둘 중 하나가 의식을 잃고 나락에 빠졌을 때, 나머지 하나가 나락으로 같이 떨어져야 의식 잃은 자를 깨울 수 있다고 들었던 것이 생각났다.

그리고 나락으로 떨어지려면 정신을 자기 자신에게 집중해야 한다고 들었다.

하지만 지금은 도저히 정신을 집중할 만한 상황이 아니었다.

땅이 갑자기 사라져서 당황한 나머지, 무오풀이 든 유리관을 떨어뜨려서 깨뜨렸기 때문이다.

바닥에 떨어진 유리관에서 무오풀은 뿌리째 뽑혀 나갔다.

유리관이 산산조각 난 것처럼 조세열의 마음도 산산조각 나 버렸다.

이대로 모든 것을 포기하고 싶어졌고, 열다섯 살 이후 처음으로 엉엉 울고 싶어졌다.

잠시 그렇게 포기하고 있었지만, 아무 일도 일어나지 않았고, 아무 소리도 들리지 않았다.

하는 수 없이 조세열은 바닥에 엎드려서 무오풀과 흙을 조심스럽게 쓸어 담아 바지 주머니에 넣었다. 무오풀을 주머니에 심은 모양새가 되었다. 무오풀 냄새는 삽시간에 확 퍼져 나갔다. 그건 냄새가 그렇게 좋지 않았고, 오히려 기분이 불쾌해지는 냄새였다. 이런 냄새를 좋아한다는 뉴가바로무치 조상의 취향이 궁금해질 정도였다.

사방이 깜깜한 가운데 무엇인가 앞쪽에서 반짝이는 것이 보였다. ((소군))이었다.

조세열은 반가운 마음에 ((소군))을 들어 올렸다. 자체 발광하는 ((소군))을 손전등 삼아 길을 찾아 이 통로를 벗어날 수 있다는 희망이 생겼다.

하지만 눈앞에 펼쳐진 광경을 보고는 깜짝 놀라서 뒤로 자빠질 뻔했다. 뒤로 자빠지지 않은 것은 평형 감각이 좋아서가 아니었다. 수많은 (소군)들이 바늘 하나 들어갈 틈도 없이 그를 둘러싸고 있어서였다. 뉴가바로무치의 말대로 (소군)들은 무오풀의 냄새를 좋아했다. 순식간에 서로가 서로를 타고 밟고 하면서 통로 안을 채우고 또 채웠다. 이대로라면 질식할 수도 있겠다고 생각한 그는 주머니 안에 있는 무오풀을 버리려고 했지만, 손을 바지 주머니까지 가져갈 수가 없었다. ((소군))의 엉덩이에 코와 입이 짓눌려서 질식사하는 것이 자신의 마지막이라고 생각하니 숨도 막히고, 기도 막혔다.

사람은 죽기 직전 순식간에 과거를 돌아본다고 들었다. 그런 의미에서 조세열도 자신을 열심히 생각해 보기 시작했다. 자신이 무슨 생각을 하고 무엇을 느끼는지 생각했다. (숨 막혔다.) 자신이 누구인지는 잘 알고 있다고 생각했었다. (무오풀 냄새가 고약하고 숨 막혔다.) 자신이 무엇을 원하고 무엇을 느끼고 무엇에 기뻐하고 무엇에 슬퍼하는지에 대해서 생각했다. (숨 쉬고 싶다.) 자신이 낯설게 느껴져서 두렵고 황망한 기분이 들었다. 조세열은 생각했다. 그것도 나였다. 그것도 나였고, 그것도 나였다. 그는 지난 10년간 최고의 배우가 있을 수 있는 모든 자리에 있었다. 그리고 더 열심히 생각했다. 바로 이곳이 자신이 가장 오지 말았어야 할 자리라고 생각했다. 자신이 사람들을 스쳐 지나간다고 생각했는데, 사람들이 자신을 스쳐 지나간 것임을 깨달았다. 닐라 보보를 생각했다. 그리고 고상욱을 생각했고, 김미와 추미옥을 생각했고, 최희지를 생각했고, 자신이 알고 있는 모든 사람들에 대해서 생각했다. 그리고 재이니를 생각했다. 그리고 마지막으로 띵을 생각했다. 띵은 자신을 보고 항상 웃었다. 띵은 자신을 보고 항상 실망했다. 그는 웃거나 실망했지만, 조세열을 항상 지켜봐 주고 있었다. 조세열은 자신이 있어야 할 자리는 그 어디보다도 바로 여기, 이곳일지도 모르겠다고 조세열은 생각했다. 조세열은 눈물이 날 것 같았다. 그러고 나서 그는 자신의 생각이 아닌 뭔가 낯설고 뭉클하고 따뜻하고 다정한 것이 발밑에 - 실제로 발밑은 아니었다. - 있다고 느끼고 손을 뻗었다. - 실제로 손은 아니었다. - 이건 자기 자신이 아니었다. 「이건 바로 띵이다.」

　띵은 동시에, 거의 동시에 생각했다. 「그건 바로 조세열이었습니다. 조세열이 나를 구하러 와 주었습니다.」

　아득한 깊은 곳으로 한없이 빨려 들어가던 띵은 조세열의 더듬거리는 손길을 느끼고 정신을 차렸다.
둘은 깨어나서 각각 왼손과 오른손을 내밀었다. 그리고 만나서 처음으로 따뜻한 악수를 나누었다.

　「그런데 이게 지금 무슨 상

황입니까? 숨 막혀 죽겠습니다. 맙소사, 라비다 행성의 모든 (소군)들이 다 여기에 모인 것 같습니다.」

「아까 그 악수가 처음이자 마지막 악수가 될 거야. 너를 알게 되어서 즐거웠다. 너를 안아 줄 수만 있다면, 꼭 안아 주었을 거야. 넌 포옹을 지나치게 좋아했었지.」

조세열이 말했다. 띵은 슬퍼서 눈물이 흘렀다.

「울지 마, 뺨을 타고 눈물이 흐르니까 간지러워. 간지러움이 살아 있는 나의 마지막 감정은 아니었으면 좋겠다.」

조세열은 말했다.

그런데 이때 갑자기 숨쉬기가 편해졌다. 주변의 공간이 헐렁해진 것 같았다. 썰물처럼 (소군)들이 앞다퉈 통로를 빠져나가고 있었다. 띵(조세열)도 (소군)들을 따라서 통로를 빠져나갔다. 그 끝에는 재이니가 활짝 웃으며 서 있었다. (소군)들은 무오풀의 향기보다는 열이 펄펄 끓는 재이니의 따뜻함을 선택했던 것이다.

"무사해서 다행이에요. 다른 사람들을 따라가지 않고, 아빠를 찾으러 왔어요. 걱정돼서."

재이니는 고열로 인해 숨을 헐떡이고, 콧물을 훌쩍이며 말했다.

60

> 지표면 위에서 벌어지는 모든 일들이 위에서 보시기엔 좋았다.
> 아래에서 모든 일들을 겪어 내는 이들에게는 최악이었지만,
> 위에서 보시기엔 좋았다. 소일거리로 안성맞춤이었다.
> - 신원 미상인의 〈지구 보고서 개정안〉 39테장 09치카절-

   감옥에서 탈출한 지구인들은 도로마디슈가 미리 준비해 둔 재이니 마스크를 쓰고, 광장의 재이니 팬들 사이로 하나둘씩 뿔뿔이 흩어졌다. 재이니를 석방해 달라며 걸 그룹 핑퐁핑의 〈퐁.퐁.퐁〉을 부르고 있는 팬들도 모두 재이니 얼굴이 그려진 마스크를 쓰고 있어서 군인들은 누가 누구인지 구분해 낼 수가 없었다.

   한편 고노게나오풀을 다 불태워 버리려고 농장에 간 사미라지는 철희가 농장에서 서성거리고 있는 것을 발견하고 잡으려고 달

려갔다.

"저기. 혹시. 마리... 아니지?"

갑자기 나타난 사미라지를 본 철희는 놀란 눈으로 물었다.

사미라지는 철희가 자신을 마리얀코타키라고 착각하고 있는 것을 이용하기로 했다.

"네 맞아요. 제가 바로 마리얀코타키예요."

"어. 그. 그래. 반갑다. 아니 반가워요. 아. 뭐라고 말해야 할지 모르겠어."

얼굴은 물론이고 귀까지 빨개진 철희는 말을 더듬었다. 그는 마리얀코타키가 남자인 줄은 알고 있었지만, 한 번도 실제 얼굴은 본 적이 없었다.

"아무렇게나요. 어떤 말이든지 다 괜찮아요. 우리 사이는 그런 사이잖아요."

사미라지는 그가 마리얀코타키에게 호감이 있다는 것을 진작부터 잘 알고 있었다.

"그런데 왜 여기 있어요. 빨리 도망치셔야 해요. 우쿠부지의 군인들이 오고 있어요. 제가 우주선을 준비해 둘 테니까 그쪽으로 오세요."

"아니. 괜찮아. 무오나무 발생지에 가면 도로마디슈가 준비해 놓은 우주선이 있어. 지금쯤 고 선배와 최 선배가 〈소군〉들을 데리고 가 있을 거야. 거기서 모이기로 했어. 우리 도와주지 마. 모른 체하고 지나가 줘. 제발. 나중에 우쿠부지가 알게 되면 너까지 처벌을 받게 될 거야."

철희는 애원했다.

"그래도..."

사미라지는 말끝을 일부러 흐렸다.

"내가 먼저 돌아설게. 그게 나을 것 같아. 그동안 고마웠다. 진짜 잊지 못할 것 같아."

철희는 돌아서서 말했다.

"나 간다. 갈 거야. 절대 부르지 마. 이대로 뒤돌아보지 않을 거야."

철희는 여전히 돌아선 채로 말했다.

사미라지는 철희가 원하는 대로 조용히 얌전히 서 있었다. 하지만 한참을 철희는 제자리에 서서 가지 않았다.

"저기."

사미라지는 왜 안 가냐고 물어보려고 입을 열었다.

"아. 내가 진짜 아무 말도 하지 말라고 했잖아."

철희는 눈물을 삼키며 뒤도 안 돌아보고 달려가 버렸다.

사미라지는 어깨를 한 번 으쓱해 보이고는 지구인들의 표현대로 혼자 보기는 아깝다고 생각을 했다. 그리고 우쿠부지에게 지구인들이 모이기로 한 비상 작동 우주선이 있다는 사실을 알려주려고 서둘렀다.

닐라보보의 우주선에서 나와 쇼차와 헤어지고 난 후, 우쿠부지는 고두바타의 집으로 찾아갔다. 소멸무기를 지구인에게 사용해도 좋다는 승인을 받기 위해서였다.

52구역에 위치한 대통령의 집은 두 명이 들어가서 의자에 앉으면 꽉 찰 정도로 비좁았다. 이미 안에는 재정 사령관이 와 있었기 때문에 우쿠부지는 안으로 들어가지 못하고, 창문으로 얼굴을 내밀고 말해야 했다.

"우리의 고두바타님."

"우쿠부지 군. 어서 오게."

고두바타와 재정 사령관이 건성으로 인사했다.

"한 마리도 없었습니다. 제가 지금 농장에서 확인하고 오는 길입니다."

재정 사령관은 심각한 표정으로 말했다.

"모두 한꺼번에 사라져 버렸다는 말씀이세요? 역시 납치일까요?"

고두바타는 전자 막대기로 머리를 두드리면서 말했다.

"납치가 아니라면 이런 일이 생길 리가 없습니다. 데리다인 소행이 아니겠습니까? 〈소군〉을 가지고 싶어 했으니 말입니다."

재정 사령관은 소금티를 마셨다.

"아니요. 데리다인이 〈소군〉을 납치한 게 아니에요. 그건 제가 보증해요."

우쿠부지가 끼어들었다.

"자네. (소군)들이 어디에 있는지 알고 있다는 건가?"

대통령이 반색을 하며 물었다.

"아니요. (소군)들이 모두 증발해 버렸다는 것도 지금 알았는걸요. 하지만 만약 라비다 행성에 골치 아프고 불운한 일이 생겼다면, 그건 무조건 지구인들 때문이라는 건 자신 있게 말할 수 있어요. 지구인들이 라비다 행성에 오기 전에는 이런 일이 한 번도 없었잖아요. 그들이 온 뒤로 우리 라비다인들 꼴이 얼마나 형편없어졌나요. 데리다인들도 이렇게까지 우리를 힘들게 하진 않았잖아요. 제 말을 왜 안 믿어 주시는 거죠? 이것 보세요. (소군)들도 모조리 다 사라져 버렸잖아요? (소군)들 다음엔 누구 차례일 것 같나요? 누가 없어질 것 같아요? 우리 라비다인들 아니겠어요?"

우쿠부지는 그들에게 호소했다.

"아. 진작 자네의 말대로 지구를 정복해야 했었을까?"

고두바타는 괴로웠다.

"지금이라도 늦지 않았어요. 소멸무기를 지구인에게 쏠 수 있도록 승인해 주세요. 제가 해결할 수 있어요."

"지구인들을 소멸시켜도 되는 걸까요? 그게 맞는 걸까요? 그들을 다 없애 버리는 게."

판단을 내릴 수가 없는 고두바타는 재정 사령관에게 도움을 청했다.

"우리의 고두바타. 모든 재앙을 지구인들의 책임으로 돌릴 수는 없습니다."

재정 사령관은 말했다.

"아. 그 말이 맞습니다. 맞아요."

고두바타는 차마 소멸무기 사용을 승인할 수가 없었다. 그건 우주신 하아다부다의 가르침에 어긋나는 일이었다.

"좋아요. 제가 지구인들을 없애고 올게요. 제가 다 책임지겠어요."

대통령이 갈팡질팡하는 모습을 보이자, 참다못한 우쿠부지는 창문에서 얼굴을 빼고 뛰어가 버렸다.

우쿠부지는 군인들이 집결해 있는 자신의 집으로 갔다.

"지구인들이 비상 작동 우주선을 타고 탈출하려고 합니다. 서두르셔야 합니다. 소멸무기 사용은 허락받으셨습니까?"

사미라지는 그를 보자마자 다급히 물었다.

"지금부터 환경 재난 경보를 발령한다. 행성감기 바이러스 오염 물질인 지구인들이 라비다 행성을 활개치고 다니고 있는 비상 상황이다. 너희들에게 반항하는 자에게는 지구인, 라비다인, (소군) 관계없이 소멸무기를 사용해도 좋다. 대신 1채스트 안에 지구인들을 한 명도 빠짐없이 모두 소멸시킬 수 있도록 한다."

우쿠부지는 소멸무기를 군인들의 허리띠에 직접 채워 주었다.

모든 사령관들은 자신의 권한으로 재난 경보를 발령할 수 있었고, 경보를 발령한 지 1채스트 동안은 사령관이 라비다 행성 전체를 장악할 수 있는 권한을 가지게 되었다. 이는 긴박한 상황에 대비해서 만들어 놓은 우주법인데, 이때는 아무도 그 사령관의 명령을 거역해서는 안 되었다.

"혹시 개인적 분노와 행성적 재난을 헷갈리시는 것 아니시죠?"

사미라지는 조심스럽게 물었다.

"전혀. 나 우쿠부지는 지금 매우 이성적인 상태야."

우쿠부지는 단호했다. 이제는 더 이상 물러설 곳은 없다. 지구인들을 모조리 잡아서 라비다 행성 밖으로 추방시키거나 뇌를 즉석에서 모조리 뽑아내 버리거나 소멸시키거나 하는 것밖에 다른 방법이 없었다. 그것만이 라비다 행성을 위한 최선이었다.

61

 철희의 말대로 무오나무 발생지에는 비상 작동 우주선이 있었다. 우주선의 문은 활짝 열려 있었다. 군인들은 비상 작동 우주선을 둘러싸고 소멸무기를 쏠 준비를 했다.

 "어째서 출입문을 열어 둔 걸까요? 함정일까요?"

 사미라지가 우쿠부지에게 물었다.

 그때 고상욱이 밖을 살펴보려는지 잠깐 고개를 내밀었다가 들어갔다. 그러고는 밖에 나와서 수동으로 우주선 문을 닫아 보려고 낑낑거렸다. 그러다가 다시 들어가 버렸다.

 "지구인들은 우주선 문 닫는 방법도 모르는 것 같은데. 지구에는 우주선이 없잖아."

 우쿠부지는 지구인들이 멍청한 게 너무 웃겼다.

 이번에는 최희지가 밖으로 나왔다.

 "가서 잡을까요? 지금이 좋은 기회인데."

 사미라지는 주변을 경계하지도 않고 무방비 상태로 돌아다니는 지구인들이 어리석게 느껴졌다.

"아니. 조금만 더 지켜보자. 재밌잖아."

우쿠부지는 최희지가 팔짱을 끼고 서서 문을 뚫어져라 노려보는 것을 구경했다.

"이봐. 지구의 여인. 버튼을 눌러. 동그랗고 노란 버튼을 누르라고. 바로 네 코앞에 있잖아."

우쿠부지는 소리 질렀다.

"대체 사령관님은 뭐가 문제인 거예요? 그걸 알려 주면 어떻게 해요?"

사미라지는 기겁하며 그를 말렸다.

"괜찮아. 못 들었어. 그리고 쟤네들 버튼이 어디 있는지도 몰라."

우쿠부지가 비웃으며 말했다. 그의 말대로 희지는 버튼을 찾는 시늉도 하지 않고, 그냥 다시 우주선 안으로 들어가 버렸다.

우쿠부지는 손짓을 해서 군인들에게 조금 더 우주선 가까이 다가가도 좋다는 신호를 보냈다.

군인들은 우주선 출입문 바로 코앞까지 왔다. 이제 물총을 당기기만 하면 되었다.

안에서는 아무도 나오지 않았고, 아무 소리도 들리지 않았다.

우쿠부지는 0.04채스트 정도 더 기다렸다. 그래도 안은 여전히 조용했다.

"우주선 안을 향해서 소멸무기를 쏴."

우쿠부지는 사격 명령을 내렸고, 군인들은 물총을 쏘기 시작했다.

그리고 그와 동시에 우주선 문이 닫혔다. 소멸무기의 액체가 문에 맞고 튕겨서 군인들의 몸을 적셨다. 우쿠부지는 서둘러서 사격 중지 명령을 내렸지만, 이미 군인들은 모두 투명해져서 존재가 있어도 없게 되어 버린 후였다.

chapter 5.
농사쇼

62

 사실 고상욱이 희지와 함께 비상 작동 우주선으로 도망친 것은 우쿠부지의 관심을 다른 데로 돌려서 지구인들이 준비한 농사쇼를 라비다인들에게 보여 줄 시간을 벌기 위해서였다.
 철희도 일부러 우쿠부지에게 말을 흘리기 위해서 고노게나오 풀 농장에서 서성이고 있었던 것이다. 마리얀코타키가 아닌 사미라지인 것도 처음 본 순간부터 알고 있었다. 마리얀코타키는 오랫동안 바이러스 연구를 해서 시력이 나빠져 안경 없이는 아무것도 볼 수 없다고 철희에게 이야기한 적이 있었기 때문이다.

 우쿠부지의 군인들이 투명해질 동안에, 뉴스룸에서는 생방송을 위한 준비를 다 끝냈다.
 이제 띵(조세열)이 무오풀을 가지고 오기만 하면, 농사쇼를 시작할 것이다.
 뉴스룸에는 지구인들뿐 아니라 앵커 카프와 뉴스룸 스태프들이 농사쇼를 도와주기 위해서 대기하고 있었다.

"흠. 흠. 이전에 한 번도 시도된 적이 없는 새로운 형식의 방송입니다. 흠."

앵커 카프는 헛기침을 해서 목소리를 가다듬으며 말했다.

"여러분들이 없었다면, 농사쇼 생방송을 할 엄두조차 내지 못했을 거예요. 그런데 목 아파요? 설마 감기가 안 나은 건 아니죠?"

추미옥이 물었다.

"그럴 리가요. 도로마디슈가 뉴스룸으로 보내 준 고노게나오죽을 먹고, 저를 비롯한 우리 스태프들은 10채스트 만에 전부 다 감기가 완벽하게 나았어요."

콧잔등에 분홍빛 주근깨가 생긴 카프가 말했다. 스태프들은 자신들이 직접 체험한 고노게나오풀의 기적을 믿었다. 다른 라비다인들에게 이 기적을 전하고 싶어서 기꺼이 농사쇼를 도와주기로 한 것이다. 스태프들의 얼굴에도 카프처럼, 행성감기에 걸리기 전의 라비다인들이 그랬던 것처럼, 분홍빛 반점이 생겨나 있었다.

카프가 지구인들을 도와주기까지는 고노게나오죽뿐만 아니라 추미옥의 공이 컸다.

지난번의 인터뷰에서 추미옥의 노래에 반한 카프는 그녀에게 노래를 가르쳐 달라고 농장으로 찾아갔었다. 감기에 걸려서 재채기와 콧물에 시달리면서도 자신을 찾아온 카프가 안쓰러웠던 미옥은 그에게 노래를 가르쳐 주었고, 다정한 말도 기꺼이 해 주었다. 그 후로 카프는 추미옥을 좋아하게 되었다.

추미옥과 김미는 농사쇼에서 노래를 부르기로 되어 있었다. 그래서 카프 앞에서 리허설을 했다. 미옥이 노래를 부르면, 김미는 화음을 넣었다.
"염.병.(여어어어어버엉.)
거지발싸개(싸개.싸개) 같은 행성에서(거지 라아비이다아아)
맨날 천날 차가운(이 시려)
통조림만 먹고(참치, 연어, 스팸)
칭찬해 달라고 개(멍멍멍) 난리(멍멍멍)."
"와. 그처럼 아름다운 노래는 지구의 어떤 존귀하신 분이 만드신 건가요?"
카프는 감탄했다.
"내가. 내가 만들었다. 카프 씨. 노래 흐름 끊지 말아 봐. 맥이 딱 끊겼잖아. 염~~염~~~~~ 병~~~~~~~."
추미옥이 다시 노래를 시작하려고 했다.
"언니. 화음 넣는 건 좀 별로다. 화음 빼. 시간 없으니까 여기 이 부분부터 연습하자. 나 가사 다 못 외웠어."

김미가 가사를 적은 종이를 펼쳤다.

"이거 그때랑 좀 다른 것 같지 않습니까?"

카프는 가사를 보면서 의문을 제기했다.

"후렴구예요. 언니가 새로 만들었어요."

김미가 종이를 카프에게 넘겨주며 말했다.

"카프 씨도 우리와 함께 노래하고 싶다고 했었잖아요. 그래서 특별히 카프 씨를 위해서 후렴구를 넣었는데, 왜 싫어? 맘에 안 들어? 당신을 위한 후렴구가 싫으냐고? 안 불러?"

"그건 아닙니다. 영광입니다."

카프는 종이를 두 손으로 공손히 받아 들고 가사를 외우기 시작했다.

한편 〈소군〉들이 몽땅 다 사라졌다는 소식을 들은 라비다인들은 하나둘씩 광장으로 모여들고 있었다. 무슨 일이 벌어지고 있는지에 대해 서로 의견을 나누며 웅성거렸다. 광장에 모인 라비다인 대다수는 기침을 하고, 콧물이 흐르는 등 감기 증세를 보였다.

혼란스러운 라비다인들 앞에 우리의 고두바타가 나타났다.

"〈소군〉들이 사라진 것에 대해서 할 말이 있습니다. 저는 지금 막 지구인들이 〈소군〉들을 훔쳐서 도망가고 있다는 제보를 받았습니다. 지금 이 순간부터 라비다의 안전을 위협하는 세력들에 대해 단호하고도 공격적인 대응을 할 것입니다."

고두바타는 연설을 시작했다. 그는 라비다의 대통령으로서 입장을 표명할 때가 되었다고 판단했다. 그는 광장에 오기 전에 우쿠부지의 보좌관 사미라지에게 무오풀을 훔쳐 간 것은 데리다인이었는데, 지금 그 데리다인이 라비다 행성에 있다는 것과 무오풀을 다시 훔쳐서 가지고 간 것이 지구인이라는 사실을 전해 들었다. 사실 대통령은 라비다인들이 행성감기에 걸린 것이 무오풀이 사라져서가 아니겠는가 하고 혼자 생각해 왔었다.

그때, 광장 스크린의 화면이 아주 잠깐 켜졌다가 꺼졌다. 너무 순식간의 일이라서 아무도 화면을 주목하지 않았다. 딱 한 행성인, 데리다의 경비대장 쇼차만 제외하고 말이다. 찰나의 화면에는 뉴스룸에서 무엇인가를 분주하게 준비 중인 스태프들의 모습이 보였다. 그 스태프들 사이로 띵이 지나갔다. 때마침 광장에 도착해서 스크린을 본 쇼차는 그 순간을 놓치지 않고 띵을 보았다. 그리고 그는 주변 라비다인 중 하나를 붙잡고 캐물어서 뉴스룸의 위치를 알아냈다.

63

 광장의 스크린에 불이 들어왔다. 화면에 카프가 추미옥, 김미와 손을 잡고 등장하자, 행성인들은 웅성거렸다. 일부는 입과 코를 막고 집으로 도망치려고 했다. 지구인을 화면에서 보는 것만으로도 바이러스에 옮을지도 모르기 때문이다.
 "지구에서 농사짓는 제 친구들을 소개합니다."
 앵커 카프는 여느 때와 다름없는 신뢰를 주는 목소리로 추미옥과 김미를 소개했다. 얼굴에 빈틈없이 미소를 장착한 그녀들은 카메라를 향해 90도로 인사를 하고, 카프의 옆으로 와서 정답게 팔짱을 꼈다. 그리고 반주도 없이 노래를 부르기 시작했다.

추미옥 :
염병. 거지발싸개 같은 행성에서 맨날 천날 찬 통조림만 먹고.
 칭찬해 달라고 개난리 치고,
 (소군)인가 뭐 젠장맞을 것은 사람 약 올리듯이

눈앞에서 계속 어슬렁거리는데.
잡것들, 헛소리가 처 안 나오게 생겼어?

김미 :
행성감기 싫어.
나는 앓느니 죽는 스타일이에요.
아픈 건 딱 질색.

추미옥, 김미, 카프 :
다 제멋에 겨워서, 제 리듬에 맞춰 춤추고 난리 치는 거지.
제멋 없는 사람들은 무슨 멋에 사나요?

 라비다인들은 저들이 지구인이라는 사실도 잠시 잊어버릴 정도로 노래에 감동했다.
 핑퐁핑의 〈퐁.퐁.퐁〉 이후로 이렇게 귀를 촉촉하게 적셔 준 노래는 없었다. 〈퐁.퐁.퐁〉이 귓불만 살짝 촉촉하게 만들어 줬다면, 이 노래는 달팽이관까지 감동의 눈물에 푹 담갔다가 꺼낸 수준이었다.
 라비다인들은 모두 일어서서 박수를 쳤다. 그들은 노래가 끝난 뒤에도 좀처럼 흥분을 가라앉히지 못했다.
 그때 재이니의 팬들이 마스크를 벗어던지고 괴성을 지르며 스크린 앞으로 달려갔다.

초우주 아이돌 재이니가 ((소군))을 안고 등장했기 때문이다. (소군)들은 그녀에게 줄줄이 매달려 있었다. 사라진 줄로만 알았던 그 (소군)들이 말이다.

재이니 얼굴 전체를 뒤덮은 분홍색 열꽃을 발견한 라비다인들은 환호성을 질렀다.

그들은 재이니가 진정한 라비다인이 되었다고 생각했다. 와. 그들은 함성을 내질렀다. 와. 아름답다. 아름다워라고 목소리를 높였다.

"저는."

재이니가 말을 시작하자, 라비다 행성인들은 스크린 앞으로 더 가까이 모여들었다.

"라비다인들을 사랑하고, (소군)들을 사랑합니다. 지금 이 순간 라비다 행성을 위해서 제가 할 수 있는 일이 바로 이것입니다. 저를 사랑하신다면 그 마음으로, 한순간도 스크린에서 눈을 떼지 않고 지켜봐 주세요. 이제 여러분께 소중한 친구를 소개합니다."

재이니가 말을 마치고, 화면에서 사라졌다.

그런데 왁자지껄하던 라비다인들 사이에 갑자기 정적이 흘렀다. 팔이 한 개인 행성인이 등장했기 때문이다.

"데리다인이야.", "정말 팔이 한 개야.", "여자 데리다인."

라비다인들은 수군거렸다.

데리다인 닐라보보는 한 팔을 허리에 얹고 무대 위에 차분하고도 당당하게 서 있었다. 하늘색 긴 원피스 자락이 발목에서 찰랑거렸다.

라비다인들은 닐라보보의 등장에 숨을 죽였다. 몇 십 년 만에 보는 데리다인이었다. 그런데 이상하게도 그녀는 전혀 야만적인 데리다인처럼 보이지 않았다.

"데리다인 같지는 않네."

"우리는 대체 데리다인이 어떻게 생겼을 거라고 상상했던 걸까요?"

닐라보보는 뜨거운 물이 든 욕조에 (소군)을 집어넣었다. 몇몇 용감한 라비다인들이 뉴스룸으로 당장 달려가려고 했다. 이때 욕조 안의 (소군)이 노래를 부르기 시작했다. 그 소리를 듣고 다른 (소군)들도 욕조로 몰려들었다.

"(소군)들이 자신의 친구를 구하러 왔네요."

한 라비다인이 외쳤다.

그때 갑자기 (소군)들은 모두 스스로 물속으로 뛰어들었다.

놀란 라비다인들은 웅성거리기 시작했다.

"단체로 자살하는 걸까요?"

"그건 아닌 것 같아요. 자살하려고 뛰어든 물에서 첨벙거리며 물장구를 치진 않잖아요."

"그럼 저건 혹시—."

"제가 잘못 본 게 아니라면, 따뜻한 물에 목욕을 하는 것처럼 보이네요."

"맞아요. (소군)들은 따뜻한 걸 좋아하죠."

"그걸 까맣게 잊고 있었습니다."

"네. 우리 모두 다 그랬어요."

"데리다인들은 그저 (소군)을 목욕시켜 주고 있었던 걸까요?"

"(소군)들은 그게 좋아서 노래를 불렀던 거구요. 비명을 지른 게 아니라."

이번엔 띵(조세열)이 등장했다. 그는 둥글고 투명한 유리 볼 안에 담긴 무오풀을 닐라보보에게 건네주고 다시 사라졌다. 그리고 이번엔 무오나무 발생지의 관리인 뉴가바로무치가 화면의 다른 쪽에서 걸어 들어왔다.

"영광스러운 무오풀을 진정한 주인이신 뉴가바로무치님에게 이제야 되돌려 드립니다. 부디 어리석은 짓을 저지른 데리다인들에게 넓은 아량을 자비롭게 베푸시어—"

닐라보보가 무오풀을 뉴가바로무치에게 전달하며 사죄의 말을 하기 시작했다. 라비다인들은 숨죽이고 이 장면을 바라보고 있었다.

그런데 그때, 갑자기 화면 가득 누군가의 뒤통수가 보였다. 그 뒤통수에 가려져서, 행성인들은 뉴스룸에서 지금 무슨 일이 일어나고 있는지 볼 수가 없었다. 다만 뉴가바로무치의 외마디 절규, 닐라보의 화가 났지만 애써 자제하고 있는 것 같은 목소리만 들릴 뿐이었다.

쇼차가 뉴스룸에 들어온 것이다. 그는 카메라를 등지고 섰다. 그리고 잽싸게 닐라보에게서 무오풀을 가로챘다. 누가 끼어들어 말릴 새도 없었다. 무오풀을 빼앗은 쇼차가 뒤돌아서자, 그의 상반신이 화면에 가득 찼다.

촬영을 하던 뉴스룸 스태프들은 쇼차가 무오풀을 들고 서 있는 모습을 보고 열광했다.

"우주신 하아다부다의 아들 쇼차님이다. 그 권세는 끝이 없어라."

카메라맨이 두 손을 위로 들고 크게 외쳤다.

"우주신 맙소사."

"그 권세는 끝이 없어라."

뉴스룸 안에 있는 띵을 제외한 모든 라비다인들은 정면을 보고 우주신에게 안부를 전하기 시작했다. 눈을 크게 뜨고, 근육을 이완시키고 허공의 한 점을 멍하니 바라보았다.

그들은 드디어 우주신 하아다부다의 현현이 이 땅에 나타난 것이라고 생각했다. 라비다인들은 우주신 하아다부다의 아들 쇼차님이 데리다 행성에 살고 계시다는 전설을 어릴 때부터 듣고 자랐고, 그런 영광을 누리게 된 데리다 행성을 부러워했었다.

뉴스룸에서와 같은 열광과 기도가 광장에서도 똑같이 이루어졌다.

"마침내 쇼차님이 라비다 행성을 방문해 주셨습니다. 라비다 행성이 고통을 겪고 있다는 것을 아시고, 그분은 모르는 것이 없으니까요. 친히 우주신 하아다부다님이 쇼차님을 보내셔서 우리 가련한 라비다인들을 위로해 주시려 합니다. 우주신 하아다부다의 쇼차님이 무오풀과 (소군)을 우리에게 돌려주려고 오셨나이다. 아. 이 영광. 이 환희. 이 사랑."

대통령 고두바타도 정면을 보고 우주신에게 안부를 전했다. 목소리를 높였다. 광장의 다른 라비다인들도 안부를 전하기 시작했다.

원래 쇼차는 무오풀을 훔쳐서 달아나려고 했었다. 닐라보보의 우주선도 미리 꼬여서 밖에 대기시켜 놓았다. 그런데 라비다인들이 자신이 쇼차를 닮았다고 이토록이나 존경을 표하는 것을 보고 당황스러웠지만, 기분이 좋았다. 진짜 우주신 하아다부다의 아들 쇼차가 자신인 것 같은 착각마저 들었다. 데리다 행성에서는 그가 쇼차를 닮았다는 것만으로는 그를 좋아해 주지 않았다. 시큰둥해하는 데리다인들이 가장 많았고, 무관심한 데리다인들은 그 다음으로 많았다. 그래서 가끔은 쇼차를 닮은 쇼차인 자신이 싫어지기도 했었다.

어떻게 해야 할지 몰라서 쇼차가 엉거주춤 서 있자, 상황을 빠르게 파악한 닐라보보가 우아하게 말했다.

"우주신 하아다부다의 쇼차님이 직접 뉴가바로무치님에게 신성한 무오풀을 전달하겠습니다. 쇼차님 어서 이리로 올라와 주십시오."

쇼차는 인자하기가 이를 데 없는 미소를 지으며 다시 무대 위로 천천히 올라왔다. 그리고 유리 볼에 입을 한 번 맞추고, 뉴가바로무치의 이마에도 입을 맞추고 난 후에 그에게 유리 볼을 주었다. 뉴가바로무치는 무오풀을 품에 안고 기쁨의 눈물을 줄줄 흘리며 닐라보보를 안았다. 감히 우주신 하아다부다의 쇼차를 안을 수는 없었기 때문이다.

닐라보보는 더할 나위 없이 매력적인 미소와 부드럽고 달콤한 버터 캔디들이 입안에서 굴러다니는 것 같은 달콤한 목소리로 말했다.

"데리다인들은 (소군)을 먹지 않아요. 데리다인들은 아야쯔를 먹어요."

그 한마디로 충분했다. 더 무슨 말이 필요하겠는가. 라비다 행성인들은 이 자리에서 당장 아야쯔라도 되고 싶은 심정이었다. 아니 아야쯔도 과분했다. 우주 해충이 된다고 해도 할 말이 없었다.

농사쇼는 계속되었고, 계속될수록 라비다인들이 부끄러워해야 할 일들이 늘어만 갔다.

특히 라비다 행성이 데리다 행성을 지렛대로 밀어내서 커다란 구멍이 생겼고, 그 구멍으로 순수 에너지들이 새어 나가는 장면에서는 부끄러움으로 가슴이 미어졌다. 순수 에너지가 사라져서 라비다 행성의 행성 면역이 약해진 것이 행성감기의 원인이라는 것을 깨달았기 때문이다.

철희와 호서가 지렛대로 데리다 행성을 밀어내는 라비다 행성인 역을 맡았고, (소군)들이 구멍으로 빠져나가는 순수 에너지 역을 맡았다. 철희는 연기를 못 해서 어색하고 경직된 라비다인처럼 보였는데, 그게 또 그렇게나 진실해 보였다. (소군)들이 구멍으로 빠져나가는 장면은 재이니가 커다란 판자 아래쪽에 서 있어서 가능했다. 물이 위에서 아래로 흐르는 것처럼, (소군)들은 차가운 곳에서 뜨거운 곳으로 이동했다.

마지막으로 지구인들이 두 손을 포갠 채 등장했다. 그들은 일렬로 서서 팔을 앞으로 길게 내밀었다. 포갠 손을 펼치자, 보라색 고노게나오 새싹이 솟아 나왔다. 그리고 그들은 일제히 새싹들을 화면을 향해 던졌다.

그와 동시에 뉴스룸 옥상에서 미리 대기 중이던 도로마디슈가 고노게나오 새싹을 광장을 향해 뿌렸다. 새싹이 하늘에서 눈처럼 떨어지고, 동시에 고노게나오죽의 냄새가 광장에 퍼지기 시작했다. 기야 할머니는 옥상에서 죽을 끓이고 있었다. 그녀는 가끔씩 부채질을 해서 고소한 죽 냄새가 멀리 퍼져 나가게 하는 것도 잊지 않았다. 라비다인들은 입맛을 다셨다. 침이 고였다. 난생처음 맡아 보는 냄새지만, 어쩐지 이건 정말 맛있을 것만 같은 그런 확신이 든 뇌는 미각 세포들에게 서둘러서 소식을 알렸다. '바로 이거야. 이게 우리가 먹어야만 하는 그러한 음식이야.'

스크린에 재이니가 ((소군))을 안고 다시 나타났다. 그리고 말했다.

"이제 그 모든 것이 오해였다는 걸 알게 되었나요? 오해가 풀리셨나요?"

라비다 행성인들은 모두 일어나서 첫 번째(오른쪽) 손의 2, 3번째 손가락을 세워서 손바닥이 앞으로 보이게 하고 살짝 이마에 가져다 대었다가 떼면서 그동안의 오해와 무례를 사과했다.

뉴스룸 스태프들도 사과했다. 지구인들은 똑같이 손가락을 이마에 가져다 대었다가 떼면서 기꺼이 라비다 행성인들의 사과를 받아 주었다.

쇼를 처음부터 끝까지 다 지켜본 대통령 고두바타는 환경 사령관 우쿠부지에게 당장 모든 폭력적인 행동을 멈추라고 명령했다. 사령관들도 우쿠부지에 대한 지지를 철회했다.

환경 사령관 우쿠부지는 영혼 정화를 위해서 외딴 행성으로 장기 휴가를 가게 되었다. 휴가가 끝난 후 돌아오면 우쿠부지의 요란했던 사춘기도 끝이 나 있을 것이다. 소멸무기로 투명해진 군인들도 원래대로 그들을 돌려놓을 발생무기가 개발될 때까지, 우쿠부지와 함께 순수 에너지 정화를 하기로 했다. 모든 것이 대통령 고두바타의 배려였다.

라비다 행성은 고노게나오풀을 대규모로 경작하게 되면서 식량 위기에서 벗어날 수 있게 되었다. 농사쇼를 본 라비다인들과 몰래 본 데리다인들은 서로에 대한 오해를 풀고 화해 협정을 맺었기 때문이다. 육체공유법 폐지로 완전한 자기 자신이 된 도로마디슈가 (소군)들을 데리다 행성으로 데려가면, 닐라보보가 (소군)들이 씨앗을 잘 뱉어 낼 수 있게 돌봐 주었다. 그러면 라비다 행성인들은 이에 대한 보답으로 데리다 행성인들에게 고노게나오죽을 제공해 주었다. 고노게나오죽은 데리다 행성인들이 먹기에도 맛있고 영양도 풍부했다.

띵에게는 최초의 지구인 친구 조세열이 생겼다.
띵은 아주 좋고 흐뭇하고 환상적인 기분이었다. 가끔 조세열이 화장실에서 필요한데, 세 번째 팔을 빌려줄 수 있느냐고 억지를 부릴 때는 빼고 말이다. 조세열은 세 번째 팔의 매력에서 아직 헤어 나오지 못하고 있었다.

「띵. 난 이제 안 될 것 같아. 난 자신이 없어. 세 번째 팔이 없이는 말이야.」

"속으로만 말하면 이제 못 알아듣습니다."

띵이 웃으면서 말했다.

띵은 지구 최초 우주 예능에 특별 출연하기 위해 지구로 갈 것이다. 처음부터 끝까지 모든 것을 녹화한 카메라를 찾게 된다면 말이다.

"다시 만나자는 말 같은 건 하지 마. 언제, 어디서 만나자 이런 약속할 생각은 꿈에도 하지 말라고. 절대로 약속 장소에 안 나갈 테니까. 기대하지 마. 참, 말 나온 김에 언제쯤 지구로 올 건지 미리 말해 줘. 내가 단단히 기억해 두었다가 그날은 절대로 지구에 없을 테니까."

조세열은 퉁명스럽게 말했다.

"지금의 이 아픔이 머지않은 미래에 달콤한 우정이 될 것이기에 당분간은 안녕. 나의 친구가 된 지구 남자여."

띵은 조세열의 눈을 그윽하게 바라보며 말했다.

"제발. 방금 그 낯간지러운 소리 좀 내 머릿속에서 다시 꺼내가 줄래?"

띵은 말없이 조세열에게 세 번째 손을 내밀어서 악수를 청했다. 띵과 조세열은 마주 보고 환하게 웃었다.

띵은 지구인들을 예전보다 더 사랑하게 되었다.

그리고 띵은 잠시나마 피의 이끌림을 느꼈던 재이니에 대한 좋은 추억만 세 번째 팔에 간직하고 호서와 재이니를 축복해 주기로 했다. 호서는 띵에게만 살짝 말했었다. 재이니가 웃는 모습을 보면 갈비뼈 사이로 바람이 부는 것 같은 기분이라고 말이다.

재이니는 그날 농사쇼를 마치고 내려오자마자 쓰러졌었다. 그녀를 안아서 숙소의 침대에 눕혀 준 것도, 차가운 물수건을 밤새도록 갈아 준 것도, 다시 안아서 우주선에 태워 준 것도. 모두 다 조세열이었다. 열에 들뜬 재이니는 가끔씩 아주 잠깐 정신이 들어 눈을 뜨기도 했었다. 그때마다 눈앞에 있는 사람들은 호서거나, 김미거나, 추미옥이거나 혹은 최희지, 또는 고상욱이거나 매번 바뀌었지만, 한 사람만은 언제나 항상 똑같이 그녀의 앞에 서 있었다. 그 한 사람은 조세열이었다.

재이니는 지구에 도착해서 해열제를 먹자마자, 언제 그랬냐는 듯이 금방 열이 내렸다. 지구에 돌아온 이후로도 둘 사이가 화목해지거나 애정이 넘치는 기적 같은 일은 없었다. 조세열과 재이니는 여전히 어색한 부녀지간이었다.

"아빠가 조세열 선배님인 게 우주 최악까지는 아니고, 지구 최악 정도쯤 되는 것 같아요."

재이니는 조세열에게 말했다.

"나는 네가 내 딸인 게 한국 최악 정도는 되는데, 넌 너무 감수성 부족인 면이 있어. 아주 야박해. 그게 바로 네가 나처럼 큰 배우가 되는 데 큰 걸림돌이 되는 거야."

조세열은 서운해했다.

호서는 자신이 라비다인이 아니라는 것을 인정했다. 라비다인이 아니라 데리다인이었을 수도 있다. 하지만 지구인은 절대 아니다. 사실 농사쇼 마지막에 모든 지구인들의 손에서 고노게나오 풀이 나왔을 때, 호서의 풀만 유난히 작았다. 호서는 지구에 외계 행성인 한 명쯤 있는 것도 괜찮을 것 같다고 생각하며 재이니와 함께 지구로 돌아갔다. 부모님을 찾는 일은 이쯤에서 잠시 멈추기로 했다. 부모님이 자신을 반드시 찾아낼 것이라고 생각해서였다.

철희는 라비다인들을 돕기 위해 라비다 행성에 남기로 결정했다. (소군) 씨앗을 대규모로 재배하려면 그의 따뜻한 체온과 기술이 필요하기 때문이다. 또한 철희는 마리얀코타키가 남자인 줄 알게 되었어도 그에 대한 애정은 변하지 않았다.

최희지는 몰래 ((소군))을 지구로 가져가려다가 라비다 세관에 걸려서 압수당했다. 대신 고상욱이 그녀를 위해 고노게나오 씨앗 몇 개를 혀 밑에 숨겨서 가지고 왔다.

(소군)들은 보라색 라비다 들판을 뒹굴거리며 행복하게 살고 있다.
이따금 씨앗을 뱉어 내기 위해서 데리다 행성에 가서 뒹굴거리기도 했다.

라비다 행성은 순수 에너지가 행성에 난 구멍을 통해 우주로 빠져나가면서 행성 면역이 약해져서 행성감기에 걸렸었다. 이 구멍은 라비다와 데리다가 서로를 지렛대로 밀어내면서 생긴 것이다. 마개는 데리다가 가지고 가고, 라비다에는 구멍만 남은 것이다. 오직 (소군)들만이 행성 구멍의 위치를 알고 있었다. (소군)들은 조세열이 잃어버린 카메라를 라비다 행성의 순수 에너지가 새는 구멍을 막는 마개로 사용했다. 그 덕에 라비다 행성에 남아 있는 순수 에너지들은 더 이상 밖으로 새어 나가지 않게 되었다.

한편 라비다 행성을 떠났던 순수 에너지들은 두려움을 진정시키고 다시 돌아왔다. 하지만 행성 구멍은 이미 막혀 있었다. 갈 곳이 없어진 순수 에너지들은 그때 마침 지구로 향하는 우주선이 라비다 행성의 대기권을 벗어나고 있는 것을 보고 우주선에 올라탔다. 그래서 순수 에너지는 지구로 가게 되었다. 일이 그렇게 된 것이다.

에필로그

우쿠부지의 여름

> 나는 나이고 싶고, 나는 내가 아니고 싶고,
> 나는 나이고도 싶고, 나는 내가 아닌 채로 살았으면 싶고,
> 나는 날고 싶고, 나는 헤엄치고 싶고, 나는 공기가 없어도 숨 쉬고 싶고,
> 나는 데라비다인이 아니고 싶고, 동물이 아니고 싶고, 식물이 아니고 싶고, 나는 무엇이라도 아니고 싶고, 그리고 무엇이라도 되고 싶다. 무엇이라도.

우쿠부지는 일기를 또박또박 적어 내려갔다. 라비다 행성에서는 사춘기를 겪는 행성인들을 위해서 매일의 감정을 일기로 적어 보라고 권하고 있었다. 미칠 것 같고 폭발할 것 같은 감정을 일단 글로 적고 나면 그 감정이 금방 사그라지고, 평정심을 찾을 수 있을 것이라고 했다.

하지만 아니었다. 일기를 써도 기분이 나아지질 않았다.

우쿠부지는 자신이 어쩔 때는 굉장히 멋있어 보이기도 했다.

하지만 또 어쩔 땐 자신이 띵보다 키도 크고 코도 오뚝해서 엉엉 울고 싶을 때도 있었다.

우쿠부지의 사춘기가 요란한 이유는 우쿠부지의 엄마 때문일 것이라고 고모는 말했다.

인품이 다시없이 인자한 아버지 ― 라비다의 전 대통령 ― 도 엄마 이야기만 나오면 무표정이 되곤 했다. 할머니와 할아버지와 고모와 삼촌들은 노골적으로 무표정이 되었다.

엄마는 데리다와 라비다의 혼혈이었고, 라비다인 아빠와 결혼해서 우쿠부지를 낳았다.

그리고 평화 사령관이었던 우쿠부지의 엄마는 데리다 행성과 라비다 행성의 사이가 안 좋아지자, 우쿠부지의 이름을 지어 주고는 라비다 행성을 떠나 버렸다. 그러고는 연락이 끊겼다. 어디에도 엄마의 흔적은 없었다.

우쿠부지는 일기장 안에 끼워 놓은 입체 사진 한 장을 꺼내어 한참을 보았다.

그는 이 사진을 닐라보보의 우주선에게서 받았다.

사진 속에는 여자 두 명과 남자 한 명이 정답게 손을 잡고 우주선 앞에 서 있었다. 주름진 얼굴의 나이 든 여자는 팔이 하나였다. 야이보보는 백발의 머리를 위로 보기 좋게 말아 올려서 화려한 스카프로 묶었다. 그리고 남자는 지구인이었다. 그는 키가 크고 호리호리했다.

젊은 여자는 라비다인이었다. 눈빛이 맑고 영롱한 그녀는 환하게 웃고 있었다.

대부분의 행성에서는 그녀를 '신원 미상인'이라고 불렀다.

라비다 행성에서는 그녀를 '우쿠부지의 엄마'라고 불렀었다.

그녀는 행성의 평화 문제를 해결할 실마리를 찾고 싶어서 떠돌다가 지구에 머무르게 되고 호서의 아빠가 될 남자를 만났다. 그 당시의 지구는 아직 다정했고 따뜻했으나, 다른 행성과 우주에 대해 몰라도 너무 몰랐기 때문에 어디서부터 어디까지 가르쳐야 할지 알 수 없어서 약간 절망했던 우쿠부지의 엄마이자 호서의 엄마는 다시 우주로 평화를 찾아 떠났다. 그녀가 떠난 후 호서의 아빠는 다른 지구인 여자와 재혼해서 호서를 키웠다.

우쿠부지는 그 여름에, 배고프고 덥고 (소군)들이 정신을 못 차리던 그 여름에 자신의 동생을 만나게 되었다. 하지만 둘 다 이 사실을 까맣게 몰랐다. 이 사실을 알고 있는 유일한 것은 닐라보보의 아는 척, 친한 척하기를 좋아하는 우주선뿐이다. 우주선은 호서가 탔을 때 닐라보보가 입을 다물라고 해서 놀란 마음을 '음.음.음.' 하는 신음 소리로만 표현할 수 있었다.

우쿠부지는 사진을 일기장 안에 소중하게 끼워 넣었다.

그리고 다시 일기를 쓰기 시작했다.

이제 지구인들은 지구로 돌아갔다. 우쿠부지의 뜨겁던 여름도 이렇게 끝이 났고, 먼 훗날 뒤돌아보면 잠자다가도 이불 킥 할 일로만 남아 버렸다. 그 여름에 우쿠부지는 군대를 만들고, 소멸무기를 만들었다. 다시 생각해 보면 무엇에 홀렸었다고밖에 말할 수 없다고 우쿠부지는 일기에 또박또박 적어 내려갔다.

-끝-

작가의 말

> 본디 이야기라는 것은 독자의 예상과 다르게 흘러가야 멋있고
> 폼 나고 쿨하며 또 암튼 쩐다.
> - 이야기꾼을 위한 안내서의 서문-

원래 이 소설의 제목은 〈농사의 전설〉이었고, 농사의 전설은 그 야말로 전설적인 농촌 드라마인 [전원일기]에 대한 존경의 표시이다. '외부 행성인이 전원일기의 배우들을 진짜 농사꾼인 줄 알고 납치해 간다면' 이라는 상상에서 소설은 시작되었다.

커트 보니것은 우리 모두가 친한 친척이 몇 백 명쯤 되는 이보 족이나 나바호 족처럼 서로 돕고 살 수 있는 큰 집단 안에 속해 있다면 얼마나 좋을까라고 하면서 '당신만으론 사람이 모자라.' 라고 말했었다. 그의 말처럼 사람이 모자란 것 같은 날에는 마을 사람 모두가 서로의 이름을 알고 부르고 웃고 우는 [전원일기]가 큰 위안이 되어주곤 했었다.

우리는 우주의 아주 작은 구석에 모여 살고 있고, 그 작은 구석이 웃기고 즐거운 일들만 일어나는 다정한 구석이면 안 된다는 법이라도 있는 것처럼 굴고 있다. 미세먼지 수치는 절망적이고, 물고기는 방사능에 오염되었고, 인류의 멸망은 바로 코앞까지 온 듯 보인다. 우리가 스스로 선택한 자리가, 우리가 서로에게 준비해 준 자리가 바로 이 자리이다.

그럼에도 불구하고.

굳이 울적해 할 필요는 없다. 한 인간을 세련되게 만드는 것은 유머감각이다.

그러니 마지막 그 순간까지 유머감각을 잃지 않는 세련된 사람이기를 바란다.

마지막으로 고백하자면, 나는 마법의 언어처럼, 단 한 문장만으로도 내 손이 닿지 않는 곳의 슬픔을 위로해 줄 '한 문장'을 찾고 있다. 어딘가 인적 드문 곳에서 철없이 나풀거리고 있을 그 문장을 찾아서 이 소설 안에 잡아넣고 싶었다. 하지만 아직 찾지 못했다. 그러니 이 책을 잡고 사미라지가 (소군) 흔들 듯이 아무리 흔들어 봐도 그러한 '한 문장'을 찾아 낼 수는 없을 것이다.

그럼에도 불구하고.

이 소설이 두렵고 막막하고 무섭고 삭막해서 침대 위에 비바람이 내리치는 것 같은 스산한 밤의 위로가 되었으면 좋겠다. 차가운 마음 그대로 잠들지 않게 다정하게 말을 걸어주고 아름다운 이야기를 들려주어 입가에 미소를 지은 채로 스르르 잠들 수 있게 해 주는 그러한 소설이었으면 한다.

어쨌거나 조세열이라면 이렇게 말했을 것이다.
'재밌기라도 하면 다행이지.'
누구라도 재미있게 읽어준다면 다행이다. 그걸로 끝.

추천의 글

한국형 뉴웨이브SF의 실험

'커트 보니것이 한국에 태어났다면 이런 소설을 썼을까? 2차 세계대전의 아픈 경험들이 쌓이기 전의 청년 보니것이 그 특유의 블랙유머 감각으로 21세기 한국 사회와 대중문화를 재료 삼아 SF를 쓴다면 이 작품과 비슷한 결과물이 나오지 않았을까?'

책을 읽는 내내 들었던 생각이다. 그와 함께 〈은하수를 여행하는 히치하이커를 위한 안내서〉 영화도 자꾸 떠올랐다. 〈행성감기에 걸리지 않는 법〉을 일독하는 일은 이제껏 접해 왔던 한국산 SF들과는 여러 면에서 색다른 경험이었다.

농업의 위기를 맞은 외계인들이 대책 회의 끝에 지구인 '농사 전문가'들을 데려오기로 한다. 이미 그들은 지구의 TV를 몰래 즐기고 있었는데, 그중에서 농사를 짓는 사람들 이야기를 보고 결정한 것이다. 하지만 그들이 본 것은 사실 '전원 드라마'였다.

제각기 개성 충만한 외계인과 지구인 캐릭터들(생생하게 그려진다), 그들 각각의 환경이나 히스토리와 유기적으로 얽힌 다층적인 스토리 전개(설정의 디테일을 즐기는 재미가 쏠쏠하다), 적절하게 배어들어 있는 풍자와 유머 코드(일단 적응되면 흥미진진하다), 씨줄과 날줄로 교직되는 정교한 플롯(복선 찾는 재미가 있다) 등등. 이 작품의 미덕은 꼽으면 꼽을수록 자꾸 떠오른다. 그리고 그 모든 요소들이 융합되어 발산하는 시너지도 독특한 미학을 이룬다.

제일 먼저 돋보이는 것은 작품의 주인공인 라비다인들과 그들의 행성, 그들의 생태에 대한 설정이다. 작가가 가장 공들인 부분으로 짐작되는데, 사실 SF라면 흔히 기대하게 되는 과학적 정합성을 애초부터 배제하고 철저하게 은유와 풍자로 승부를 건 듯한 태도라서 자칫 SF애호가에 따라서 호오가 갈릴 수도 있다. 하지만 열린 마음으로 장르의 드넓은 스펙트럼을 즐기려는 독자라면 충분히 즐기고도 남을 만큼 세심하고 정교해서, 최소한 그 노력만큼은 객관적으로 일정한 평가를 받기에 부족함이 없다고 생각한다. 외계 생태의 설정에서 교과서적인 치밀함으로 정평이 나 있는 작품이라면 흔히 프랭크 허버트의 〈듄〉을 떠올리게 된다. 비록 〈행성감기에 걸리지 않는 법〉은 그런 고전의 품격에 비할 정도는 아니지만 작품 자체의 내적 토대가 되는 블랙유머와 풍자의 정서에 충분히 값할 만한 수준에는 오른 것으로 보인다. 그리고 그런 성취는 쉽게 도달할 수 있는 것이 아니다.

또 하나 눈에 띄는 점은 이따금 등장하는 우리말 언어유희(pun)가 꽤 성공적이라는 것이다. 타율이 준수한 편이라서 작가의 이 분야 센스 내공은 단기간에 쌓인 것이 아닌 듯하다. 이를테면 멍한 아름다움을 '멍미'라고 표현한 것은 우리말 속어가 갖는 중의적 페이소스를 적절하게 구사한 재미있는 예이다.

서구 SF에서는 1960년대 즈음부터 '뉴웨이브SF'라고 하는 새로운 흐름이 등장했다. 그전까지는 과학기술적 묘사의 엄정함을 강조하는 하드SF적 정서가 기본 바탕에 깔려 있었지만, 뉴웨이브SF는 마치 그에 반기를 드는 듯한 형이상학적, 추상적 관념의 묘사가 특징이었다. 베트남전쟁 반대와 히피 운동 등 당시의 사회적 배경을 짚는 분석과 더불어 기존 SF 자체의 한계를 돌파하려는 실험적, 파격적인 시도의 성격도 컸다. SF를 'Speculative Fiction(사색소설)'이라고 새롭게 풀이하자는 제안이 꽤 유효했을 정도였다.

〈행성감기에 걸리지 않는 법〉을 읽으면서 문득 한국형 뉴웨이브SF라면 이와 비슷한 느낌이 되지 않을까 하는 생각이 들었다. 우리나라의 대중문화와 연관 지어 흥미롭게 분석해볼 만한 텍스트로 꼽힐 자격이 있다.

그동안 여러 SF공모전 심사를 맡아 오면서 〈행성감기에 걸리지 않는 법〉과 유사한 스타일의 경쾌하고 신랄한 블랙 유머 SF들을 더러 접해 왔지만, 대부분 아쉬움이 컸었다. 게다가 그런 스타일을 중단편도 아닌 장편 스케일에 걸맞게 구사한 경우는 거의 기억나지 않는다. 그래서 이 소설이 더 반가운지도 모르겠다. 〈행성감기에 걸리지 않는 법〉과 같은 작품이 더 많이 나와야 우리나라 SF의 창작 역량이 더 넓고 깊어질 것이다. 작가의 다음 작품들이 기대된다.

박상준
서울SF아카이브 대표, 〈화씨 451〉, 〈라마와의 랑데뷰〉 번역